세월의 거품

보리스 비앙

세월의 거품

이재형 옮김

펭귄클래식코리아

세월의 거품

1판 1쇄 발행 2009년 1월 23일
1판 20쇄 발행 2023년 5월 1일

지은이 | 보리스 비앙 옮긴이 | 이재형
발행인 | 이재진 단행본사업본부장 | 신동해
편집장 | 김경림 마케팅 | 최혜진 최지은 홍보 | 반여진 허지호 정지연
제작 | 정석훈 국제업무 | 김은정 김지민

브랜드 펭귄클래식 코리아
주소 경기도 파주시 회동길 20 웅진씽크빅 단행본사업본부 펭귄클래식코리아
문의전화 031-956-7350(편집) 031-956-7127(영업)
홈페이지 www.wjbooks.co.kr
인스타그램 www.instagram.com/woongjin_readers
페이스북 https://www.facebook.com/woongjinreaders
블로그 blog.naver.com/wj_booking
발행처 ㈜웅진씽크빅
출판신고 1980년 3월 29일 제406-2007-000046호

L'Ecume des Jours by Boris VIAN ⓒ société nouvelle des éditions pauvert 1979, 1996 et 1998
World copyright ⓒ Librairie ARTHÈME FAYARD, 1999 pour l'édition en oeuvres complètes. Korean translation copyright ⓒ 2009, Woongjin Think Big Co. Ltd.
This Korean edition is published by arrangement with Librairie ARTHÈME FAYARD through Bookmaru Korea Literary Agency in Seoul. All rights reserved.
이 책의 한국어판 저작권은 북마루코리아를 통한 Librairie ARTHÈME FAYARD와의 독점계약으로 ㈜웅진씽크빅이 소유합니다. 신저작권법에 의하여 한국 내에서 보호를 받는 저작물이므로 무단 전재와 복제를 금합니다.

Penguin Classics Korea is the Joint Venture with Penguin Random House Ltd.
Penguin and the associated logo are registered and/or unregistered trademarks of Penguin Random House Limited. Used with permission.
펭귄클래식코리아는 펭귄랜덤하우스와 제휴한 ㈜웅진씽크빅 단행본사업본부의 브랜드입니다. 펭귄 및 관련 로고는 펭귄랜덤하우스의 등록 상표입니다. 허가를 받아야만 사용할 수 있습니다.

이 책은 저작권법에 따라 보호받는 저작물이므로 무단 전재와 무단 복제를 금지하며, 책 내용의 전부 또는 일부를 이용하려면 저작권자와 ㈜웅진씽크빅의 서면 동의를 받아야 합니다.

한국어판 ⓒ 웅진씽크빅, 2009

ISBN 978-89-01-09196-9 04800
ISBN 978-89-01-08204-2 (세트)

- 잘못된 책은 바꾸어 드립니다.
- 책값은 뒤표지에 있습니다.

차례

작가 서문 · 9

세월의 거품 · 11

작품해설 · 267
옮긴이의 말 · 277
옮긴이 주 · 285

나의 비비*를 위하여

---

* 부인 미셸 비앙의 애칭.

작가 서문

 인생에서 가장 중요한 것은 모든 것에 대해 선험적 판단을 내리는 일이다. 정말이지, 대중은 그르고 개인은 언제나 옳은 것 같아 보인다. 거기서 행동 규칙을 연역해 내지 않도록 유의할 일이다. 사람들이 그것을 지키도록 하기 위해 행동 규칙을 만들어낼 필요는 없는 것이다. 오직 두 가지뿐이다. 어여쁜 처녀들과의 사랑 그리고 뉴올리언스나 듀크 엘링턴의 음악. 그 나머지는 사라져야 할 것이다. 추하기 때문이다. 다음의 몇 페이지에 걸친 예증은 내가 이 이야기를 처음부터 끝까지 상상해 냈기 때문에 완전히 사실이라는 점으로부터 그 온갖 힘을 끄집어낸다. 엄격하게 말해서 이 이야기의 구체적인 실현은 본질적으로 흥분된 분위기에서 불규칙하게 구불거리고 비틀린 부분도 보여 주는 비경에 현실을 투영하는 것이라고 말할 수 있다. 아시겠지만, 이것은 누가 뭐래도 떳떳이 공언할 수 있는 방식이다.

뉴올리언스
1946년 3월 10일

1

콜랭은 목욕을 마쳤다. 욕조에서 나오면서 그는 곱슬곱슬한 천으로 된 타월을 몸에 걸쳤고, 두 다리와 상체만이 타월 밖으로 삐져나왔다. 그는 유리 선반에서 향수 스프레이를 집어 밝은 색깔의 머리칼에다 향기가 좋고 잘 흐르는 기름을 뿌렸다. 호박(琥珀) 빗이 윤기 나는 머리칼을 오렌지 빛의 길고 가는 줄기로 나누어놓았는데, 쾌활한 성격의 농부가 포크를 가지고 살구 잼 속에 내놓은 긴 자국과 흡사해 보였다. 빗을 내려놓고 손톱깎이를 집어 든 콜랭은 눈을 신비롭게 보이도록 하려는 생각에서 윤기 없어 보이는 눈썹 가장자리 부분을 비스듬하게 잘라냈다. 눈썹이 금방금방 자라나곤 했기 때문에 자주 그렇게 해 주어야만 했다. 그는 피부 상태가 어떤지 확인해 보기 위해서 확대경의 작은 등을 켜고 가까이 다가섰다. 콧방울 둘레에 거무스름한 여드름 몇 개가 솟아 나와 있었다. 확대경을 통해서 자기들이 얼마나 흉하게 생겼는지를 본 여드름들이 재빨리 살갖 밑으로 숨어버리자 콜랭은 만족해하면서 등을 껐다. 허리를 두르고 있던 타월을 풀어낸 그는 마지막으로 남아 있는 습기의 흔적을 빨아들이기 위해 타월의 한 귀퉁이를 발가락 사이에 끼웠다.

거울을 보면 그가 「할리우드 매점」에서 슬림 역을 맡고 있는 금발 머리 남자와 닮았다는 사실을 알 수 있었다. 머리는 둥글고 귀는 작았으며 코는 오똑하고 피부는 금빛이었다. 갓난애 같은 미소를 자주 짓곤 했고, 그러다 보니 턱에 보조개가 패었다. 키가 컸고, 다리가 길어서 여위어 보였으며, 매우 상냥했다. 콜랭이라는 이름은 그에게 비교적 잘 어울리는 편이었다. 그는 처녀들에게는 다정하게, 총각들에게는 즐겁게 말을 했다. 거의 항상 유쾌한 기분을 유지하고 있었으며, 그렇지 않은 시간에는 잠을 잤다.

그는 욕조 바닥에 구멍을 내서 목욕물을 비웠다. 연노란색 사암으로 된 타일이 깔린 욕실 바닥은 경사가 져 있어서 아래층에 세 든 사람의 책상 바로 위에 위치한 도관 쪽으로 물을 흘려보냈다. 이 세입자는 바로 얼마 전에 콜랭에게는 알리지 않은 채 책상의 위치를 바꾸었다. 이제 물은 세입자의 찬장 위로 떨어져 내렸다.

그는 상어 가죽으로 만든 샌들 속에 두 발을 살그머니 집어넣은 다음 깊은 바닷물을 연상시키는 초록색 줄무늬가 들어가 있는 비로드 바지와 한 면에 광택을 낸 천으로 된 담갈색 상의 등 우아한 실내복을 걸쳤다. 타월을 건조대에 걸어놓고 욕탕 깔개를 욕조 가장자리에 올려놓은 그는 흡수된 물이 완전히 빠지게끔 굵은 소금을 깔개에다 뿌렸다. 욕탕 깔개는 포도송이처럼 생긴 자그마한 비눗방울들을 만들어내면서 침을 흘리기 시작했다.

  그는 목욕탕에서 나와 식사 준비가 잘되고 있는지 지켜보기 위해서 부엌으로 향했다. 엎어지면 코가 닿을 만큼 가까운 곳에서 살고 있는 시크는 매주 월요일 저녁 그의 집으로 식사를 하러 오곤 했다. 아직 토요일이었지만, 콜랭은 시크를 보고 싶기도 했고 새로 온 요리사 니콜라가 즐겁고 차분하고 정성스럽게 만드는 요리를 그에게 맛보이고 싶기도 했다. 역시 독신자인 시크는 콜랭과 같은 나이인 스물두 살이며 그와 마찬가지로 문학적 취향을 가지고 있었지만, 돈은 별로 없었다. 반면에 콜랭은 다른 사람들을 위해 일하지 않고도 편안하게 살 수 있을 만큼 충분한 재산을 소유하고 있었다. 시크로 말하자면 여드레마다 정부의 모 부처에서 일하고 있는 아저씨를 찾아가 돈을 빌려야만 했다. 왜냐하면 기술자라는 직업으로는 그가 명령을 내리는 노동자들의 수준에 맞출 수 있을 만큼 충분한 돈벌이를 할 수 없었고, 자기 자신보다 더 잘 입고 더 잘 먹는 사람들에게 명령을 내린다는 건 어려운 일이었기 때문이었다. 콜랭은 할 수 있을 때마다 머번 그를 식사에 초대하는 등 최선을 다해서 도왔지만, 시크의 자존심을 생각하면 너무 자주 호의를 베풂으로써 자기가 그를 돕고 있다는 인상을 풍기지 않도록 신중하게 굴어야만 했다.

  부엌 복도는 좌우에 유리가 끼워져 있어서 환했고, 양쪽에서 태양이 빛나고 있었다. 콜랭이 햇빛을 좋아했기 때문이었다. 정성스럽게 닦아 윤을 낸 놋쇠 수도꼭지가 거의 도처에 있었다. 햇빛이 수도꼭지들 위에서 노닐자 환상적인 효과가 나타났다. 부엌의 생쥐들은 햇살이 수도꼭지에 부딪쳐 내는 소리에 맞추어 춤추기를 좋아했고, 마치 노란 수은이 분출될 때처럼 햇살이 바닥에 부딪쳐 가루가 되면서 만들어내는 작은 공들을 쫓아다녔다. 콜랭은 지나치는 길에 생쥐 중 한 마리를 쓰다듬어주었는데, 이 생쥐는 꽤 긴 검은 수염이 나 있었으며 날씬했고 털 색깔은 회색에, 놀라울 정도로 윤기가 자르르 흘렀다. 요리사는 생쥐들을 아주 잘 먹였지만 이들이 지나치게 살이 찌도록 내버려 두지는 않았다. 생쥐들은 낮에는 아무런 소리를 내지 않았으며 오직 복도에서만 놀았다.

콜랭은 에나멜을 칠해 놓은 부엌문을 밀었다. 요리사 니콜라가 계기판을 지켜보고 있었다. 그는 역시 연노란색 에나멜이 칠해져 있으며 벽을 따라 늘어선 여러 가지 취사도구와 연결된 문자반이 달려 있는 제어판 앞에 앉아 있었다. 칠면조 구이용으로 조절되어 있는 전기 오븐의 바늘이 '완료 직전'과 '완료' 사이에서 오락가락하고 있었다. 요리를 꺼낼 시간이 가까워지고 있는 것이었다. 니콜라가 초록색 단추를 누르자 온도 감응 조절 장치가 작동되었다. 이 조절 장치가 아무 저항 없이 눌렸고, 바로 그 순간 바늘이 '완료'에 도달했다. 니콜라는 재빨리 전기 오븐의 전원을 끈 다음 접시 데우는 장치를 작동했다.

콜랭이 물었다.

"맛있을까요?"

니콜라가 자신 있는 목소리로 대답했다.

"안심하셔도 될 겁니다. 딱 맞는 크기의 칠면조를 골랐으니까요."

"전채는 뭘 준비했나요?"

"저런! 이번엔 새로운 게 전혀 없군요. 구페 씨의 요리를 그대로 흉내 내봤습니다만."

그러자 콜랭이 지적했다.

"솜씨가 그보다 못한 요리사를 선택할 수도 있었을 텐데요, 뭘! 그런데 구페 씨의 어떤 요리를 만들었지요?"

"구페 씨가 지은 『요리책』 638쪽에 나오는 요리랍니다. 주인님께 문제의 그절을 읽어드리겠습니다."

벌집 모양의 구멍이 있는 고무틀 속에 집어넣었으며 벽 색깔과 어울리는 방수 천을 씌운 팔걸이 없는 의자에 조랭이 앉자 니콜라가 입을 걸어 다음과 같이 말했다.

"전채로 뜨거운 파테 요리를 만들어보세요. 뱀장어를 큰 걸로 한 마리 준비해서 3센티 길이로 토막 내십시오. 토막 낸 뱀장어를 백포도주, 소금, 후추, 얇게 자른 양파, 파슬리 가지, 백리향, 월계수, 마늘 약간과 함께 냄비 속에 집어넣으십시오."

니콜라가 책에서 눈을 떼더니 말했다.

"뱀장어를 원하는 것처럼 갈 수가 없었습니다. 절구가 너무 낡아서요."

"바꾸도록 하지요."

니콜라가 계속해서 책을 읽어 내려갔다.

"익히십시오. 뱀장어를 냄비에서 꺼내 튀김용 접시에 올려놓으십시오. 냄비에 남아 있는 것들을 명주로 된 여과기에 걸러낸 다음 에스파뇰 소스를 넣고 소스가 스푼을 덮을 때까지 졸이십시오. 다시 한 번 잘 걸러낸 뒤 뱀장어에 소스를 붓고 2분간 더 끓이십시오. 뱀장어를 파이 속에 담으십시오. 파이 가장자리에 버섯을 두르고 가운데에는 잉어 이리[1]를 넣으십시오. 남겨 두었던 소스를 뿌리십시오."

콜랭이 맞장구를 쳤다.

"좋아요. 시크가 좋아할 것 같군요."

니콜라가 결론짓듯 말했다.

"저는 시크 씨와 알고 지내는 특권을 누리지 못했습니다만 그분이 이번 요리를 좋아하시지 않는다면 다음번에는 다른 요리를 대접할 것이니, 그렇게 된다면 저로서는 그분이 좋아하시는 요리와 좋아하시지 않는 요리의 공간적 순서를 거의 정확하게 정할 수 있을 것입니다."

"알았어요……! 잠깐 실례할게요, 니콜라. 식탁을 세팅해야겠어요."

콜랭은 복도를 반대 방향으로 걸어가서 사무실을 가로질러 식당 겸 작업실로 들어섰는데, 이 방의 연푸른색 양탄자와 베이지색과 분홍색이 함께 칠해진 벽을 바라보면 눈이 한결 편안해졌다.

어림잡아서 가로 4미터, 세로 5미터쯤 되는 이 방은 두 개의 길쭉한 창문을 통해서 루이 암스트롱 대로로부터 빛을 받아들였다. 유리창이 홈을 따라 옆쪽으로 미끄러지는 미닫이여서 창문을 열면 봄 향기가 밀려들어 오곤 했다. 반대쪽으로는 탄력성 있는 떡갈나무로 만든 책상이 방의 모퉁이 중 한 곳을 차지하고 있었다. 모서리가 각진 긴 의자 두 개가 책상의 네 면 중 두 면과 붙어 있었고, 푸른색 모로코가죽 방석이 깔린 팔걸이 없는 의자들이 아무것도 놓여 있지 않은 나머지 두 면을 차지했다. 이 방의 집기로는 그 밖에도 음반 수집 장(欌)으로 쓰는 길고 낮은 가구와 성능이 최고로 뛰어난 부품들로 구성된 전축, 방금 말한 가구와 대칭을 이루며 Y자형 새총이 들어 있는 가구, 접시들, 컵들, 그리고 세련된 사람들이 집에서 식사를 할 때 쓰는 다른 식탁 용구들이 있었다.

콜랭은 양탄자와 조화를 이루는 연푸른색 식탁보를 골랐다. 그는 포르말린 저장용 병을 장식용으로 식탁 가운데다 올려놓았는데, 병 속에 들어 있는 두 개의 병아리 배자(胚子)는 니진스키가 안무한 「장미의 유령」을 흉내 낸 것 같았다. 그 주변에는 가느다란 끈 모양의 미모사 가지 몇 개가 놓여 있었다. 그의 친구들이 고용한 정원사가 봉제 재료상에서 볼 수 있는 리본 모양의 검은색 감초와 구형(球形) 미모사를 교배해서 얻어낸 바로 그 미모사였다. 그러고 나서 그는 자신과 시크가 쓰기 위해서 투명한 극빛이 마치 가로 창살을 댄 것처럼 칠해져 있는 흰색 사기 접시 두 개와 자루에 투조 세공이 되어 있는 스테인리스 스푼, 나이프, 포크를 꺼냈는데, 자루마다 행운을 가져다준다는 박제된 무당벌레가 그려져 있었다. 그는 크리스털 술잔과 신부들이 쓰는 모자 모양으로 접힌 냅킨을 거기다 덧붙였다. 그가 준비를 끝마치자마자 초인종이 벽에서 떨어져 나가면서 시크의 도착을 알렸다.

그는 식탁보의 잘못 접힌 주름을 편 다음 문을 열어주러 갔다.
시크가 물었다.
"잘 지냈니?"
콜랭이 대답했다.
"그래, 너도 잘 지냈니? 레인코트를 벗고 니콜라가 준비한 요리를 보러 가자."
"새로 온 요리사 말이야?"
"그래. 저번에 있던 요리사에 벨기에산 커피 1킬로를 얹어서 우리 숙모님 요리사와 맞바꾸었지."
시크가 물었다.
"잘해?"
"요리에 관해 정통한 것 같아. 구페의 제자야."
"그 유명한 해적 말이야?"

시크가 두려운 표정으로 캐물었고, 그의 짧은 코밑수염이 비참할 정도로 움츠러들었다.

"아냐, 이 바보야. 쥘 구페[2]라고, 그 왜 꽤 유명한 요리사 있잖아!"

"아, 그래! ……난 장 솔 파르트르의 작품 말고 다른 건 잘 안 읽거든."

시크는 콜랭을 따라 타일이 깔린 복도를 지나가면서 생쥐들을 쓰다듬어주고 지나가는 길에 라이터 속에 햇빛 몇 방울을 집어넣었다.

콜랭이 부엌에 들어서면서 말했다.

"니콜라, 내 친구 시크를 소개하겠어요."

니콜라가 말했다.

"안녕하세요."

"안녕하세요, 니콜라. 혹시 알리즈라는 조카딸이 있지 않으신가요?"

"맞습니다. 제가 감히 설명드리자면 예쁜 처녀랍니다."

시크가 말했다.

"아저씨랑은 정말 많이 닮은 것 같군요. 물론 상반신은 다른 점이 몇 가지 있지만요."

"저는 어깨가 꽤 넓은 편이지요. 그런데 제가 이렇게 상세한 부분까지 말씀드리는 걸 선생님께서 허락해 주신다면, 그 아이는 상반신이 수직으로 더 발달되어 있습니다만."

이번에는 콜랭이 말을 받았다.

"흠, 우린 이제 가족이나 다름없어요. 그런데 당신은 여자 조카가 있다는 말을 내게 하지 않았어요, 니콜라."

"우리 누님은 잘못 풀렸습니다, 주인님. 철학 공부를 했지요. 전통에 자부심을 갖는 가문에서는 그런 일을 떠벌리고 다니는 걸 좋아하지 않습니다……."

콜랭이 말했다.

"음…… 당신 말이 옳은 것 같군요. 어쨌든 난 당신을 이해합니다. 그러니 그 뱀장어 파이나 좀 보여 주세요……."

니콜라가 경고를 하듯 말했다.

"지금 오븐을 열면 위험합니다. 지금 오븐 속에 들어 있는 것보다 수증기가 적은 공기를 주입할 경우 그냥 탈수가 되어버릴 수도 있기 때문이지요."

시크가 대꾸했다.

"그래도 난 식탁에 오른 뱀장어 파이 요리를 처음으로 보고 놀라는 편이 낫겠는데요."

"주인님의 뜻에 따를 수밖에 없군요. 제가 하던 일을 다시 시작하도록 허락해 주시겠습니까?"

"제발 그렇게 하세요, 니콜라."

니콜라가 다시 일을 하기 시작했는데, 그 일이란 게 뭔가 하면 생선 전채에 곁들이게 될, 가자미 살에 얇게 썬 송로 버섯을 넣어 만든 젤리를 틀에서 꺼내는 것이었다. 콜랭과 시크는 부엌에서 나왔다.

콜랭이 물었다.

"식사하기 전에 술 한잔할래? 내 칵테일 피아노가 완성되었으니 네가 한번 시험해 봐."

"작동이 되는 거야?"

"완벽하지. 기계를 조정하는 데 어려움이 있었지만, 그 결과는 내 기대를 앞지르고 있어. 「블랙 앤 탠 판타지」를 참고했는데, 정말 기가 막힌 조립품이 나온 거야."

"어떤 원리에 의해 움직이는데?"

"음표 하나하나에 알코올이라든가 리큐어, 향신료가 하나씩 나오지. 페달을 세게 밟으면 휘저어서 거품이 인 달걀이 나오고, 약하게 밟으면 얼음이 나오는 거야. 젤테르수(水)를 마시려거든 고음역에서 바이브레이션을 넣어야 해. 양은 시간과 정비례하지. 64분 음표를 치면 정량의 16분의 1이 나오고, 4분 음표를 치면 정량이 다 나오고, 온음표를 치면 정량의 네 배가 나오는 거야. 느린 곡을 연주하게 되면 조절 장치가 작동되어 양은 늘지 않지만 알코올 도수가 높아지지. 그리고 원한다면 곡조의 연주 시간에 따라서 정량 단위를 늘렸다 줄였다 할 수 있는데, 예를 들어 100분의 1 단위로 감소할 경우에는 측면 조정을 해서 가장 완벽한 하모니를 이루는 음료를 마실 수 있는 거야."

"복잡하군."

"모든 것이 전기 스위치와 계전기에 의해서 조절되지. 너도 알 테니까 자세한 설명은 하지 않겠어. 게다가 피아노도 실제로 연주할 수가 있지."

"놀랍군!"

"불편한 건 한 가지뿐인데, 휘저어서 거품이 인 달걀을 만들어내는 센 페달이 그래. 지나치게 '즉흥적이고 격렬한' 음악을 연주할 경우에는 오믈렛 부스러기가 칵테일 속으로 떨어져서 딱딱해져 먹기가 힘들기 때문에 특수 연동장치를 만들어야 했지. 다시 바꿀 거야. 현재로서는 조심하는 것으로 충분해. 생크림을 먹으려면 낮은 '솔' 음을 치면 되지."

"내가 「사랑 없는 사랑」이란 곡으로 시험해 봐야겠다. 멋질 거야."

"칵테일 피아노는 작업실로 쓰이는 다락방에 아직 있어. 보호 판을 아직 나사로 고정하지 않았거든. 자, 가보자. 우선 20센티리터쯤 되는 칵테일 두 잔을 만들어보자고."

시크가 피아노를 치기 시작했다. 연주가 끝나자 전면판(全面瓣)의 일부가 순식간에 접히면서 일렬로 늘어선 잔들이 나타났다. 그중 두 개의 잔에는 입맛을 당기는 칵테일이 넘칠 정도로 가득 담겨 있었다.

콜랭이 입을 열었다.

"겁이 났어. 네가 한순간 음표를 잘못 쳤거든. 다행히도 하모니가 이루어지긴 했지만 말이야."

"하도니도 조절이 되니?"

"완전하지는 않아. 그렇게 되면 너무 복잡해질 것 같아서 말이지. 몇 가지만 자동으로 되어 있어. 자, 마시고 식사하러 가자."

2

시크가 말했다.

"이 뱀장어 파이는 정말 맛있다. 어떻게 이걸 만들 생각을 하게 됐니?"

"그 생각을 해낸 건 니콜라였어. 매일같이 찬물이 나오는 수도관을 통해서 세면대로 올라오곤 하는 뱀장어가 한 마리 있지. 아니, 있었지, 라고 해야겠군."

"거 신기하군. 뭐하러 온 거지?"

"머리를 내밀고는 치약 튜브를 이빨로 눌러서 치약을 짜내는 거야. 니콜라는 파인애플을 넣은 미국식 치약만 썼는데, 이 뱀장어는 아마 그 치약 때문에 나타난 것 같아."

시크가 물었다.

"뱀장어를 어떻게 잡았는데?"

"니콜라가 치약 튜브 대신 파인애플을 통째로 갖다 놓은 거야. 이 뱀장어란 놈은 치약을 먹을 때는 꿀꺽 삼키고서 머리를 다시 집어넣을 수 있었지만 파인애플은 그게 맘대로 안 되는지 당기면 당길수록 이빨이 파인애플 속으로 점점 더 깊이 박혔지. 그러자 니콜라가……."

콜랭이 말을 멈췄다.

시크가 물었다.

"니콜라가 어쨌는데?"

"말하기가 망설여져. 네가 식욕이 떨어질까 봐서 말이야."

"말해 봐. 난 사실 지금 식욕이 별로 없어."

"바로 그때 니콜라가 들어오더니 면도날로 뱀장어 머리를 잘라내 버린 거야. 그러고 나서 그가 수도꼭지를 여니까 뱀장어의 나머지 부분이 밑으로 떨어지는 거였어."

"그게 전부야? 파이 다시 줘. 수도관 속에 뱀장어 가족들이 많이 살았으면 좋겠다."

"니콜라가 그걸 한번 알아보려고 딸기를 넣은 치약을 만들기도 했지……. 그런데 네가 니콜라한테 얘기한 그 알리즈라는 여자는 누구야……?"

"그러잖아도 지금 그 여자 생각을 하고 있는 중이야. 장 솔의 강연회에서 만났지. 우리 둘 다 배를 깔고 연단 아래 누워 있었고, 그런 모습으로 그녀를 알게 된 거야."

"어떻게 생겼는데?"

"어떻게 묘사를 해야 할지 모르겠군. 예뻐……."

"아……!"

니콜라가 칠면조 요리를 들고 다시 나타났다.

콜랭이 말했다.

"우리랑 같이 앉아요, 니콜라. 시크 말대로 어쨌든 당신도 한 가족이나 다름없으니까."

"주인님께서 언짢아하시지 않는다면 전 우선 생쥐들을 좀 보살펴야겠습니다. 다시 오지요. 칠면조 고기는 썰어놨습니다. 소스는 여기 있二……."

콜랭이 말했다.

"자, 봐. 망고 열대와 노간주나무 열매가 들어간 크림을 넣어 소스를 만든 다음 그걸 채소로 속을 넣어 둥글게 만 송아지 고기 속에 넣고 꿰맨 거야. 위를 누르면 소스가 가느다랗게 나올 거야."

"최고야!"

콜랭이 말을 계속했다.

"그녀와 관계를 맺기 위해 네가 사용한 방법에 관해 내게 알려 주지 않을래?"

"음…… 장 슬 파르트르를 좋아하느냐고 물었더니 자기는 그의 작품을 수집하고 있다고 대답하더라……. 그래서 내가 말했지. '저도 그렇습니다…….' 그런데 내가 무슨 말을 할 때마다 그녀도 '저도 그래요…….'라고 대답하는 거야. 그 반대의 경우도 마찬가지였고……. 그래서 마지막으로 그냥 실존주의적 체험을 해보기 위해서 그녀에게 말했지. '전 당신을 많이 좋아합니다.' 그랬더니 그녀가 말하더군. '오!'"

"체험이 실패로 돌아갔군."

"그래. 하지만 그런데도 그녀는 떠나지 않았어. 그래서 내가 말했지. '난 저쪽으로 갑니다.' 그랬더니 그녀가 말하더라고. '난 그리로 안 가요.' 그리고 덧붙이는 거야. '난 이쪽으로 갈 거예요.'"

콜랭이 단언하듯 말했다.

"놀랍군."

"그래서 내가 말했어. '저도 그렇습니다.' 그리고 나는 그녀가 있는 곳엔 어디든지 함께 있었······."

"그래서 결국 어떻게 됐니?"

"글쎄······! 잠자리에 들 시간이 되었더군······."

콜랭은 숨이 막히는지 부르고뉴산 포도주 반 리터를 마시고 나서야 정신을 차렸다.

시크가 말을 계속 이어갔다.

"내일 그녀랑 같이 스케이트장에 갈 거야. 일요일이거든. 우리랑 함께 가지 않겠니? 사람들이 많으면 복잡하니깐 아침에 가기로 하자. 나는 스케이트를 못 타니까 조금 지루할지도 모르겠지만 파르트르에 대해서 얘기할 수 있을 거야."

콜랭이 약속했다.

"가지······. 니콜라랑 가겠어. 다른 여자 조카들이 있을지도 모르니까."

3

콜랭은 지하철에서 내려서 계단을 올라갔다. 출구를 잘못 찾은 그는 역을 한 바퀴 돌고 나서야 방향을 가늠할 수 있었다. 그는 노란색 비단 손수건으로 바람이 부는 방향을 가늠했는데,

손수건의 그 노란 색깔이 바람에 날려 가더니 몰리토르 스케이트장으로 보이는 불규칙한 형태의 커다란 건물 위에 내려앉는 것이었다.

건물 쪽으로 걸어갔더니 동계 수영장이 먼저 나타났다. 수영장을 지나친 그는 측면을 통해서 석회분으로 뒤덮인 건물 안으로 들어간 다음, 구리로 만든 빗장이 달려 있고 유리가 끼워져 있는 자동문을 통과했다. 그가 정기권을 내밀자 이 정기권은 이미 뚫려 있는 두 개의 둥근 구멍을 통해 역무원에게 윙크를 했다. 역무원이 공범처럼 미소를 지어 윙크에 답하면서 노란색 판지에 세 번째 구멍을 뚫어놓는 바람에 정기권은 장님이 되고 말았다. 러시아산 가죽 지갑 속에다 정기권을 대충 쑤셔 넣은 콜랭은 고무 바닥이 깔려 있는 왼쪽 복도로 접어들었는데, 이 복도는 일렬로 죽 늘어선 탈의실과 연결되어 있었다. 1층에는 자리가 없었다. 그래서 그는 콘크리트 계단을 오르다가 얇은 수직 철판 위에 올라가 있기 때문에 키가 커 보이는 사람들과 마주쳤는데, 이들은 뭔가 여의치 않은 게 분명해 보이는데도 자연스레 재주넘기를 해보겠다고 애를 쓰고 있었다. 두툼한 흰색 스웨터를 입은 남자가 나타나 탈의실 문을 열어주더니 거짓말쟁이처럼 생긴 걸로 봐서 뭘 사 먹는 데나 쓸 것 같은 팁을 받아 챙겼다. 그런 다음 그런 데 쓰라고 탈의실 안에 설치해 놓은 검은 장방형 칠판 위에다 콜랭의 이니셜을 분필로 대충 휘갈기고 난 뒤 이 감옥 같은 곳에 그를 혼자 놔두고 나가 버렸다. 콜랭은 그 남자가 인간의 머리가 아닌 비둘기 머리를 가지고 있다는 사실을 알아챘지만, 왜 그가 수영장이 아닌 스케이트장 부서에 배치되었는지는 이해하지 못했다.

트랙에서는 타원형으로 생긴 소음이 올라오고 있었는데, 스

세월의 거품

피커에서 흘러나와 온통 사방으로 흩어지는 음악 소리 때문에 소음은 더욱 복잡하게 얽혔다. 스케이트를 타는 사람들이 발을 구르는 소리는, 진창으로 뒤덮인 인도 위를 걸어가는 1개 연대의 발소리와 비길 만큼 혼잡한 순간에 나는 소음의 수준에 아직은 도달하지 못했다. 콜랭은 눈으로 알리즈와 시크를 찾았으나 두 사람은 얼음판 위에 나타나지 않았다. 니콜라와는 조금 뒤에 만나기로 되어 있었다. 점심 식사를 준비하느라 아직 부엌에서 할 일이 남아 있었던 것이다.

콜랭은 구두끈을 풀다가 구두 밑창이 달아나 버렸다는 사실을 깨달았다. 호주머니에서 반창고를 꺼냈지만 충분하지가 않았다. 그래서 그는 구두를 시멘트 의자 밑에 생긴 자그마한 늪 속에 집어넣은 다음 가죽이 다시 자라날 수 있도록 농축 비료를 뿌렸다. 노란색과 보라색의 굵은 줄무늬가 엇갈려 있는 털 양말을 신은 그는 그 위에 스케이트를 신었다. 스케이트 앞부분은 날이 두 부분으로 갈라져 있어서 보다 쉽게 방향을 바꿀 수가 있었다.

그는 탈의실에서 나와 다시 한 층을 내려갔다. 콘크리트로 된 복도에 깔린 구멍 뚫린 고무 바닥 위를 걸어가자 두 발이 약간 비틀려 꼬였다. 위험을 무릅쓴 채 트랙에 들어선 그는 쓰러지지 않으려고 황급히 나무 계단을 두 단이나 올라가야만 했다.

시동(侍童) 겸 청소부 한 사람이 나타나서 여기저기 흩어진 달걀 껍질을 줍고 있는 동안 콜랭은 반대편 트랙에 도착한 시크와 알리즈를 보았다. 손짓을 했으나 두 사람이 보지 못하자 그는 그들을 향해 달려 나갔지만 미처 회전운동을 하질 못했다. 그 결과 항의를 하고 나서는 사람들이 금세 엄청나게 불어났고, 시시각각 인간들이 이들과 합류하더니 팔과 다리와 어깨와 온몸을 절망적으로 허공을 향해 휘젓다가 가장 먼저 넘어진 사람들 위로 쓰러졌다. 태양이 빙판을 녹였기 때문에 그 많은 사람들의 아래에서 물이 찰랑거렸다.

스케이트를 타는 사람들 중 10분의 9가 순식간에 거기 모여들었고 시크와 갈리즈는 트랙 전체를 혹은 거의 전체를 자기네들끼리만 이용할 수 있게 되었다. 두 사람은 우글거리는 수많은 사람들 쪽으로 다가갔고, 앞쪽이 두 가닥으로 갈라진 스케이트를 보고 콜랭을 알아본 시크가 그의 발목을 붙잡고 사람들 틈에서 어렵사리 끌어냈다. 그들은 악수를 나누었다. 시크가 알리즈를 소개했고, 콜랭은 시크가 이미 그녀의 오른쪽을 차지하고 있었기 때문에 자기는 왼쪽에 섰다.

그들은 트랙 오른쪽 끝에 일렬로 서서 시동 겸 청소부들에게 자리를 내주었고, 산더미같이 쌓인 희생자들 속에서 사람들의 보잘것없는 잔해가 아닌 것들을 발견할 수 있으리라는 희망을 결국 버린 청소부들은 부상자들을 모조리 제거하기 위해 긁어내는 연장을 들고서, 바이앙 쿠튀리에가 1709년에 작곡했으며 다음과 같이 시작되는「몰리토르 찬가」를 부르며 쓰레기 집어넣는 구멍 쪽으로 돌진해 갔다.

신사 숙녀 여러분,
트랙에서 나가 주세요.
(제발 부탁입니다.)
저희들이 청소를
할 수 있게죠…….

그들이 이렇게 하면서 중간 중간에 클랙슨을 울리자 물에 흠

빽 젖은 사람들은 마음속 저 깊은 곳에서 무시무시한 공포를 느끼며 몸서리쳤다.

스케이트를 타다 말고 서 있던 사람들은 시동 겸 청소부들의 이 같은 행동에 박수갈채를 보냈고, 그러자 구멍이 모든 것을 삼켜버렸다. 시크와 알리즈와 콜랭은 잠시 기도를 올리고 나서 다시 몸을 회전시키기 시작했다.

콜랭은 알리즈를 바라보았다. 기묘한 우연이랄까, 그녀는 하얀색 스웨터 셔츠와 노란색 치마를 입고 있었다. 하얀색과 노란색이 섞여 있는 단화 위에 하키용 스케이트를 겹쳐 신었다. 또 검은색 비단 스타킹 위에 짧은 흰색 양말을 신은 다음 흰색 무명 구두끈으로 졸라매고 그 구두끈으로 발목을 세 번 두른 구두 윗부분에서 이 양말을 접었다. 그 밖에도 그녀는 짙은 초록색 비단 스카프를 두르고 있었으며, 숱이 무척 많고 곱슬곱슬하며 풍성한 금발 머리는 마치 액자처럼 얼굴을 둘러싸고 있었다. 그녀는 푸른 눈을 크게 뜨고 바라보았으며, 몸매는 볼륨감이 있었고, 금빛이 도는 피부는 싱그럽게 느껴졌다. 팔과 장딴지는 포동포동했고, 허리는 가늘었으며, 상체는 어찌나 윤곽이 고른지 꼭 사진처럼 보였다.

콜랭은 균형을 되찾기 위해서 반대쪽을 바라보기 시작했다. 균형을 잡는 데 성공한 그는 눈을 내리깐 채 시크에게 뱀장어 파이가 잘 소화됐느냐고 물었다.

시크가 대답했다.

"거기에 대해서는 말하지 않았으면 좋겠다. 나도 한 마리 잡을까 해서 밤새도록 내 방 수도꼭지에서 낚시질을 했지. 하지만 우리 집에 오는 건 송어들뿐이야."

콜랭이 자신 있게 말했다.

"니콜라가 송어로 뭘 좀 만들 수 있을 거야!"

콜랭은 특히 알리즈를 바라보면서 말을 계속했다.

"당신 삼촌은 놀랄 만한 재능을 가지고 있습니다."

알리즈가 대답했다.

"우리 가문의 자랑거리죠. 우리 어머니는 동생은 그렇게 눈부신 성공을 거뒀는데 자기는 한낱 수학 교수 자격자와 결혼했다며 슬퍼한답니다."

"아버지가 수학 교수 자격자이신가요?"

"네. 콜레주 드 프랑스 교수에 학사원 회원인지 뭘지 그 비슷한 것도 지내시죠……. 초라한 거죠. 서른여덟의 나이에 말이에요. 좀 더 노력을 할 수도 있었을 텐데. 그래도 니콜라 삼촌이 있어서 다행이에요."

시크가 물었다.

"니콜라가 오늘 아침에 오기로 하지 않았니?"

감미로운 향기가 알리즈의 연한 색깔 머리카락에서 올라왔다. 콜랭은 살짝 물러섰다.

"늦을 것 같아. 오늘 아침 무슨 생각인가를 하고 있었지……. 두 사람 다 우리 집에서 점심 식사를 하는 게 어떨까……? 니콜라가 무슨 생각을 했는지 알 수 있을 거야……."

시크가 말했다.

"좋아, 좋아. 하지만 만약에 내가 그 같은 제의를 받아들일 거라고 믿는다든 넌 우주에 관해 잘못된 개념을 갖고 있는 거야. 넌 제4의 개념을 발견해 내야 해. 난 알리즈가 너희 집에 가도록 가만 놔두지 않을 거야. 너의 칵테일 피아노가 내는 하모니로 알리즈를 유혹할 테니까. 난 그런 일 원치 않는다고."

콜랭이 항의하듯 말했다.

"오……! 시크가 방금 한 말 들으셨습니까……?"

콜랭은 대답을 들을 수가 없었다. 키가 엄청나게 큰 한 작자가 5분 전부터 속도를 과시하다가 몸이 바닥에 닿을락 말락 잔뜩 앞으로 구부린 채 방금 콜랭의 다리 사이를 지나갔고, 이렇게 해서 생긴 기류가 그를 바닥에서 수 미터 위로 들어 올렸던 것이다. 콜랭은 2층 관람석 가장자리를 꽉 붙든 채 몸을 위로 추켜올렸다가 시크와 알리즈 옆으로 떨어졌다.

콜랭이 말했다.

"저 사람들 저렇게 빨리 달리게 내버려 둬서는 안 돼."

이렇게 말하고 난 그는 성호를 그었다. 방금 그 작자가 트랙 반대편의 식당 벽에 부딪쳐 으깨지면서 마치 어떤 잔인한 아이가 딱딱한 종이로 만든 해파리를 능지처참한 것처럼 거기 달라붙어 버렸던 것이다.

시동 겸 청소부들이 다시 한 번 자신들의 직무를 수행했고, 한 명은 사고가 난 장소에 얼음 십자가를 세워놓았다. 얼음 십자가가 녹는 동안 담당자는 종교 음악 음반을 틀었다.

그리고 나자 모든 것이 질서를 되찾았다. 시크와 알리즈, 콜랭은 계속해서 돌고 있었다.

4

알리즈가 소리쳤다.
"니콜라 삼촌이 왔어요!"
시크도 말했다.
"이시스도 왔어!"

니콜라는 방금 개찰구에, 이시스는 트랙 위에 나타났다. 전자는 위층으로 향했으며, 후자는 시크와 콜랭, 알리즈 쪽으로 다가왔다.

콜랭이 말했다.

"안녕하세요, 이시스. 여긴 알리즈예요. 이쪽은 이시스. 시크는 알지요?"

서로들 악수를 나누었고, 시크는 그 틈을 이용해서 이시스를 콜랭의 품에 남겨 놓은 채 알리즈와 함께 도망쳤으며, 남은 두 사람도 그 뒤를 따라 출발했다.

이시스가 말했다.

"만나서 반가워요."

콜랭 역시 그녀를 만나서 반가웠다. 이시스는 열여덟 살의 나이에 밤색 머리칼과 흰색 스웨터 셔츠, 노란색 치마, 풋과일처럼 톡 쏘는 듯한 느낌을 풍기는 초록색 스카프, 흰색과 노란색이 섞인 구두, 선글라스를 갖게 되는 데 성공했다. 그녀는 아름다웠다. 하지만 콜랭은 그녀의 부모들을 아주 잘 알고 있었다.

이시스가 말했다.

"우리 집에서 다음 주일에 주간(晝間) 모임이 있어요. 뒤퐁 생일이거든요."

"뒤퐁이 누굽니까?"

"내가 키우는 푸들이에요. 그래서 친구들을 모두 초대했어요. 오실래요? 네 신께."

"그래요. 기꺼이 가지요."

"당신 친구들도 오라고 그래주세요."

"시크와 알리즈 말인가요?"

"네, 친절한 사람들이에요. 그럼 다음 주 일요일에 만나요!"
"벌써 가려고요?"
"네, 전 절대 너무 오래 머물러 있지 않아요. 벌써 열 시부터 여기 있었거든요……."
"이제 겨우 열한 신데요!"
"전 바에 있었답니다……! 안녕……!"

5

콜랭은 불이 환하게 밝혀진 거리를 서둘러 걸어갔다. 건조한 바람이 매섭게 불고 있었고, 그의 발밑에서는 금이 간 자그마한 얼음 조각들이 탁탁 소리를 내며 부서지곤 했다.

사람들은 외투 깃과 머플러, 토시 등 나름대로 구할 수 있는 것 속에 턱을 감추었다. 그는 심지어 철사로 만든 새장을 그 같은 용도로 사용하는 사람도 본 적이 있는데, 용수철이 달린 새장 문이 그 사람 이마를 누르고 있었다.

콜랭은 생각했다.

'내일은 퐁토잔 씨 댁에 가야지.'

그들은 이시스의 부모였다.

'오늘 저녁엔 시크랑 식사를 해야겠군……. 집에 돌아가면 내일 외출할 준비를 해야겠다…….'

그는 위험해 보이는 인도 변의 두둑을 피하기 위해 걸음을 성큼 내디뎠다.

콜랭은 이렇게 중얼거렸다.

"저 두둑 위를 밟지 않고 스무 걸음만 갈 수 있다면 내일은 코에 여드름이 안 날 거야……."

그는 있는 힘을 다해서 아홉 번째 두둑을 밟으면서 말했다.

"이딴 게 다 므슨 소용이람! 바보 같은 짓이야. 하지만 여드름은 안 날 거야.'

그는 얼음을 뚫고 땅에서 솟아오른, 푸른색과 분홍색이 섞인 난초 한 송이를 꺾으려고 몸을 숙였다.

난초에서는 알리즈의 머리칼에서 나던 향기가 풍겼다.

'내일 알리즈를 만나러 갈까……'

그건 하지 말아야 할 생각이었다. 알리즈는 당연히 시크 소유인 것이다.

'내일은 틀림없이 여자를 한 명 만나게 될 거야……'

하지만 그의 생각은 알리즈에게서 떠나질 않았다.

'그 두 사람은 단둘이 있을 때도 장 솔 파르트르 얘기만 할까……?'

그들이 단둘이 있을 때 뭘 할 것인가에 대해서도 생각하지 않는 게 좋을 것 같았다.

'장 솔 파르트르는 지난 1년 동안 몇 편의 글을 썼을까?'

어쨌든 집에 도착할 때까지 그걸 셀 만한 시간은 남아 있지 않았다.

'니콜라는 오늘 저녁에 뭘 할까?'

가만히 생각해 보니 알리즈와 니콜라가 닮았다는 건 전혀 이상한 일이 아니었다. 그들은 같은 가문에 속해 있는 것이다. 하지만 그런 생각을 하다 보니 금지된 주제가 슬그머니 떠올랐다.

'니콜라는 오늘 저녁에 도대체 뭘 할까? 알리즈를 닮은 니콜라가 오늘 저녁때 뭘 할지 난 몰라……'

니콜라는 알리즈보다 열한 살이 더 많다. 그러니 그의 나이

세월의 거품 33

는 스물아홉 살이다. 그는 요리에 재능이 풍부하다. 그는 프리캉도[3]를 만들 것이다.

집이 가까워졌다.

'꽃집에는 셔터가 없군. 꽃을 훔쳐 가려는 사람이 없나 봐.'

그건 너무나 당연한 일이었다. 그는 가냘프게 생긴 꽃부리가 휘어져 있는, 오렌지색과 회색이 섞여 있는 난초 한 송이를 땄다. 꽃은 알록달록한 색깔들로 환하게 빛났다.

'꽃이 검은 수염이 난 생쥐의 색깔을 띠고 있어……. 집에 다 왔다.'

콜랭은 양털을 덮어놓은 돌계단을 올라갔다. 은빛을 띤 유리문의 자물통에 작은 금 열쇠를 꽂았다.

'이리 오너라, 내 충성스러운 하인들이여! 내가 지금 돌아왔다.'

레인코트를 의자 위에 집어 던진 그는 니콜라에게로 갔다.

6

콜랭이 물었다.

"오늘 저녁엔 프리캉도를 만드나요, 니콜라?"

"이런! 주인님께선 그런 말씀을 미리 해주시지 않았습니다. 전 다른 계획을 가지고 있는데요."

"이런 젠장! 당신은 왜 항상 나한테 삼인칭으로 말하는 거죠?"

"주인님께서 제가 그 이유를 말씀드리도록 허락해 주신다면, 제 생각에는, 우리가 방벽을 함께 지켰을 때만이 어떤 친밀

한 관계가 유지될 수 있을 것 같은데, 지금은 그런 경우가 전혀 아니거든요."

"당신은 거만해요, 니콜라."

"저는 저의 위치에 대해 자부심을 가지고 있으며, 주인님께서는 이런 이유로 해서 저를 비난하지는 못하실 겁니다."

"물론이죠. 하지만 당신이 나를 덜 냉정하게 대했으면 좋겠어요."

"전 주인님에 대해서 은밀하긴 하지만 진실한 애정을 가지고 있습니다."

"그렇다면 난 반갑기도 하고 뿌듯하기도 해요. 나 역시 같은 감정을 가지고 있어요, 니콜라. 그런데 오늘 저녁엔 뭘 만드나요?"

"다시 한 번 구폐의 전통을 지키는 뜻에서 이번에는 사향 냄새가 나는 포트와인을 넣은 옆구리 살 소시지를 만들어보도록 하겠습니다."

"어떻게 만드는데요?"

"이런 식으로 만들지요. '돼지가 소리를 지르더라도 껍질을 벗겨서 살을 떼어내십시오. 껍질은 조심스럽게 보관하십시오. 소시지를 얇게 자른 다음 아주 뜨거운 버터에 살짝 구운 바닷가재 다리 속에 집어넣으십시오. 가벼운 스튜 냄비 속에 우무나 젤리, 당밀, 사탕 따위의 재료를 넣어 끓이십시오. 불이 잘 타게 하고, 그렇게 해서 생긴 공간에 약한 불에 오래 끓인 송아지 가슴살을 둥글게 썰어서 맛깔스럽게 배열하십시오. 소시지가 저음을 내거든 불에서 재빨리 끄집어내서 고급 포트와인을 살짝 뿌리십시오. 식탁에 내가기 직전에 수산화리튬 한 봉지와 찬 우유 4분의 1리터로 소스를 만드십시오. 송아지 가슴살을 곁들인 요리를 식탁에 내간 다음 당신은 꺼지십시오.'"

"할 말이 없군요. 구페는 위대한 인물이었어요. 아, 참, 니콜라, 나 내일 코에 여드름이 날 것 같아요?"

니콜라는 콜랭의 큰 코를 살펴보더니 부정적인 결론을 내렸다.

"참, 생각난 김에 물어보겠는데요. 비글무아 춤 어떻게 추는지 알고 있어요?"

"저는 아류라고 할 수 있는 부아시에르 스타일하고 지난 상반기에 뇌이에서 처음 만들어진 트라몽탄 스타일에 여전히 머물러 있습니다. 비글무아 춤은 아직 숙달되지 않았지요. 겨우 기초밖엔 모릅니다."

콜랭이 물었다.

"한번 배우면 필요한 테크닉을 익힐 수 있을까요?"

"그럴 수 있을 것 같습니다. 요컨대 복잡한 건 하나도 없거든요. 터무니없는 잘못이라든가 센스 부족으로 인한 실수만 안 저지르면 됩니다. 부기우기 리듬에 맞춰서 비글무아 춤을 추는 것도 그런 실수들 중 하나지요."

"그런 것도 잘못이 되나요?"

"그건 센스가 없어서 저지르는 잘못이겠지요."

니콜라가 이렇게 대화를 나누는 동안 껍질을 벗겨 놓았던 왕귤을 테이블 위에 올려놓더니 찬물에 손을 담갔다.

콜랭이 물었다.

"바빠요?"

"아이고, 아닙니다, 주인님. 지금 요리를 하고 있는 중입니다."

"그렇다면 비글무아 춤의 초보를 좀 가르쳐줄래요? 거실로 오세요. 레코드판을 돌릴 테니까."

"듀크 엘링턴이 편곡한 「클로에」나 「조니 호지스를 위한 콘체르토」처럼 분위기 있는 곡이 좋겠습니다……. 미국에서는 그걸 '무디' 나 '설트리 튠' 이라고 부르지요.."

7

니콜라가 말했다.

"주인님께서도 아시겠지만 비글무아 춤의 원리는 활성화된 두 개의 전극이 정확히 같은 주기로 진동운동을 할 경우 간섭현상을 일으킨다는 점에 있습니다."

"난 그 춤이 그처럼 고도의 물리적 요소들을 이용하는 줄은 몰랐어."

"이 경우에 춤을 추는 남자와 여자는 바짝 다가서서 음악의 리듬에 따라 온몸을 물결치듯 움직이는 것입니다."

콜랭이 약간 불안한 표정을 지으며 물었다.

"그래요?"

"그러면 음향학에서처럼 절점과 최대 폭이 나타나는 정태파(靜態波) 시스템이 생겨나게 되고, 이렇게 되면 댄스홀 안에는 거의 압력이 가해지지 않죠."

그러자 콜랭이 중얼거렸다.

"그렇군요……."

니콜라가 말을 이어갔다.

"비글무아 춤의 프로급들은 팔다리 일부를 동시에 진동시켜서 기생파(寄生波)의 진원을 만들어내는 데 이따금 성공하기도

합니다. 설명은 이만 하기로 하고 어떻게 하는지를 주인님께 보여 드리기로 하죠."

니콜라가 추천한 대로「클로에」를 고른 콜랭은 전축 턴테이블에 음반을 올려놓았다. 그는 바늘 끝을 음반의 첫 번째 홈 속에 살그머니 얹고서 진동을 시작하는 니콜라의 모습을 바라보았다.

8

니콜라가 말했다.
"주인님도 할 수 있을 겁니다! 좀 더 노력해 보십시오."
콜랭이 땀을 흘리며 물었다.
"그런데 왜 느린 곡에 맞춰 춤을 추지요? 훨씬 더 힘이 드는데."
"다 이유가 있지요. 원칙적으로 춤추는 남자와 여자는 중간 거리를 유지합니다. 느린 곡에 맞추면 파동의 속도를 조절할 수가 있기 때문에 두 파트너의 중간 정도 높이에 진원이 고정됩니다. 그렇게 되면 머리와 두 발은 유동적이지요. 이것은 이론적으로 얻을 수 있는 결과지요. 유감스럽게도 별로 세심하지 못한 사람들이 빠른 템포에 맞춰 흑인들처럼 비글무아 춤을 추기 시작할 때도 있습니다."
콜랭이 물었다.
"그게 무슨 얘긴가요?"
"유동점은 두 발과 머리에 있고 유감스럽게도 중간 유동점은 허리에 있어서 고정점 또는 의사(擬似) 관절은 흉골과 무릎

이 되어버리는 거죠.'

콜랭이 얼굴을 붉히며 말했다.

"알겠어요."

니콜라가 결론을 짓듯 말했다.

"부기 리듬에 맞춰 춤출 경우 곡이 전체적으로 끈적끈적하면 할수록 그만큼 더 음란한 효과를 낳지요. 이런 단어를 사용해도 될지 모르겠습니다만."

콜랭은 뭔가 깊은 생각에 잠겨 있었다. 그리고 니콜라에게 물었다.

"어디서 비글무아 춤을 배웠어요?"

"우리 조카딸한테 배웠지요……. 비글구아 춤에 관한 완벽한 이론은 우리 매형과 얘기를 나누는 도중에 제가 정립했습니다. 주인님께서도 잘 아시겠지만, 우리 매형은 학사원 회원인데, 그다지 어렵지 않게 그 방법을 이해하더군요. 19년 전에 자기도 그렇게 했다는 말까지 했어요……."

콜랭이 물었다.

"당신 조카딸은 열여덟 살이지요?"

니콜라가 고쳐 말했다.

"열여덟하고도 3개월입니다……. 주인님께서 이게 저를 필요로 하지 않으신다면 저는 돌아가서 요리를 살펴보겠습니다."

콜랭은 방금 다 돌아간 음반을 들어 올리며 말했다.

"가보세요, 니콜라, 고마웠어요."

9

 푸른색 와이셔츠에 베이지색 양복을 걸치고, 베이지색과 빨간색이 섞인 넥타이를 매고, 잔구멍을 뚫어 장식한 스웨이드 가죽 구두와 붉은색과 베이지색이 섞인 양말을 신어야지.
 우선 몸을 씻고 면도를 하고 내 모습을 살펴봐야지.
 그러고 나서 부엌에 있는 니콜라에게 물어봐야겠다.
 "니콜라, 나랑 춤추러 갈래요?"
 니콜라가 대답했다.
 "이런! 주인님께서 계속해서 요구하신다면 저로선 가야 하겠지요. 하지만, 그렇지 않다면, 저는 무척 급하게 해야 하는 몇 가지 일을 해결하고 싶습니다만."
 "당신을 더 이상 궁지에 몰아넣는 건 실례가 되겠지요?"
 니콜라가 말했다.
 "저는 구(區)의 하인들이 회원으로 있는 철학 서클 회장직을 맡고 있으므로 모임에 열심히 나가야만 합니다."
 "오늘 모임의 주제를 좀 물어봐도 될까요, 니콜라……."
 "앙가주망에 관해 얘기들을 할 겁니다. 장 솔 파르트르의 이론에 따른 앙가주망(참여), 식민지 군대의 앙가주망(지원) 또는 랑가주망(재복무), 그리고 개인들에 의한 소위 하인들의 앙가주망(고용계약)이나 담보 설정에 관하여 비교 검토가 되어 있습니다."
 콜랭이 말했다.
 "시크가 흥미로워하겠는데!"
 "대단히 유감스럽게도 우리 서클은 매우 폐쇄적입니다. 시크 씨는 아마 본 서클에 받아들여지지 않을지도 모릅니다. 오직 하인들만……."
콜랭이 물었다.
"니콜라, 왜 늘 복수형을 사용하는 거죠?"
니콜라가 대답했다.
"아다도 주인님께서는 '하인'이라는 단어는 평범하게 느껴지지만 '하녀'라는 단어는 명백히 공격적인 의미를 갖는다는 사실을 알아차리게 되실 겁니다……."
"당신 말이 맞군요, 니콜라. 내가 오늘 진정한 여자 친구를 만나게 될 것 같아요……? 난 당신 조카딸 같은 타입을 원해요……."
"주인님께서 우리 조카딸을 생각하신다면 그건 잘못입니다. 왜냐하면 최근에 시크 씨가 그 아이를 먼저 선택했거든요."
"하지만 니콜라, 난 정말 사랑에 빠지고 싶어요……."
물 끓이는 주전자의 주둥이에서 김이 즈금씩 솟아오르자 니콜라는 가서 뚜껑을 열었다. 수위가 올라와 편지 두 통을 전해 주었다.
콜랭이 물었다.
"우편물이 있나요?"
"미안합니다. 두 통 다 제게 온 거로군요. 주인님도 소식을 기다리고 계십니까?"
"어떤 처녀가 나한테 편지를 썼으면 하거든요. 그럼 그녀를 열렬히 사랑할 텐데."
니콜라가 결론짓듯 말했다.
"열두 십니다. 아침 식사를 하시겠어요? 으깬 소꼬리 요리하고 멸치를 넣고 버터로 튀긴 크루통, 향료를 넣은 펀치 술이 준비되어 있습니다."

세월의 거품 41

"니콜라, 왜 시크는 내가 다른 처녀를 초대해야만 당신 조카딸과 함께 식사를 하러 오겠다고 말하는 것일까요?"

"실례되는 말씀이지만 저 같아도 그렇게 하겠습니다. 주인님은 누가 봐도 아주 잘생긴 청년이거든요."

"니콜라, 만일 오늘 저녁에 사랑에 빠지지 못한다면 정말이지 나는…… 내 친구 시크에게 대항하는 뜻에서 보부아르 공작부인의 작품들을 수집하겠어요."

10

콜랭은 말한다.

"난 사랑을 하고 싶어. 넌 사랑을 하고 싶어 해. 그 역시 '마찬가지'야. 우리들도, 당신들도 그러고 싶어 해. 그들 역시 사랑에 빠지고 싶어 하지……."

그는 목욕탕 거울을 보며 넥타이를 맸다.

"이제 나는 윗도리와 외투, 목도리를 걸치고 오른쪽 장갑, 왼쪽 장갑을 끼어야 해. 머리가 헝클어질 테니 모자는 쓰지 말자. 너 거기서 뭘 하니?"

그는 검은 수염이 난 회색 생쥐를 불렀는데, 생쥐는 원래 제가 있을 자리가 아닌 양치용 컵 안에 들어앉아 있는 건 물론 그 가장자리에 팔꿈치까지 괸 채 초연한 표정을 짓고 있었다.

그는 생쥐에게 다가가기 위해 노란색 에나멜을 칠한 장방형 욕조 가장자리에 앉으면서 생쥐에게 말했다.

"내가 퐁토잔 씨 집에서 오랜 친구인 쇼즈를 만난다고 가정해 보렴."

생쥐가 머리를 끄덕였다.
"그에게 여자 사촌이 있다고 가정해도 되겠지? 그녀는 흰색 스웨터 셔츠에다 노란색 치마 차림에 이름은 알…… 오네짐이라고 해두자."

생쥐가 발을 끄더니 놀랍다는 표정을 지었다.

콜랭이 다시 입을 열었다.

"예쁜 이름은 아니지. 하지만 넌 생쥐그 수염이 났어. 그게 어쨌다는 거야?"

그가 몸을 일으켰다.

"벌써 세 시야. 자, 너 때문에 시간을 허비했다. 시크와…… 시크는 분명히 아주 일찌감치 나타날 거야."

그는 손가락을 입으로 빨더니 머리 위로 올렸다가 즉시 다시 내렸다. 화덕에다 넣은 것처럼 손가락이 얼얼했다.

그는 결론짓듯 말했다.

"공기 속에는 사랑이 있어. 그래서 뜨거워지는 거지. 나는, 너는, 그는, 우리는, 당신들은, 그들은 몸을 일으킨다. 너, 컵에서 나오고 싶니?"

생쥐는 혼자 힘으로 컵에서 나와 고무젖꼭지 모양의 비누 조각을 잘라냄으로써 자기가 그 누구의 도움도 필요로 하지 않는다는 것을 증명했다.

콜랭이 말했다.

"아무 데나 들라붙지 마! 넌 정말 먹보구나……!"

그는 목욕탕을 나와 자기 방으로 건너가 윗도리를 걸쳤다.

'니콜라는 벌써 출발한 게 틀림없어……. 그는 멋진 아가씨들을 알고 있을 거야……. 오퇴이유의 아가씨들은 집안 살림을 도맡아 하는 하녀들처럼 철학자들의 집에 들어간다는데…….'

그는 방문을 닫았다.

'왼쪽 소매 안감이 약간 찢어졌네……. 테이프를 다 썼는데……. 별수 없지. 구멍을 내야겠다…….'

맨손으로 볼기를 때릴 때 나는 것 같은 소리를 내며 그의 뒤에서 문이 닫혔다……. 그는 소스라치게 놀랐다…….

'다른 생각을 하고 싶은데……. 내가 계단에서 넘어져 턱이 깨졌다고 가정해 보자…….'

계단에 깔린 환한 보라색 양탄자는 단(段)이 세 개에 하나씩만 닳아 있었다. 과연 콜랭은 언제나 계단을 성큼성큼 올라 다녔던 것이다. 발이 니켈 도금한 단 끝 부분의 쇠에 끼면서 난간에 가 부딪쳤다.

"이런 젠장, 바보 같은 짓을 했군. 어쩔 수 없지, 뭐. 나, 너 그리고 그는 정말로 바보라니까!"

등이 아팠다. 아래층으로 내려온 그는 그 이유를 깨닫고 입고 있던 외투 깃에서 단 끝 부분의 쇠를 통째로 끄집어냈다.

바깥문이 드러난 어깨에 입을 맞출 때 나는 소리를 내며 저절로 닫혔다…….

'이 거리에는 뭐 볼만한 게 있지?'

맨 앞에서는 토목 인부 두 명이 돌차기 놀이를 하고 있었다. 둘 중에서 더 뚱뚱한 사람의 배가 공교롭게도 그 주인의 몸통에서 튀어 올랐다. 그들은 십자가가 없는, 붉은 예수 수난 상(像)을 쇠고리 대신 썼다.

콜랭은 그들을 지나쳐 갔다.

좌우에 내리닫이창이 달린 아름다운 벽토 건물들이 서 있었다. 한 여인이 창가에서 밖을 내다보고 있었다. 콜랭이 손 키스를 하자 그 여자도 자기 남편이 좋아하지 않는, 검은색과 은색이 뒤섞인 플란넬 침대 바닥 깔개를 머리 위로 흔들었다.

큰 건물들의 거친 외관은 상점들이 있어서 그나마 부드러워 보였다. 탁발승들이 쓰는 물건들을 전시해 놓은 진열대가 콜랭의 관심을 끌었다. 그는 샐러드용 유리그릇과 의자나 방석 따위에 속을 넣는 데 사용하는 작업 도구들의 가격이 지난주에 비해 올랐다는 사실을 확인했다.

그는 개 한 마리와 다른 두 사람과 마주쳤다. 날씨가 추운 탓에 사람들이 집 밖으로 나오지 않았다. 죽에서 빠져나오는 데 성공한 사람들은 집에 누더기 옷을 내버려 둔 채 후두염으로 죽어갔다.

네거리의 경찰관은 짧은 외투 속에 머리를 감추고 있었다. 그래서 커다란 검정색 우산 같아 보였다. 카페 웨이터들은 몸을 덥히려고 그의 주위를 한 바퀴씩 돌곤 했다.

두 연인이 현관 아래서 서로 껴안고 있었다.

'난 저 사람들을 보고 싶지 않아······. 난, 난 저 사람들을 보고 싶지 않아······. 저들을 보면 지겨워져······.'

콜랭은 거리를 가로질러 갔다. 두 연인이 현관 아래서 서로 껴안고 있었다.

그는 두 눈을 감고 달리기 시작했다······.

눈꺼풀 아래로 아가씨들이 여러 명 보이기에 재빨리 다시 눈을 떴다. 그 바람에 길을 잃어버리고 말았다. 그의 앞쪽에 여자 한 명이 있었다. 그녀도 같은 방향으로 가고 있었다. 발목까지 올라오는 흰색 양털 신발을 신고 있는 예쁜 다리와 광택 없는 가죽 외투, 외투와 잘 어울리는 챙 없는 모자가 눈에 띄었다. 모자 밑으로 보이는 적갈색 머리칼. 어깨를 한층 더 넓어 보이게 만드는 외투가 처녀 주위에서 흔들리고 있었다.

'저 여자를 앞지르고 싶어……. 저 여자 얼굴을 보고 싶어.'

그는 그 여자를 앞질러 갔다가 울기 시작했다. 아무리 적어도 쉰아홉 살은 되어 보였다. 그는 인도 변에 앉아 더 울었다. 그렇게 울고 났더니 가슴이 많이 후련해졌고, 눈물이 따닥따닥 작은 소리를 내며 얼더니 인도의 매끈매끈한 화강암 위에서 부서졌다.

5분 만에 그는 자기가 이시스 퐁토잔의 집 앞에 와 있음을 깨달았다. 아가씨 두 명이 옆을 지나가더니 그 건물의 현관 속으로 들어가 버렸다.

가슴이 한없이 부풀고 가벼워지면서 그를 땅에서 들어 올렸고, 그는 그 아가씨들을 따라 들어갔다.

11

2층에 들어서자마자 이시스네 부모 집에 모인 사람들이 웅성거리는 소리가 어렴풋이 들려왔다. 계단은 마치 비브라폰[4]의 원통형 공명기 속에 들어 있는 조절판처럼 세 번 돌면서 소리를 증폭했다. 콜랭은 두 아가씨의 뒤꿈치를 바로 코앞에서 쳐다보며 올라갔다. 살색 나일론 양말을 신은 두 처녀의 예쁜 뒤꿈치는 굽이 높은 진짜 가죽 구두와 우아해 보이는 발목으로 인해 더욱 예뻐 보였다. 이어서 긴 애벌레처럼 살짝 주름이 진 긴 양말의 솔기와 무릎관절의 움푹한 부분이 보였다. 콜랭은 걸음을 멈추었다가 두 계단을 처지게 되었다. 그는 다시 계단을 오르기 시작했다. 이제 왼쪽에 선 아가씨가 신고 있는 긴 양말의 윗부분에 이어 배는 더 촘촘한 양말 코가, 그리고 그늘이

진 흰색 허벅지가 눈에 들어왔다. 또 다른 아가씨의 판판한 주름치마는 그런 식의 눈요기를 허용하지 않았지만, 비버 모피로 짠 외투 아래의 엉덩이는 앞서 말한 처녀의 엉덩이보다 더 둥글게 돌아가면서 작은 주름을 계속해서 만들어냈고 그 주름들은 계속해서 망가지곤 했다. 콜랭은 점잖게 자기 발을 바라보기 시작했고, 두 아가씨는 3층에서 걸음을 멈추었다.

두 아가씨를 따라가자 하녀가 나와 문을 열어주었다.

이시스가 말했다.

"안녕, 콜랭. 잘 지냈어요?"

"안녕, 생일 축하해요……!"

그는 그녀를 끌어당겨 머리칼 근처에 입을 맞췄다. 좋은 냄새가 났다.

이시스가 항의를 하듯 말했다.

"하지만 오늘은 제 생일이 아녜요! 뒤퐁 생일이란 말이에요……!"

"뒤퐁은 어디 있습니까? 축하해 주고 싶은데……!"

"더러워 죽겠어요 오늘 아침에 예뻐 보이라고 이발소에 데려갔거든요. 목욕까지 시켰는데, 글쎄, 두 시에 친구 세 명이 더럽고 오래된 뼈다귀 뭉치를 들고 찾아와서 데려가 버렸지 뭐예요? 끔찍한 모습을 하고 돌아올 거예요!"

콜랭이 지적했다.

"그래도 어쨌든 그 녀석 생일 아닙니까!"

그는 이중문을 통해 젊은 남녀들을 보았다. 열두어 명 정도가 춤을 추고 있었다. 그리고 대부분은 열중쉬어 자세를 취한 채 남자들은 남자들끼리 여자들은 여자들끼리 모여서 그다지 자신 없는 표정으로 그다지 끌리지 않는 인상들을 교환하고 있었다.

이시스가 말했다.

"외투를 벗으세요. 이리 오세요. 제가 남자용 탈의실로 모셔다 드리죠."

그녀를 따라가던 콜랭은 핸드백과 분갑 소리를 내면서 여자용 탈의실로 바뀐 이시스의 방에서 돌아오는 또 다른 아가씨 두 명과 마주쳤다. 천장에는 정육점 주인에게서 빌려 온 쇠갈고리가 여러 개 매달려 있었고, 이시스는 멋져 보이게 하기 위해서 가죽을 잘 벗긴 양 머리도 두 개 빌려 왔다. 양 머리들이 쇠갈고리 끝에서 웃고 있었다.

이시스 아버지의 사무실에서 가구들을 들어낸 것이 바로 남자용 탈의실이었다. 손님들은 코트를 방바닥에 집어 던졌다. 콜랭도 역시 그렇게 한 다음 거울 앞에서 늑장을 부렸다.

이시스가 초조한 듯 말했다.

"자, 가요. 매력적인 아가씨들을 소개해 줄게요."

콜랭은 그녀의 손목을 잡고서 끌어당겼다.

"황홀할 정도로 아름다운 옷을 입었군요."

그것은 굵은 황금색 단추가 달려 있고 등에 바대 구실을 하는 쇠창살이 붙어 있을 뿐 극히 수수한 짧은 연녹색 모직 드레스였다.

이시스가 물었다.

"제 옷이 마음에 드시는군요!"

"눈이 부십니다. 창살 사이로 손을 밀어 넣어도 안 물릴까요?"

"그래도 조심하세요."

그녀가 살짝 몸을 빼더니 콜랭의 손을 잡고 발한(發汗)의 중

심지로 데려갔다. 두 사람은 새로 도착한 두 남자의 뾰족한 성기와 부딪쳤다가 복도 모퉁이를 살그머니 빠져나가 식당 문을 통해 핵심부에 도착했다.

콜랭이 말했다.

"아니! 알리즈와 시크가 벌써 와 있습니까?"

"네. 자, 이리 오세요. 소개해 드릴 사람들이 있어요……."

아가씨들은 대체로 반반해 보였다. 한 명은 큼지막한 금빛 사기 단추가 달려 있으며 등에 독특한 형태의 바대가 붙어 있는 연녹색 모직 드레스를 입고 있었다.

콜랭이 부탁했다.

"저 아가씨 소개해 주세요."

이시스가 그를 진정시키기 위해서 꾸짖듯 말했다.

"좀 얌전히 계시지요?"

벌써 다른 처녀를 눈여겨보고 있던 그가 자기를 안내해 준 이시스의 손을 잡아당겼다.

이시스가 말했다.

"여긴 콜랭이에요. 콜랭, 클로에를 소개할게요."

콜랭이 침을 삼켰다. 뜨거운 튀김을 먹다가 덴 것처럼 입안이 얼얼했다.

클로에가 입을 열었다.

"안녕하세요!"

콜랭이 물었다.

"안녕하…… 듀크 엘링턴이 당신을 편곡했나요?"

이렇게 말하고 난 그는 도망치려고 했다. 자기가 바보 같은 말을 했음을 확신했기 때문이었다.

시크가 그의 윗도리 자락을 붙잡았다.

"이렇게 하고 어딜 가는 거야? 벌써 가려는 건 아니겠지? 자, 봐!"

시크는 붉은색 모로코가죽으로 장정을 한 자그마한 책 한 권을 호주머니에서 꺼냈다.

"이 책이 파르트르의 『토사물에 관한 패러독스』 원본이야……."

"역시 찾아냈군그래?"

말을 마치고 난 그는 자기가 도망을 쳤으며 도망을 치고 있다는 사실을 기억해 냈다.

알리즈가 그를 가로막고 섰다.

그녀가 말했다.

"그래서 나랑 춤도 한번 안 추고 그냥 가버리겠다는 거예요?"

"미안해요. 하지만 방금 바보짓을 했기 때문에 거북해서 여기 그냥 있을 수가 없군요."

"하지만 누가 당신을 이렇게 쳐다보고 있을 땐 응할 수밖에 없는 거랍니다……."

"알리즈……."

콜랭이 이렇게 우는소리를 하더니 그녀를 껴안으면서 머리칼에다 자기 뺨을 문질렀다.

"왜 그래요, 콜랭?"

"이런…… 제기랄…… 똥 같은 녀석! 이 지긋지긋한 인간! 저기 저 아가씨 보여요?"

"클로에 말이에요?"

"알아요……? 저 아가씨한테 바보 같은 소리를 했기 때문에 그냥 가려고 했던 겁니다."

그는 꼭 독일 군가를 연주하는 듯 가슴 속에서 큰북 소리만 들려온다는 말은 덧붙이지 않았다.

알리즈가 물었다.

"저 여자 예쁘지 않아요?"

붉은 입술에 갈색 머리의 클로에는 행복한 표정을 짓고 있었으며, 그녀가 입고 있는 옷은 거기에 비하면 아무것도 아니었다.

"나로선 감히 어떻게 해볼 수가 없어요!"

그리고 난 그는 알리즈를 놓아주고는 클로에에게 가서 춤을 신청했다. 그녀가 그를 바라보았다. 그녀가 웃더니 오른손을 그의 어깨 위에 올려놓았다. 그녀의 차가운 손가락이 목덜미에 느껴졌다. 그는 오른쪽 이두근을 압축함으로써 그녀와의 간격을 좁혔다.

클로에가 다시 한 번 콜랭을 쳐다보았다. 눈이 푸른색이었다. 그녀는 머리를 흔들어 반짝거리는 곱슬머리를 뒤로 넘겼으며, 단호하고 확고한 동작으로 관자놀이를 콜랭의 뺨에 갖다 댔다.

주위는 깊은 침묵에 잠겼으며, 나머지 세상 대부분은 하찮아져 버렸다.

하지만 예상했어야 했던 대로 레코드판이 멈춰버렸다. 그제야 진짜 현실로 돌아온 콜랭은 천장에 격자창이 나 있어서 위층에 세 든 사람들이 내려다보고 있다는 것, 물이 만들어낸 무지개가 술 장식들이 늘어져 벽 아랫부분을 덮고 있다는 것, 여러 가지 색깔의 기체가 여기저기 뚫어놓은 구멍에서 새어 나오고 있다는 것, 여자 친구 이시스가 자기 앞에 선 채 프티푸르[5]를 고생대 석탄기에 만들어진 쟁반에 얹어 서비스하고 있다는 것을 깨달았다.

클로에가 곱슬머리를 흔들면서 말했다.

"고마워요, 이시스."

콜랭도 여러 가닥으로 나뉜 잔가지처럼 생긴 자그마한 에클레르 과자를 하나 집어 들면서 말했다.

"고마워요, 이시스. 그런데 잘못 생각하신 것 같군요. 과자가 꽤 맛있는데요."

그러고 난 그는 기침을 해댔다. 불운하게도 과자 속에 감춰져 있던 성게 가시를 씹었던 것이다.

클로에가 예쁘게 생긴 이를 드러내며 웃었다.

"무슨 일이에요?"

그는 그녀를 놓아주고 물러서서 편안한 상태로 기침을 했고, 그랬더니 결국은 진정이 되었다. 클로에가 술잔 두 개를 들고 돌아왔다.

"마셔요. 좀 나아질 거예요."

"고맙군요. 샴페인인가요?"

"이것저것 섞었어요."

콜랭이 술잔을 단숨에 비우더니 숨 막혀 했다. 클로에는 더 이상 웃음을 참을 수가 없었다. 시크와 알리즈가 다가왔다.

시크가 물었다.

"무슨 일이야?"

클로에가 말했다.

"술 마실 줄 모르시나 봐요!"

알리즈가 콜랭의 등을 친절하게 두드려주자 징을 치는 것 같은 소리가 났다. 모든 사람들이 일순 춤추기를 멈추더니 식탁으로 가 앉았다.

시크가 말했다.

"됐어. 이제 조용하군. 좋은 판 한번 트는 게 어때?"

그는 콜랭을 향해 눈을 찡긋했다.

알리즈가 이렇게 제안했다.

"비글무아 춤 한번 추는 게 어때요?"

시크가 턴테이블 옆에 세워놓은 레코드판을 뒤졌다.

알리즈가 시크에게 말했다.

"나랑 춤춰요, 시크."

시크가 말했다.

"자, 판을 올려놨습니다."

그것은 부기우기 리듬이었다.

클로에가 기다리고 있었다.

콜랭이 소스라치게 놀라며 시크와 알리즈에게 말했다.

"저 음악에 맞춰서 비글무아 춤을 추려는 건 아니겠지?"

시크가 웃었다.

"안 될 게 뭐 있어……?"

콜랭이 클로에에게 말했다.

"저런 거 보면 안 됩니다."

그가 고개를 살짝 숙이더니 클로에의 귀와 어깨 사이에다 입을 맞추었다. 클로에는 몸을 떨었으나 머리를 빼내지는 않았다.

콜랭도 입술을 떼어내지 않았다.

하지만 알리즈와 시크는 흑인 스타일의 비글무아 춤을 훌륭하게 실연하는 데 열중하고 있었다.

레코드판은 상당히 빨리 돌아갔다. 알리즈는 시크에게서 몸을 떼어내고 다음에는 무슨 춤을 출까 생각해 보았다. 시크는 긴 의자 위에 누워버렸다. 콜랭과 클로에가 그 앞에 있었다. 그가 두 사람의 다리를 잡더니 자기 옆에 쓰러뜨렸다.

그가 말했다.

"자, 나의 어린 양들이여. 잘 되어가나?"

콜랭이 앉자 클로에도 그 옆에 편안하게 자리를 잡았다.

시크가 말했다.

"이 아가씨는 얌전하군, 안 그래?"

클로에가 미소를 지었다. 콜랭은 아무 말 없이 클로에의 목에 팔을 두르더니 그녀의 옷 맨 위에 달린 단추를 무심히 만지작거리기 시작했고, 단추는 곧 열렸다.

알리즈가 돌아왔다.

"좀 비켜줘요, 시크. 콜랭과 당신 사이에 앉고 싶어요."

그녀는 레코드판을 잘 골랐다. 듀크 엘링턴이 편곡한 「클로에」였다. 콜랭이 클로에의 귀 옆 머리칼을 잘근잘근 씹었다. 그가 중얼거리듯 말했다.

"바로 당신이군요."

그런데 클로에가 미처 대답을 하기도 전에 다른 사람들 모두가 식탁에 앉을 시간이 전혀 아니라는 사실을 드디어 깨닫고 다시 춤을 추러 나왔다.

클로에가 말했다.

"오……! 정말 유감이군요……!"

12

시크가 물었다.

"그 아가씨 다시 만날 거니?"

그들은 니콜라가 방금 만들어낸 호두 넣은 호박 요리를 앞에 두고 식탁에 앉아 있었다.

"몰라. 어떻게 해야 할지 모르겠어. 그 아가씨는 정말 고상한 사람이야. 근데 지난번 이시스네 집에서는 샴페인을 많이 마시더라……."

"그런 모습이 꽤 잘 어울리던데, 뭘. 그 아가씬 아즈 예뻐. 그런 표정 짓지 마! 오늘 난 들쭉날쭉하지 않은 두루마리 휴지 위에서 파르트르의 『구토증이 일어나기 전에 해야 할 선택』을 발견했단 말이야."

"그런데 그런 돈은 다 어디서 나는 거야?"

시크의 표정이 어두워졌다.

"책값은 꽤 비싸지만 난 그 책을 손에 넣지 않고는 살 수가 없어. 니겐 파르트르가 필요해. 난 수집가라고. 난 그가 쓴 건 뭐든지 다 가져야 한다고."

"하지만 그는 끊임없이 쓰고 있어. 1주일에 최소한 다섯 편은 펴낸다니까……."

"잘 알고 있어 ……."

콜랭은 그가 기운을 되찾도록 해주었다.

콜랭이 말했다.

"어떻게 하면 클로에를 다시 만날 수 있을까?"

시크가 콜랭을 바라보더니 미소를 지었다.

"사실, 난 장 솔 파르트르 얘기로 널 귀찮게 했어. 널 꼭 도와주고 싶어……. 내가 어떻게 해야 하지?"

"골치가 다 아파. 어떨 땐 절망에 빠져 있다가도 또 어떨 땐 한없이 행복해지는 거야. 뭔가를 이렇게까지 갈망한다는 건 너무나 기분 좋은 일이야."

콜랭이 계속해서 말을 이어갔다.

"마른땅에서 강한 햇볕을 쬐고 있는 시든 풀밭에 누워 있고 싶어. 밀짚처럼 노랗고 바삭바삭하며 작은 벌레들이 떼를 지어 돌아다니고 마른 이끼도 끼어 있는 풀밭 말이야. 거기 배를 깔고 누워서 바라보는 거지. 생울타리와 바위와 완전히 뒤틀린 나무들과 자그마한 잎사귀도 있어야겠지. 정말 괜찮을 거야."

"그럼 클로에는?"

"물론 클로에도 있어야지. 클로에는 내 생각 속에 있어."

두 사람은 잠시 입을 다물었다. 물병이 그 틈을 이용해서 수정처럼 맑은 소리를 냈고, 그 소리는 벽 위로 반사되었다.

콜랭이 입을 열었다.

"소테른[6] 좀 더 마시지그래?"

"그래, 고맙다."

니콜라가 파인애플을 올려놓고 오렌지 리큐어를 섞은 빵을 내왔다.

콜랭이 말했다.

"고마워요, 니콜라. 내가 사랑하게 된 어떤 아가씨를 다시 만나고 싶은데 어떻게 하면 좋겠어요?"

"물론 그런 일이 일어날 수가 있겠지요, 주인님……. 하지만 저에겐 단 한 번도 그런 일이 일어나지 않았다는 것을 주인님께 고백해야겠군요."

시크가 끼어들었다.

"물론 당신은 자니 와이즈뮬러[7]처럼 생겼어요. 하지만 그게 일반적인 규칙은 아닙니다!"

"저를 그렇게까지 높이 평가해 주시니 깊은 감동이 느껴집니다."

이렇게 말하고 난 니콜라는 이번에는 콜랭을 향해 말을 계속해 나갔다.

"주인님께서 보고 싶어 하시는 그분을 만났던 집의 주인을 통해 그분의 습관이라든가 잘 가시는 곳에 대한 몇 가지 정보를 얻도록 해보시라는 충고를 드리고 싶군요."

콜랭이 대답했다.

"니콜라, 당신 말투가 복잡하긴 하지만 가능성은 있는 것 같군요. 하지만 사랑에 빠지면 누구나 바보가 되는 것 아니겠어요? 그래서 난 내가 이미 오래전부터 그런 생각을 했다는 걸 시크에게 말하지 않았던 겁니다."

니콜라가 부엌으로 돌아갔다.

콜랭이 입을 열었다.

"굉장한 사람이야."

시크가 맞장구쳤다

"그래. 저 사람은 요리가 뭔지 알고 있어."

그들은 다시 소테른을 마셨다. 니콜라가 커다란 케이크를 들고 다시 나타났다.

니콜라가 말했다.

"추가로 나오는 디저트입니다."

콜랭이 칼을 집어 편편한 표면을 자르려다 손길을 멈추었다. 그가 말했다.

"너무 아름다워. 조금만 기다리기로 하자."

"기다림이란 간조로 시작되는 전주곡이야."

"왜 그렇다는 거지?"

콜랭이 이렇게 물으면서 시크의 잔을 집어 들더니 무거운 에테르처럼 이리저리 움직이는 진한 금빛 포도주를 채웠다.

"모르겠어. 불현듯 떠오른 생각이거든."
"맛 좀 봐!"
그들은 함께 잔을 비웠다.
"정말 맛있다!"
시크가 이렇게 감탄했다. 그의 두 눈이 번갈아 가며 불그스레한 불빛을 발하기 시작했다.
콜랭이 가슴을 감싸 안으면서 말했다.
"이보다 더 좋은 건 없어. 알려진 것 중에서 이만한 건 없다고."
"그건 전혀 중요하지 않아. 알려진 사람 중에서 너만 한 사람은 아무도 없어."
"분명해. 우리가 실컷 마시고 있으면 클로에가 올 거야."
"그건 증명되지 않았어!"
그러자 콜랭이 잔을 내밀면서 말했다.
"너 지금 나한테 도전하는구나!"
시크가 두 개의 잔에 술을 채웠다.
콜랭이 말했다.
"기다려!"
그가 테이블을 밝혀 주던 작은 램프와 천장 등을 껐다. 평상시 콜랭이 그 앞에서 명상에 잠기곤 하던 스코틀랜드제(製) 성모상에서 흘러나오는 초록색 불빛만이 한쪽 구석에서 빛나고 있었다.
시크가 중얼거리듯 소리쳤다.
"아……!"
크리스털 잔 속의 포도주가 어렴풋한 인광(燐光)을 발했다. 온갖 색깔의 무수히 많은 점들이 반짝거리는 것 같았다.

콜랭이 말했다.

"마셔!"

두 사람은 잔을 비웠다. 그들의 입술에 미광이 남아 있었다. 콜랭이 다시 불을 켰다. 그는 계속 서 있어야 할지 어쩔지 망설이는 듯했다.

콜랭이 말했다.

"단 한 번으로 관례를 만들 수는 없는 법이지. 병을 다 비울 수 있을 것 같은데?"

"케이크를 자르는 게 어때?"

콜랭이 은으로 된 칼을 집어 들더니 반들거리는 흰색 케이크 위에 나선을 그리기 시작했다. 그가 문득 동작을 멈추더니 놀랍다는 표정으로 나선이 그려진 케이크를 바라봤다.

그가 말했다.

"뭘 좀 실험해 봐야겠어."

그는 한 손으로는 식탁 위에 꽂혀 있던 꽃다발에서 호랑가시나무 잎사귀 하나를 빼 들었고, 다른 한 손으로는 케이크를 잡았다. 그는 손가락 끝으로 케이크를 빠르게 돌리면서 다른 손으로 호랑가시나무 잎사귀 끝 부분을 나선 속에 갖다 댔다.

"들어봐……!"

시크가 귀를 기울였다. 듀크 엘링턴이 편곡한「클로에」였다.

시크가 콜랭을 바라보았다. 그의 얼굴이 백지장처럼 창백해 보였다.

시크가 칼을 집어 들더니 단호한 동작으로 케이크에 갖다 꽂았다. 케이크를 반으로 자르자 그 안에 시크를 위해서는 파르트의 새로운 글이, 콜랭을 위해서는 클로에와의 약속이 들어 있었다.

13

콜랭은 광장 모퉁이에 선 채 클로에를 기다리고 있었다. 광장은 원형이었는데, 성당과 비둘기들, 작은 공원, 벤치들이 있었고, 승용차들과 버스들이 그 앞의 마카담식 포장도로를 달리고 있었다. 태양도 클로에를 기다리고 있었다. 하지만 아마도 태양은 그늘을 만들어주기도 하고, 야생 강낭콩 씨앗들이 적당한 틈 속에서 싹을 틔우도록 해주기도 하고, 덧문을 밀어 올려 파리 배전 회사 직원이 부주의로 켜놓은 가로등을 부끄럽게 만들기도 하며 즐겁게 시간을 보낼 수도 있었으리라.

콜랭은 장갑 테두리를 둘둘 말면서 클로에를 만나면 맨 처음 무슨 말을 할지 준비하고 있었다. 이 첫마디는 약속 시간이 가까워지면서 점점 더 빨리 바뀌어갔다. 클로에랑 같이 뭘 해야 할지 알 수가 없었다. 찻집으로 데려갈까 생각했지만, 그곳 분위기라는 게 대체로 나른한 데다가 사십 대의 먹보 아줌마들이 자그마한 손가락을 빨면서 크림 넣은 케이크를 일곱 개씩 먹곤 해서 맘에 들지 않았다. 그는 오직 남자들만이 폭음 폭식을 할 수 있으며, 남자들의 폭음 폭식만이 자연스러운 품위를 잃지 않을 뿐만 아니라 그 의미를 온전히 간직할 수 있다고 믿는 사람이었다. 그녀가 받아들이지 않을 테니 영화관도 안 될 것이다. 그녀가 좋아하지 않을 테니 국회의사당 견학도 안 될 것이다. 그녀가 무서워할 테니 송아지 경주 구경도 갈 수 없을 것이다. 출입이 금지되어 있으니 생 루이 병원에도 갈 수 없을 것이다. 아시리아의 게루빔상(像) 뒤에 사티로스[8]들이 있으니 루브르 박물관에도 갈 수 없을 것이다. 외바퀴 손수레뿐 기차는 한 대도 없으니 생 라자르 역에도 갈 수 없을 것이다.

"안녕하세요……!"

클로에가 뒤편에서 나타났다. 콜랭은 재빨리 장갑을 벗고 허둥대다가 주먹으로 코를 한 대 세게 치면서 "아야!" 소리를 내더니 클로에와 악수를 나누었다. 클로에가 웃었다.

"몹시 당황하신 것 같군요……!"

머리 색깔과 똑같은 색깔의 털이 긴 모피 외투, 역시 모피로 짠 챙 없는 모자, 그리고 안쪽이 모피로 되어 있는 작고 짧은 구두.

그녀가 콜랭의 팔을 잡았다.

"팔 이리 줘요. 당신, 오늘은 좀 어색해 보이네요……!"

콜랭이 고백을 하듯 말했다.

"지난번에는 시간이 지나면서 조금씩 나아져 갔습니다."

그녀가 다시 웃더니 그를 쳐다보고는 다시 더 크게 웃었다.

콜랭이 참담하다는 표정을 지으며 이렇게 말했다.

"날 놀리는군요. 친절하지가 않아요."

"날 만나서 기쁘세요?"

"그럼요……."

두 사람은 가장 먼저 나타난 인도를 따라 걸었다. 작은 장밋빛 구름 한 조각이 하늘에서 내려오더니 그들에게 다가왔다.

구름이 제의했다.

"나 갑니다!"

콜랭이 이렇게 받았다.

"그래, 이리 와!"

그러자 구름이 두 사람을 감쌌다. 그 안은 따뜻했고 계피 향을 넣은 설탕 냄새가 났다.

콜랭이 말했다.

"사람들은 이제 우리들을 볼 수 없어요! 하지만 우린 사람들을 볼 수가 있지요."

"그래도 약간 투명해요. 조심하세요."

"전혀 상관없습니다. 여하튼 기분이 좋군요. 뭘 하면 좋을까요……?"

"그냥 걸어요. 따분하세요?"

"그럼 세상 돌아가는 얘기나 좀 해주세요……."

"전 세상사에 대해서 잘 몰라요. 윈도쇼핑을 해도 좋을 것 같은데요. 저기 저 진열창 좀 보세요! 재미있는데요."

진열창 안을 보니 한 아름다운 여성이 용수철을 집어넣은 매트 위에서 쉬고 있었다. 그녀는 가슴을 드러내놓고 있었고, 웬 기계가 가느다란 흰색 털로 된 길고 부드러운 솔로 그녀의 젖가슴을 아래에서 위로 빗질해 주고 있었다. 게시판에는 '샤를님의 영양 가죽 구두는 오래 신으실 수 있습니다.' 라고 쓰여 있었다.

클로에가 입을 열었다.

"굿 아이디어로군요."

"하지만 아무 관계가 없잖아요? 손으로 하는 게 더 좋은데."

클로에가 얼굴을 붉혔다.

"그런 식으로 말하지 마세요. 전 젊은 남자들이 젊은 여자들 앞에서 그렇게 야한 소리 하는 거 안 좋아해요."

"미안해요. 그러려는 게 아니었는데……."

그가 몹시 미안한 표정을 짓자 클로에는 자기가 화를 내고 있지 않다는 걸 보여 주려고 웃으면서 그를 살짝 밀쳤다.

또 다른 진열창 안에서는 푸주한의 앞치마를 두른 뚱뚱한 남자가 어린아이들의 목을 따고 있었다. '빈민구제사업'을 선전하는 진열창이었다.
콜랭이 말했다.
"돈을 헛것에다 쓰는군요. 그 사람들 매일 밤 저걸 치우려면 엄청난 돈이 들 텐데."
클로데가 근심스러운 표정으로 외쳤다.
"저런 일은 있을 수 없어요."
"어떻게 압니까? 고아원 같은 곳에서는 아이들을 거저 얻었으니까 그럴 수도……."
"난 저런 거 안 좋아해요. 전에는 저런 식으로 만든 선전용 진열창이 없었는데. 저것이 진보라고는 생각되지 않는군요."
"별문제 없을 겁니다. 저런 어리석은 짓거리를 믿고 있는 자들에게만 영향을 미칠 테니까."
"근데 저건 또 뭐죠?"
진열창 안의 그무바퀴에 둥글둥글하고 포동포동한 배가 올려져 있었다. 광고판에는 이렇게 쓰여 있었다. '전기다리미로 다리신다면 당신 배에는 주름살이 생기지 않을 것입니다.'
콜랭이 외쳤다.
"난 알아요! 저건 우리 집 요리사였던 서르주의 배입니다! 저 사람 저기서 뭘 하는 거지?"
"아무러면 어때요? 저게 누구 배건 아무 말씀 마세요. 하기야 배가 너무 많이 나오긴 했군요."
"저 사람, 요리에는 일가견이 있거든요……!"
"우리 가요. 혐오감이 들어서 이제 더 이상 진열창을 보고 싶지 않아요."
"이젠 뭘 하죠? 어디 가서 차나 한잔 마실까요?"
"아! 아직 차 마실 시간이 아닌걸요……. 게다가 저는 차를 안 좋아해요."

콜랭이 안도의 한숨을 내쉬자 양복바지의 멜빵이 딱 소리와 함께 뜯어졌다.

"이게 무슨 소리예요?"

콜랭이 얼굴을 붉히며 설명했다.

"제가 마른 나뭇가지를 밟았거든요."

"우리 불로뉴 숲으로 산책하러 가는 게 어때요?"

콜랭은 몹시 기뻐하며 클로에를 바라봤다.

"정말 좋은 생각인데요. 아무도 없을 겁니다."

클로에의 얼굴이 빨개졌다.

"그래서 가자는 게 아녜요."

이렇게 말하고 난 그녀는 복수를 해야겠다는 생각에서 한마디 덧붙였다.

"그리고 우리 산책로에서 벗어나지 말아요. 안 그러면 발이 젖을 테니까."

그는 팔 밑에 느껴지는 그녀의 팔을 약간 더 꽉 끼며 말했다.

"지하도로 갑시다."

지하도 양편에는 시에서 나온 사람들이 작은 광장과 기념 건조물로 내보낼 교체용 비둘기들을 넣어두는 커다란 새장이 일렬로 늘어서 있었다. 참새를 키우는 곳도 있어서 참새들이 지저귀고 있었다. 사람들은 지하도 속으로 잘 내려가지 않았다. 온갖 새들이 날개를 퍼덕거리는 바람에 아주 작은 흰색과 푸른색 깃털이 이리저리 날아다녀 공기가 무척 안 좋았던 것이다.

클로에는 자기가 날아오르지 못하도록 모자를 꽉 움켜잡으며 말했다.

"저 새들은 계속해서 저렇게 움직이나요?"

"늘 그러지는 않겠지요."

콜랭은 자기 외투 자락과 씨름을 하는 중이었다.

클로에가 콜랭에게 바싹 다가서며 말했다.

"우리 빨리 비둘기들 있는 곳을 지나가요. 참새들은 바람을 덜 일으키니까요."

그들은 서둘러 위험지역을 빠져나갔다. 그 작은 구름은 그들을 따라오지 않았다. 벌써 지름길로 달려가 반대편에서 그들을 기다리고 있었던 것이다.

14

벤치는 약간 축축한 것 같았고 짙은 녹색이었다. 어쨌든 산책로에는 사람들이 별로 없었고, 두 사람 기분은 나쁘지 않았다.

콜랭이 물었다.

"안 추워요?"

"아녜요. 구름이 있긴 하지만, 어쨌든 가까이 가고 싶어요."

"아!"

콜랭이 감탄사를 발하며 얼굴을 붉혔다.

그랬더니 이상한 느낌이 들었다. 그는 클로에의 허리를 안았다. 그녀의 모자가 반대편으로 기울어지면서 반들반들 윤기가 흐르는 머리칼이 물결치듯 그의 입술에 와 닿았다.

그가 말했다.

"당신이랑 함께 있는 게 좋아요."

클로에는 아무 말 하지 않았다. 그녀는 조금 더 빨리 숨을 들이마시면서 살그머니 다가섰다.

콜랭이 그녀의 귓가에 대고 물었다.

"지루하지 않아요?"

그녀가 아니라며 머리를 저었고, 콜랭은 몸을 움직여 더 가까이 다가갈 수 있었다.

"난……"

콜랭이 그녀의 귀에 입을 바싹 갖다 대고 이렇게 말하는데, 바로 그 순간 마치 실수로 그런 것처럼 그녀가 얼굴을 돌리는 바람에 콜랭은 그녀의 입술에 키스를 하게 되었다. 오래 계속되지는 않았다. 하지만 그 다음번 키스는 훨씬 더 나았다. 그러고 난 그는 클로에의 머리칼 속에 얼굴을 묻었고, 두 사람은 그냥 아무 말도 하지 않은 채 그대로 있었다.

15

콜랭이 말했다.

"이렇게 와주셔서 감사합니다. 그런데 당신이 유일한 여성분이로군요……"

"괜찮아요. 시크도 오케이했고요."

시크가 동의했다. 하지만 솔직히 말해서 알리즈의 목소리가 정말 쾌활하다고만은 말할 수 없었다.

콜랭.

"클로에는 지금 파리에 없어. 3주일 예정으로 친척들이랑 남프랑스로 떠났지."

시크.

"아! 너 그럼 지금 마음이 별로 안 좋겠구나."

"난 지금껏 이렇게 행복한 적이 없어! 그녀와 내가 약혼한다는 소식을 전하고 싶었어……."

"축하해."

시크는 일부러 알리즈를 쳐다보지 않으려고 애썼다.

콜랭이 물었다.

"두 사람 사이에 무슨 일이 있니? 잘되어 가는 것 같지는 않은데."

알리즈가 대답했다.

"아무 일 없어요. 시크가 바보 같은 사람이죠."

시크.

"천만에! 넌 신경 쓸 거 없다, 콜랭……. 아무 일 없어."

"두 사람은 같은 얘기를 하고 있는데 의견은 일치가 안 되는군. 그러니 둘 중 한 사람이 거짓말을 하거나 아니면 둘 다 거짓말을 하는 거지. 자, 지금 당장 식사나 하러 갑시다."

세 사람은 식당으로 건너갔다.

콜랭이 말했다.

"앉아요, 알리즈. 옆에 앉아서 무슨 일인지 얘기나 좀 해봐요."

알리즈.

"시크는 바보예요, 날 풍족하게 먹여 살릴 만한 돈이 없으니 날 붙잡는 건 잘못이라는 거예요, 글쎄. 그러면서도 나랑 결혼 못하는 걸 부끄럽게 생각하고 있어요."

시크.

"난 치사한 놈이야."

콜랭.

"무슨 말을 해야 할지 모르겠군."

콜랭은 너무나 행복한 상태에 있었기 때문에 두 사람 일이 무척 걱정스럽게 느껴졌다.

시크가 다시 입을 열었다.

"꼭 돈 때문에 그러는 건 아냐. 알리즈의 부모님은 우리가 결혼하는 걸 원하지 않는데, 그 양반들 생각이 옳은 것 같아. 파르트르의 책에도 이런 얘기가 나오지."

알리즈가 말을 받았다.

"탁월한 작품이죠. 그 책 안 읽어봤죠, 콜랭?"

"이게 바로 두 사람의 현재 모습이야. 두 사람이 가진 돈은 계속 그쪽으로 흘러가고 있다니까."

시크와 알리즈가 고개를 숙였다.

시크가 말했다.

"그건 내 잘못이야. 이제 알리즈는 파르트르를 위해서는 단 한 푼도 안 써. 나랑 살게 된 뒤부터는 그분께 거의 관심을 갖지 않고 있어."

그의 목소리에는 비난이 섞여 들어가 있었다.

알리즈가 나섰다.

"난 파르트르보다 당신을 더 사랑해."

그녀는 울기 직전이었다.

시크가 말했다.

"당신은 마음씨가 고운 사람이야. 난 당신에겐 어울리지 않는 놈이지. 하지만 파르트르의 작품을 수집하는 건 내 취미인데 불행하게도 기술자 월급만 가지고는 모든 걸 다 가질 수가 없어."

콜랭.

"유감이군. 두 사람 일이 다 잘됐으면 좋겠어. 냅킨들 펴봐요."

시크의 냅킨 아래에는 스컹크 가죽이 반쯤 섞인 가죽으로 제본을 한 『토사물』한 권이, 그리고 알리즈의 냅킨 아래에는 토사물 모양을 한 굵은 금반지 하나가 놓여 있었다.

알리즈가 감탄사를 발했다.

"오!"

그녀는 콜랭의 목에 매달리면서 입을 맞추었다.

시크도 입을 열었다.

"넌 멋있는 친구야. 어떻게 감사해야 할지 모르겠다. 너도 잘 알다시피 난 진심으로 감사의 뜻을 전하고 싶지만 그럴 수가 없구나······.'

콜랭은 힘이 좀 나는 것 같았다. 그런데 알리즈는 그날따라 정말 아름다워 보였다.

콜랭은 물었다.

"무슨 향수를 쓰나요? 클로에는 이중 정류된 난초 향유를 뿌리는데."

"난 향수 안 써요."

시크가 거들었다.

"자연적이지."

콜랭.

"놀랍군요! 당신에게선 시냇물이 흐르고 키 작은 소나무들이 있는 숲의 냄새가 나요."

알리즈가 우쭐한 표정으로 말했다.

"우리 클로에 얘기나 해요!"

니콜라가 전채를 날라 왔다.

알리즈가 인사했다.

"안녕하세요, 니콜라 삼촌? 잘 지내세요?"

"응, 그래."

니콜라가 식탁 위에 접시를 올려놓았다.

알리즈가 다시 입을 열었다.

"저한테 키스해 주지 않으실 거예요?"

콜랭이 끼어들었다.

"어렵게 생각하지 마세요, 니콜라. 당신이 우리랑 함께 식사를 하면 나로선 무척 기쁠 텐데……."

알리즈.

"아! 그래요. 우리랑 식사 같이하세요."

"주인님께서는 저를 혼란에 빠뜨리시는군요. 이런 차림으로는 식탁에 앉을 수가 없습니다."

콜랭.

"자, 니콜라. 원하신다면 가서 옷을 바꿔 입으세요. 어쨌든 난 우리들과 함께 식사를 하도록 명하겠어요."

"주인님께 감사드립니다. 가서 옷을 바꿔 입도록 하지요."

그가 접시를 식탁 위에 올려놓더니 식당을 나갔다.

알리즈가 물었다.

"근데 클로에는 어때요?"

"드세요. 뭔지는 잘 모르겠지만 맛은 좋을 겁니다."

시크.

"넌 우릴 애타게 만드는구나!"

"한 달 뒤에 클로에와 결혼해. 내 생각 같아서는 당장 내일이라도 결혼식을 올렸으면 좋으련만!"

"오! 당신은 운이 좋군요."

콜랭은 자기가 큰 부자라는 사실이 부끄럽게 느껴졌다.
"시크. 너 내 든 쓸래?"
알리즈가 다정한 눈길로 콜랭을 바라보았다. 콜랭은 너무도 친절해서 그의 푸른색과 보라색 생각들이 손의 혈관 속에서 움직이는 게 보일 정도였다.
"그 돈이 소용 있을 것 같지 않은데."
"알리즈랑 결혼할 수 있을 거야."
"알리즈의 부모님이 우리 결혼을 원치 않고, 또 나도 알리즈가 부모님이랑 사이가 틀어지는 걸 원치 않아. 알리즈는 너무 어려."
"난 그렇게까지 어리지 않아요."
알리즈는 자신의 도발적인 가슴을 자랑하려는 듯 풀솜을 넣은 의자에서 일어나며 그렇게 대꾸했다.
그러자 콜랭이 끼어들었다.
"시즈가 말하려는 건 그게 아녜요. 자, 시크, 내게 스페인 금화 십만 개가 있는데 너한테 4분의 1을 주지. 그럼 넌 걱정 없이 살 수 있을 거야. 계속해서 일을 하고, 그럼 다 잘될 거야."
"네게 어떻게 감사해야 할지, 정말 모르겠어."
"나한테 고마워하지 마. 내가 관심을 갖고 있는 건 모든 사람들의 행복이 아니라 한 사람 한 사람의 행복이니까 말이야."
문에서 초인종이 울렸다.
알리즈가 말했다.
"내가 열어줄게요. 당신이 나무라신 것처럼 내가 나이가 제일 어리니까……."
그녀가 자리에서 일어났고, 그녀의 두 발은 보드라운 양탄자 위에 미세한 흔적을 남겼다.

뒤쪽 계단을 통해 내려갔던 니콜라였다. 그는 베이지색과 초록색 갈매기 무늬에 둥근 주름이 잡힌 두꺼운 외투에다 납작한 펠트 모자를 쓰고 다시 나타났다. 돼지가죽으로 된 장갑을 끼고 질긴 인도악어 가죽 구두를 신고 있었는데, 외투를 벗는 순간 상아 모양의 돌출 무늬가 있는 밤색 비로드 상의와 아랫단이 한 뼘하고도 엄지손가락을 합친 길이는 족히 될 암녹색 바지가 그 화려한 모습을 드러냈다.

알리즈가 감탄사를 연발했다.

"오! 삼촌 정말 스마트해요!"

"잘 지내지, 애야? 넌 여전히 아름답구나."

그가 알리즈의 가슴과 엉덩이를 어루만졌다.

"식탁으로 가세요."

니콜라가 식당에 들어서면서 말했다.

"안녕, 친구들!"

그러자 콜랭이 소리쳤다.

"드디어 됐군! 정상적인 말투로 말하기로 결심했군요!"

"물론이죠! 나도 그렇게 말할 수 있습니다."

그가 말을 이어갔다.

"그런데 우리 넷이 서로 말을 놓으면 어떻습니까?"

"좋아. 앉게."

니콜라가 시크 앞에 앉았다.

시크가 말했다.

"전채 좀 먹지그래."

콜랭이 결론을 내리듯 말했다.

"이봐, 자네들, 내 들러리 노릇 좀 하겠나?"

니콜라가 그러마고 찬성했다.

"알겠어. 하지만 지독하게 못생긴 처녀들이랑 짝을 지어주면 안 되네, 응? 거의 대부분은 그렇게 되더라고."

콜랭.

"신부 들러리는 알리즈와 이시스에게 부탁할 생각이야. 그리고 데마레 형제한테는 호모 들러리 역할을 부탁할 거고."

시크가 외쳤다.

"알았어!"

니콜라.

"알리즈, 부엌에 가서 오븐 속에 있는 접시를 가져오렴. 지금쯤 다 됐을 거야."

그녀는 니콜라가 시키는 대로 커다란 은 접시를 가져왔다. 그리고 시크가 뚜껑을 여는 순간 재킷을 입은 콜랭과 웨딩드레스를 입은 클로에의 모습을 오리 간에 조각한 두 개의 자그마한 인형이 눈에 들어왔다. 그 둘레에는 결혼 날짜가 쓰여 있었고, 귀퉁이에는 '니콜라' 라고 서명되어 있었다.

16

콜랭은 거리를 달려갔다.

'무척이나 멋진 결혼식이 될 거야……. 내일, 내일 아침이면 내 친구들이 모두들 모이겠지…….'

그 길은 클로에에게로 이어져 있었다.

'클로에, 당신 입술은 부드러워. 당신 얼굴빛은 과일처럼 풋풋해. 당신의 두 눈은 보아야 할 것만을 보며, 당신의 육체는 내 몸을 달아오르게 만들지…….'

세월의 거품 73

유리구슬이 길거리를 굴러가더니 아이들이 그 뒤를 따라 나타났다.

'내가 당신에게 하게 될 입맞춤에 물리려면 몇 달이 필요할 거야. 내가 당신의 손과 머리칼, 당신의 눈, 당신의 목에 하고 싶어 하는 입맞춤을 다 하려면 몇 달, 몇 년이 필요할 거야.'

소녀가 세 명 있었다. 그들은 둥글둥글한 원무곡을 노래하면서 삼각형 모양을 이루어 원무를 추었다.

'클로에, 내 가슴 위에 놓인 당신의 젖가슴을, 엇갈린 채 당신 위에 놓인 내 두 손을, 내 목을 두른 당신의 두 팔을, 내 어깨의 움푹한 곳에 놓인 당신의 향기로운 머리를, 그리고 꿈틀거리는 당신의 살갗을, 그리고 당신에게서 풍기는 향내를 느끼고 싶어……'

하늘은 맑고 푸르렀으며, 추위는 아직 매서웠지만 그전보다는 덜했다. 온통 검은 나무들은 퇴색한 가지 끝에서 초록색으로 부풀어 오른 싹을 보여 주었다.

'당신이 내게서 멀리 있을 때 나는 은 단추가 달린 그 옷에 싸여 있는 당신을 보았지. 그런데 당신은 그 옷을 언제 입고 있었지? 아니, 처음은 아니지? 약속이 있었던 날, 당신은 무겁고 부드러운 외투로 당신 몸을 감췄어.'

그는 가게 문을 밀고 들어갔다.

"클로에에게 꽃을 한 아름 선물하고 싶습니다."

꽃 가게 여주인이 물었다.

"언제쯤 그분께 갖다 드릴까요?"

여주인은 젊고 가냘팠으며, 두 손은 붉은색이었다. 그녀는 꽃을 무척 좋아했다.

"내일 아침에 배달해 주고 나서 우리 집에도 갖다 주세요.

백합과 하얀 글라디올러스와 장미와 다른 흰색 꽃으로 우리 방을 가득 채워주고, 특히 붉은 장미 다발도 큰 걸로 가져오세요……."

17

데마레 형제는 결혼식 예복을 입고 있었다. 그들은 인상이 좋았기 때문에 호모 들러리로 자주 초대를 받았다. 그들은 쌍둥이였다. 형의 이름은 코리올랑이었다. 그는 머리칼이 검은색에 곱슬곱슬했고 살갗은 하얗고 부드러워서 아직 동정(童貞)을 간직하고 있는 것처럼 보였으며, 코는 곧고, 크고 노란 눈썹 아래로 보이는 눈은 파란색이었다.

페가즈라고 하는 동생은 눈썹이 초록색이라는 점만 제외하면 형과 똑같은 모습을 하고 있었는데, 평상시에는 눈썹만 보면 두 사람을 구별할 수가 있었다. 그들은 필요에 의해서 그리고 기호에 맞아서 호모라는 직업을 선택했다. 하지만 호모 들러리를 하면 보수를 많이 받았기 때문에 거의 일을 하지 않았는데, 불행하게도 이렇게 하는 일 없이 해간 끼치며 놀다 보니 때때로 방탕에 빠지기도 했다. 그래서 그 전날 밤에 코리올랑은 한 처녀에게 못된 짓을 했던 것이다. 페가즈는 삼면거울 앞에 서서 아몬드 페이스트로 허리 살을 마사지하면서 코리올랑을 호되게 야단치고 있었다.

페가즈가 물었다.

"그럼 도대체 몇 시에 돌아온 거야, 응?"

"기억 안 나. 날 좀 내버려 둬. 네 허리 살이나 신경 쓰란 말이야!"

코리올랑은 지혈용 겸자(鉗子)로 눈썹을 뽑고 있었다.

페가즈가 소리쳤다.

"형은 음란해! 창녀라니! 고모님이 그걸 보셨으면……!"

그러자 코리올랑이 위협적인 표정으로 대꾸했다.

"아이고! 넌 그런 적 없니? 응?"

페가즈가 약간 불안해하며 말했다.

"내가 언제?"

마사지를 그만둔 페가즈는 거울 앞에서 워밍업을 몇 번 했다.

코리올랑.

"됐다, 내가 그만두지. 네가 부끄러워서 땅속으로 들어가는 꼴을 보고 싶지는 않으니까. 내 바지 단추나 채워라."

그들은 뒤쪽이 트인 바지를 입고 있어서 혼자 힘으로는 단추를 채우기가 힘들었다.

페가즈가 이죽거렸다.

"아이고, 이런! 형은 아무 말도 할 수가 없어……!"

"됐어, 이제 그만해! 오늘 결혼하는 게 누구냐?"

"콜랭이 클로에랑 결혼하는 거야."

페가즈가 불쾌하다는 표정을 지으며 그렇게 대답했다.

코리올랑이 물었다.

"그런데 왜 말투가 그래? 그 사람, 좋은 사람인데."

페가즈가 질투 난다는 듯 대답했다.

"그래, 좋은 사람이지. 하지만 그 사람은 가슴이 너무나 동글동글해서 남자라는 생각이 도저히 안 든단 말이야."

코리올랑이 얼굴을 붉혔다.

그가 중얼거리듯 말했다.

"난 그 여자가 예쁘다고 생각해……. 그 여자의 가슴을 만져 보고 싶어……. 넌 그런 느낌이 들지 않아?"

그의 동생이 대연실색하여 그를 쳐다보았다.

"형은 정말 추잡한 인간이군! 형은 이 세상 그 누구보다도 음탕한 사람이야……. 언젠가 형은 여자랑 결혼하게 될 거야……."

18

사제가 성기실(聖器室)에서 나왔고, 복사와 성당지기가 그 뒤를 따랐다. 그들은 장식용 물품들이 가득 든 구불구불한 커다란 종이 상자들을 들고 있었다.

사제가 성당지기에게 일렀다.

"칠장이들이 타고 온 트럭이 도착하거든 제단까지 들어오도록 하게, 조제프."

거의 모든 직업 성당지기들은 실제로 조제프라고 불린다.

"전부 다 노란색으로 칠합니까?"

"거기다가 보라색 줄을 긋는 거지요."

제복과 금줄이 마치 차가운 코처럼 반짝거리는, 호감이 가는 인상에 키가 크고 호탕한 복사 엠마뉘엘 주도가 대답했다.

사제가 말했다.

"그래. 주교님께서 축도를 하러 오실 걸세. 자, 상자 속에 든 물품들을 가지고 음악가들의 발코니를 칠하게."

성당지기가 물었다.

"음악가들이 몇 명이나 됩니까?"

복사가 대답했다.

"일흔세 명입니다."

사제가 자랑스럽게 덧붙였다.

"그리고 어린이 성가대가 열네 명 있지."

성당지기가 휘파람 소리를 길게 냈다.

"퓨유유유유……."

그러고 난 그가 감탄스러운 표정으로 말했다.

"그런데 결혼하는 건 두 사람뿐이라니!"

사제.

"그래. 부자들이란 늘 그런 식이지."

복사가 물었다.

"하객들도 오겠지요?"

성당지기가 대답했다.

"많지! 난 긴 붉은색 미늘창과 붉은색 손잡이가 달린 지팡이를 들고 참석할 걸세."

사제.

"아냐. 노란색 미늘창과 보라색 지팡이를 들어야 눈에 더 잘 띌 걸세."

그들은 발코니 아래에 도착했다. 사제가 둥근 천장을 받치고 있는 기둥들 중 하나에 숨겨져 있는 작은 문을 열었다. 그들은 한 사람씩 좁은 아르키메데스식 나선계단을 오르기 시작했다. 어렴풋한 빛줄기가 위에서 비쳐 들고 있었다.

나선계단을 스물네 번 돌며 올라간 그들은 잠시 숨을 돌리기 위해 걸음을 멈추었다.

사제가 한마디 했다.

"거 힘든데!"

맨 밑에 서 있던 성당지기가 그 말에 맞장구를 쳤고, 신열을 내뿜는 두 사람 사이에 낀 복사도 그 말을 인정했다.

사제.

"아직 두 번하고도 반을 더 돌아야 하네."

그들은 지상에서 백 미터 위에 있어서 안개 사이로 겨우 그 모습을 짐작할 수 있는, 제단 반대편의 평평한 지붕 위에 올라섰다. 구름이 성큼 성당 안으로 들어가더니 수북한 회색 눈송이가 도어 중앙 홀을 통과했다.

복사가 킁킁대고 구름 냄새를 맡으며 말했다.

"날씨가 좋을 건가 봅니다. 백리향 향기가 풍기는데요."

성당지기.

"수레국화 향기도 아직 은은하게 풍깁니다."

사제.

"결혼식이 성황리에 끝났으면 좋겠는데!"

그들은 상자들을 내려놓고 그 안에 든 장식용 물품으로 음악가들의 의자를 장식하기 시작했다. 성당지기가 접혀 있던 의자들을 펴더니 입김을 불어 먼지를 털어낸 다음 복사와 사제에게 넘겨 주었다.

그들 위쪽으로는 기둥들이 솟아오르고 또 솟아올라서 멀리서 보면 서로 붙어 있는 것 같았다. 아름다운 유백색의 광택 없는 돌기둥은 부드러우면서도 찬란한 햇빛을 받아 가볍고 은은한 빛을 사방으로 반사하고 있었다. 위에 있는 건 뭐든지 녹청색이었다.

사제가 성당지기에게 말했다.

"마이크를 닦아야 할 것 같은데."

"하나만 더 펴면 됩니다! 그러고 나서 마이크를 닦지요!"

성당지기는 자신의 배낭에서 빨간색 헝겊을 꺼내더니 첫 번째 마이크의 받침을 열심히 문지르기 시작했다. 마이크는 모두 네 개가 있었는데, 한 곡 한 곡이 성당 밖에서 울리는 차임벨 소리와 일치할 수 있게끔 악단석(樂團席) 앞에 일렬로 놓여 있었다. 물론 안에서도 음악 소리를 들을 수가 있었다.

사제가 소리쳤다.

"서두르게, 조제프. 엠마뉘엘이랑 나는 다 끝냈어."

"기다려주세요. 5분만 참아주시면 됩니다."

장식용 물품이 든 상자 뚜껑을 덮고 난 복사와 사제는 결혼식이 끝난 다음에도 잘 찾을 수 있도록 상자들을 발코니 한구석에 잘 치워놓았다.

성당지기가 외쳤다.

"다 됐습니다!"

세 사람은 낙하산 끈에 고리를 걸고서 우아하게 공중으로 몸을 날렸다. 색깔이 서로 다른 커다란 꽃 세 송이가 부드럽게 찰랑거리는 소리와 함께 피어났고, 그들은 중앙 홀의 반들반들한 포석 위에 무사히 내려앉았다.

19

"나 예뻐 보이니?"

클로에는 바닥에 모래가 깔려 있으며 빨간색 물고기가 유유히 헤엄치고 있는 은 대야의 물속에 비친 자기 모습을 바라보고 있었다. 그녀의 어깨 위에 앉은 검고 짙은 코밑수염의 생쥐는 다리로 코를 문지르면서 가지가지로 변하는 반사광을 바라보고 있었다.

클로에는 향기처럼 섬세하며 자신의 피부색과 색깔이 같은 스타킹과 굽 높은 하얀색 가죽 구두를 신었다. 가느다란 손목을 더욱더 허약해 보이게 만드는 무거운 푸른색 금팔찌만 빼면 그녀는 알몸이었다.

"넌 내가 옷을 입어야 한다고 생각하니……?"

생쥐가 자기도 모르게 클로에의 둥근 목을 따라 미끄러져 내려가더니 그녀의 젖가슴에 몸을 기댔다. 생쥐가 밑에서 그녀의 얼굴을 올려다보았다. 생쥐는 그녀가 옷을 입어야 한다고 생각하는 것 같았다.

클로에가 말했다.

"자, 널 바닥에 내려놓을게! 참, 넌 오늘 밤에 콜랭네 집으로 돌아가지. 다른 생쥐들한테 작별 인사를 하야겠구나."

그녀는 양탄자 위에 생쥐를 내려놓더니 창밖을 바라보고 나서 커튼을 내린 다음 침대로 다가갔다. 침대 위에 그녀의 하얀 드레스가 쫙 펼쳐져 있었고, 이시스와 알리즈의 연한 물빛 드레스도 놓여 있었다.

"준비들 됐어?"

알리즈는 목욕탕에서 이시스가 머리 빗는 걸 도와주고 있었다.

두 사람 역시 구두와 스타킹을 벌써 신고 있었다.

클로에가 일부러 심각한 말투로 말했다.

"나도 그렇고 두 사람도 그렇고 다들 굼뜬 편이로군. 내가 오늘 아침에 결혼한다는 건 알고들 있니?"

알리즈.

"아직 한 시간이나 남았어!"

이시스도 한마디 거들었다.

"충분해. 벌써 머리 손질도 다 했으면서!"

클로에가 귀걸이를 흔들며 웃었다. 목욕탕 안은 수증기로 꽉 차 있어서 후덥지근했고, 알리즈의 등이 어찌나 육감적이었던지 클로에는 평평한 손바닥으로 부드럽게 쓰다듬어주었다. 이시스는 거울 앞에 앉아 손재주가 있는 알리즈에게 말 잘 듣는 머리를 맡겨 두고 있었다.

알리즈가 깔깔대기 시작했다.

"간지러워!"

클로에는 일부러 옆구리와 허리 등 간지럼을 잘 타는 부위를 쓰다듬었다. 알리즈의 살갗은 뜨겁고 생기가 넘쳤다.

시간을 보내려고 손톱을 매만지던 이시스가 말했다.

"실컷 말아 올려놓았는데 너 땜에 다 망치겠다."

클로에가 말했다.

"두 사람 모두 아름다워. 두 사람이 이런 모습으로 결혼식에 참석할 수 없으니 유감이구나. 스타킹하고 구두만 신고 있으면 좋을 텐데."

알리즈가 타이르듯 클로에에게 일렀다.

"가서 옷을 입어야지, 우리 아가. 이러다 결혼식에 늦겠어."

클로에.

"키스해 줘. 난 너무너무 기뻐!"

알리즈가 클로에를 목욕탕에서 내보냈고, 클로에는 침대 위에 앉았다. 그녀는 자기가 입을 드레스의 레이스를 보면서 혼자 웃었다.

우선 그녀는 셀로판으로 만든 작은 브래지어와 흰색 새틴 팬티를 걸쳤는데, 그녀의 몸매가 탄탄했기 때문에 근사하게 잘 맞았다.

20

콜랭이 물었다.
"됐어?"
시크.
"아니, 아직 안 되겠어."
시크는 콜랭의 넥타이를 열네 번째 매는 중이었는데, 여전히 잘 매이지가 않았다.
콜랭이 말했다.
"넥타이 대신 장갑을 매도 될 텐데."
시크가 물었다.
"왜? 그게 더 잘 어울릴 것 같아?"
"몰라. 그냥 한번 해본 생각이야!"
"진작 그렇게 해봤으면 좋았을 텐데!"
"그건 그래. 하지만 잘 안 되면 결혼식에 늦을지도 몰라."
"아이고! 잘될 거야."
시크는 긴밀하게 연결된 동작을 재빠르게 해내더니 넥타이 양쪽 끝을 힘껏 잡아당겼다. 넥타이는 가운데가 끊어지면서 그의 손 안에 남아 있게 되었다.
콜랭이 멍한 표정을 지으며 한마디 했다.
"세 번째야."
"야! 그래, 나도 알고 있어."
시크가 의자에 앉더니 열심히 턱을 문질렀다.

그가 말했다.

"도대체 웬일인지 모르겠군."

"나도 그래. 어쨌든 정상은 아냐."

"그래, 그건 분명해. 이젠 안 보고 한번 해볼게."

시크는 네 번째 넥타이를 집어 들더니 아주 흥미롭다는 표정과 함께 이리저리 날아다니는 벌레 한 마리를 눈으로 좇으며 콜랭의 목에 건성으로 감았다. 그는 넥타이의 큰 쪽 끝 부분을 작은 쪽 끝 부분 밑으로 돌려서 고리 모양으로 된 부분 속으로 넣어 빼낸 다음 오른쪽으로 한 바퀴 돌렸다가 다시 밑으로 집어넣었는데, 불행하게도 이 순간에 그의 눈이 넥타이를 내려다보자 넥타이가 느닷없이 매이면서 그의 집게손가락을 으스러뜨렸다. 암탉이 꼬꼬댁거리는 듯한 고통스러운 신음 소리가 그의 입에서 새어 나왔다.

"이런, 제기랄! 빌어먹을!"

콜랭이 측은하다는 표정을 지으며 물었다.

"아프니?"

시크는 손가락을 열심히 빨아대고 있었다.

"손톱이 새까맣게 변하겠어!"

"아이고, 불쌍한 친구 같으니!"

시크가 뭐라고 중얼거리더니 콜랭의 목을 바라보았다.

그가 속삭이듯 말했다.

"잠깐만……! 매듭이 매였어……! 움직이면 안 돼……!"

시크가 콜랭에게서 눈을 떼지 않으면서 조심조심 뒤로 물러서더니 뒤편 테이블 위에 놓여 있던, 파스텔화를 그릴 때 쓰는 정착액이 든 병을 집어 들었다. 그는 작은 분무식 튜브 끝을 천천히 입으로 가져가더니 살금살금 콜랭에게 다가갔다. 콜랭은 천장을 빤히 쳐다보면서 콧노래를 부르고 있었다.

물보라 같은 게 분출되면서 넥타이의 가운데 부분에 뿌려졌다. 넥타이가 순간적인 경련을 일으키더니 정착액의 수지가 굳어지는 것과 동시에 그 자리에 고정되어 더 이상 움직이지 않았다.

21

콜랭은 시크와 함께 집을 나섰다. 그들은 걸어서 클로에를 찾아갔다. 니콜라와는 성당에서 바로 만나기로 되어 있었다. 니콜라는 구페가 쓴 책에 나오는 특별 요리가 경탄할 만한 요리가 되리라 기대하며 익는 걸 지켜보고 있었다.

길을 가던 중에 시크가 한 서점 앞에서 우뚝 멈춰 섰다. 보라색 모로코가죽으로 장정되어 있고 보부아르 공작 부인의 가문(家紋)이 그려진 파르트르의 『곰팡내』라는 책이 진열대 한가운데서 값비싼 보석처럼 반짝거리고 있었다.

시크가 외쳤다.

"오! 저것 좀 봐……!"

콜랭이 몸을 들러 걸어오면서 물었다.

"뭐 말이야? 아, 저거……?"

"그래."

시크는 갈망으로 인해 침을 흘리기 시작했다. 그의 발 사이에 작은 시냇물이 만들어지더니 미세할 정도의 기복을 이룬 먼지층을 우회하여 인도 가장자리 쪽으로 굽이쳐 흘러갔다.

콜랭이 물었다.

"그런데? 너, 저 책 갖고 있잖아……?"
"저런 식으로 장정된 건 없어……!"
"아이고! 웬만큼 해라! 자, 가자고. 우린 바빠."
"스페인 금화가 한두 개는 있어야겠는데."
"그렇겠지."
콜랭이 앞서 걸어가면서 그렇게 말했다.
시크가 주머니를 뒤졌다.
그러더니 소리쳐 콜랭을 불렀다.
"콜랭!……돈 좀 빌려줘."
콜랭이 다시 걸음을 멈추었다. 그가 슬픈 표정을 지으며 고개를 저었다.
"내가 너한테 주겠다고 약속한 금화 이만오천 개도 오래가지는 않겠군."
시크는 얼굴을 붉히며 머리를 숙이면서도 손을 내밀었다. 돈을 받아 든 그는 서점 안으로 뛰어들어 갔다. 콜랭은 근심스러운 표정으로 기다리고 있었다.
시크가 기뻐하는 모습을 본 그는 이번에는 동정 어린 표정으로 다시 한 번 머리를 흔들더니 입술에 미소를 머금었다.
"너 미쳤구나, 시크! 얼마 줬니?"
"액수는 중요하지 않아! 서두르자."
그들은 걸음을 재촉했다. 시크는 나는 용에 올라탄 것같이 보였다.
클로에네 집 문 앞에서는 사람들이 콜랭이 주문해서 의전 운전사와 함께 방금 인도된 아름다운 흰색 자동차를 바라보고 있었다. 자동차 내부는 온통 하얀 모피로 덮여 있었고, 훈훈한 가운데 음악이 흘러나오고 있었다.

하늘은 여전히 푸르렀으며, 구름은 가볍고 희미해 보였다. 그렇게까지 추운 날씨는 아니었다. 겨울이 끝나가고 있었다.

승강기 바닥이 두 사람 발밑에서 부풀어 오르더니 맥없이 경련을 일으키면서 원하는 층에 멈추어 섰다. 승강기 문이 열렸다. 그들이 벨을 눌렀다. 클로에가 와서 문을 열었다. 그녀는 그들을 기다리고 있었다.

그녀는 셀로판으로 된 브래지어와 자그마한 흰색 팬티, 스타킹 외에도 두 겹짜리 모슬린 옷과 얇은 명주 망사로 된 커다란 베일을 몸에 두르고 있었는데, 이 베일은 양어깨에서부터 시작되고 있어서 머리를 자유자재로 움직일 수가 있었다.

알리즈와 이시스도 클로에와 똑같이 옷을 입고 있었다. 하지만 두 사람의 옷은 물빛이었다. 두 사람의 곱슬곱슬한 머리칼은 햇빛을 받아 반짝거리면서 내려오다가 어깨쯤에서 부풀어 올라 진한 향기를 풍기는 무거운 덩어리로 변했다. 누구를 선택해야 할지 알 수 없을 정도였다. 콜랭은 알고 있었다. 클로에의 옷차림을 흐트러뜨릴까 봐 그녀를 포옹할 엄두도 내지 못한 채 그는 이시스와 알리즈에게만 매달렸다. 두 여자는 그가 얼마나 행복해하는지를 보면서 기꺼이 몸을 내맡겼다.

온 방 안은 콜랭이 고른 흰 꽃들로 가득 차 있었고, 흐트러진 침대의 베개 위에는 붉은 장미 꽃잎이 떨어져 있었다. 꽃향기와 처녀들의 향기가 서로 뒤섞이자 시크는 자기가 꿀벌 통에 있는 꿀벌처럼 느껴졌다. 알리즈는 머리에 보라색 난초꽃 한 송이를, 이시스는 진홍색 장미꽃 한 송이를, 클로에는 굵은 흰색 동백꽃 한 송이를 꽂고 있었다. 클로에는 백합꽃 다발을 들고 있었으며, 이제 막 만들어 유약을 갓 칠해 놓은 두릅나무 잎사귀 모양의 팔찌가 굵은 푸른색 금팔찌 옆에서 반짝이고 있었다. 그녀의 약혼반지는 모르스 부호로 콜랭의 이름을 그려놓은 사각형 또는 장방형의 작은 다이아몬드들로 덮여 있었다. 있는 힘을 다해 크랭크를 돌리고 있는 촬영기사의 머리 꼭대기가 한쪽 모퉁이의 꽃다발 밑으로 나타났다.

콜랭이 잠시 클로에와 포즈를 취했고, 그러고 나자 시크와 알리즈, 이시스가 포즈를 취했다. 그리고 모두들 한데 모여 먼저 승강기에 올라탄 클로에의 뒤를 따랐다. 승강기의 케이블이 적재량을 초과하는 무게를 견디지 못해 길게 늘어났기 때문에 굳이 단추를 누를 필요가 없었다. 그러나 승강기에 실려 다시 올라가는 일이 일어날까 봐 세 사람은 조심해서 동시에 승강기에서 나왔다.

운전사가 차 문을 열어주었다. 세 처녀와 콜랭은 뒷좌석에, 시크는 앞자리에 타고 출발했다. 길을 가던 사람들이 모두들 차 안에 대통령이 타고 있다고 믿고서 뒤를 돌아보며 팔을 열심히 흔든 다음 반짝반짝하는 그 금빛 자동차를 생각하며 자기네 갈 길을 가곤 했다.

성당은 그다지 멀지 않았다. 자동차는 우아한 하트 모양을 한 번 그리고 나서 계단 아래 정차했다.

조각이 새겨진 두 개의 굵은 기둥 사이로 보이는 낮은 층계 위에서는 사제와 복사, 성당지기가 결혼식에 앞서 퍼레이드를 벌이고 있었다. 그들 뒤편으로는 긴 하얀색 휘장이 땅바닥까지 늘어뜨려져 있었고, 열네 명의 어린이 성가대원들이 발레를 추고 있었다. 남자아이들은 흰색 블라우스와 붉은색 반바지, 흰색 구두 차림이었다. 여자아이들은 반바지 대신 짧은 붉은색 주름치마를 입고 있었으며, 머리에 붉은색 깃털을 하나씩 꽂고 있었다. 사제는 큰북을 들고 있었고, 복사는 피리를 불고 있었으며, 성당지기는 마라카스⁹⁾로 리듬을 맞추었다. 세 사람이 함께 후렴을 부르고 나자 성당지기는 탭댄스 스텝을 밟을 듯하다가 저음악기를 집어 들더니 재즈의 선정조인 주요 테마를 즉흥적으로 연주했다.

일흔세 명의 음악가들이 발코니에서 벌써 음악을 연주하고 있었으며, 종소리도 요란하게 울렸다.

돌연 불협화음이 들렸다. 악단장이 너무 가장자리로 다가가다가 방금 허공 속으로 굴러떨어지는 바람에 부악단장이 새로 지휘봉을 잡았기 때문이었다. 악단장이 돌바닥 위에서 으스러지는 순간 음악가들은 그 소리를 숨기려고 다른 화음을 구사했지만, 성당은 밑바닥에서부터 흔들렸다.

콜랭과 클로에는 사제와 복사, 성당지기가 벌이는 퍼레이드를 놀라운 표정으로 바라보고 있었고, 두 명의 부(副)성당지기는 뒤편 성당의 입구에서 미늘창을 보여 줄 순간을 기다리는 중이었다.

사제는 북채를 솜씨 좋게 다루며 마지막으로 북을 둥둥 울렸고, 복사는 피리를 불어 꼭 고양이가 우는 것처럼 날카로운 소리를 내어 신부를 도우려고 계단을 따라 쭉 늘어서 있던 편협한 믿음의 여신도들 중 절반에게 신앙심을 불어넣었으며, 성당지기는 마지막으로 화음을 내던 중에 그만 콘트라베이스의 현을 끊어먹고 말았다. 그때 열네 명의 어린이 성가대원들이 한 줄로 늘어서서 계단을 내려오더니 여자아이들은 자동차 문 오른쪽에, 남자아이들은 왼쪽에 정렬했다.

클로에가 자동차에서 내렸다. 흰 드레스를 입은 알리즈와 이시스가 그 뒤를 따랐다. 니콜라는 막 도착해서 이들과 합류했다. 콜랭은 클로에의 팔짱을, 니콜라는 이시스의 팔짱을, 시크

세월의 거품 89

는 알리즈의 팔짱을 끼고 계단을 올라갔고, 데마레 형제 중 형인 코리올랑은 오른쪽에서 그리고 페가즈는 왼쪽에서 그 뒤를 따라갔다. 그동안 어린이 성가대원들은 짝을 지어 계단 양쪽에 늘어섰다. 그사이에 사제와 복사, 성당지기는 악기를 챙겨 넣은 다음 원무를 추었다.

콜랭과 그의 친구들은 문 앞 층계에서 복잡하게 이동한 끝에 성당 안으로 들어갈 대형을 정확하게 갖추었다. 콜랭은 알리즈와 함께, 니콜라는 클로에의 팔짱을 끼고 들어가고, 그다음에 시크와 이시스가, 마지막으로 데마레 형제가 들어갔는데, 이번에는 페가즈가 오른쪽에, 코리올랑이 왼쪽에 섰다. 사제와 그의 광신자들은 돌기를 멈추고 행렬의 선두에 서서 모두 함께 그레고리오 성가를 부르며 문으로 몰려갔다. 부성당지기들은 성수가 가득 찬 작고 가느다란 크리스털 공을 지나는 길에 머리로 깨뜨리곤 했고, 그들의 머리에는 향 막대기가 꽂혀 있어서 남자들의 경우에는 노란 불꽃을, 여자들의 경우에는 보랏빛 불꽃을 내며 타올랐다.

성당 입구에 마차들이 서 있었다. 콜랭과 알리즈가 맨 앞에 서 있던 마차를 타고 곧장 출발했다. 마차는 종교 냄새를 풍기는 어두운 낭하로 접어들었다. 마차는 천둥소리를 내며 궤도 위를 질주했고, 음악은 우렁차게 울렸다. 복도 초입에서 마차가 문을 부수며 오른쪽으로 돌아서자 성인께서 초록빛 속에서 그 모습을 드러냈다. 그가 무시무시하게 얼굴을 찡그리고 있었기 때문에 알리즈가 콜랭에게 바짝 다가섰다. 거미줄이 얼굴을 스쳐 지나가자 기도문이 단편적으로 그들의 기억 속에 떠올랐다. 성모마리아의 환영이 두 번째로 나타나고, 눈언저리에 멍이 든 만족스러운 표정의 신이 세 번째로 나타나자 콜랭은 기도문이란 기도문은 모조리 다 떠올리면서 알리즈에게도 외워 주었다.

마차가 귀가 멍할 정도로 요란한 소리를 내며 측견 열의 궁륭 아래 멈춰 섰다. 콜랭은 먼저 내려서 알리즈가 자기 자리로 가도록 길을 비켜주고 클로에를 기다렸다. 클로에는 금방 나타났다.

두 사람은 중앙 홀을 바라보았다. 사람들이 엄청나게 많이 와 있었다. 그들을 알고 있는 모든 사람들이 거기 모여서 음악에 귀를 기울이며 이 아름다운 결혼식을 즐기고 있는 것이다.

멋진 의상을 입은 성당지기와 복사가 깡충깡충 뛰며 나타났고, 그 뒤를 이어 사제가 주교님을 수행하고 나타났다. 사람들이 모두 일어나자 주교님은 커다란 비로드 안락의자에 앉았다. 돌바닥에 놓인 의자가 내는 소리는 무척 듣기 좋았다.

음악 소리가 일순 멈추었다. 사제가 제단 앞에 무릎을 꿇더니 머리를 땅에 세 번 부딪쳤고, 복사가 콜랭과 클로에 쪽으로 가서 자리로 안내하는 동안 성당지기는 어린이 성가대원들을 제단 양쪽에 정렬시켰다. 이제 성당 내부는 깊은 침묵에 잠겼고, 사람들은 모두 숨을 죽였다.

도처에서 눈부신 광선이 빛 다발을 금빛 나는 물체 위로 보내면 이 물체들은 그걸 받아 사방으로 퍼뜨렸다. 성당에 굵은 노란색과 보라색 줄무늬가 그려져 있어서 중앙 홀은 마치 드러누워 있는 거대한 말벌의 배때기를 그 안에서 바라본 것처럼 보였다.

저 높은 곳에서 음악가들이 합창곡을 연주하기 시작했지만 잘 들리지 않았다. 구름이 안으로 들어왔다. 구름에게서는 산에서 자라는 풀 냄새와 고수[10] 냄새가 풍겼다. 성당 안은 따뜻해서 솜처럼 포근하고 온화한 공기에 둘러싸여 있는 것 같았다.

손에 손을 맞잡은 콜랭과 클로에는 제단 앞의 흰 비로드로 덮인 기도대 앞에서 무릎을 꿇고 기다렸다. 사제는 두 사람 앞에서 두툼한 책을 재빨리 뒤적거리곤 했다. 문구가 더 이상 생각나지 않았던 것이다. 이따금씩 그는 고개를 돌려 클로에를 힐끗거리기도 했다. 그녀가 입고 있는 드레스가 썩 마음에 들었던 것이다. 결국 그는 책장 넘기기를 멈추고 몸을 일으키더니 악단장에게 손짓을 했고, 그러자 서곡이 연주되기 시작했다.

숨을 한 번 내쉬고 난 사제는 밸브가 막힌 열한 대의 트럼펫이 함께 반주하는 가운데 전례음악을 노래하기 시작했다. 주교님은 사목(司牧) 지팡이에 손을 올려놓은 채 꾸벅꾸벅 졸고 있었다. 그는 자기가 노래할 차례가 되면 누군가가 깨우리라는 것을 알고 있었다.

서곡과 전례음악은 블루스 곡의 고전적인 주제에 맞추어 만들어졌다. 콜랭은 오래돼서 잘 알려진 듀크 엘링턴 편곡의 「클로에」를 서곡으로 연주해 달라고 부탁해 놓았다.

콜랭 앞쪽에는 예수가 커다란 검은색 십자가에 매달려 있었다. 예수는 초대받아서 기쁘다는 듯 그 모든 광경을 흥미롭게 지켜보고 있었다. 콜랭은 클로에의 손을 잡은 채 예수에게 어렴풋이 미소 지었다. 콜랭은 약간 피곤했다. 그는 결혼식을 치르느라 오천 개나 되는 스페인 금화를 썼지만, 결혼식이 성공적이어서 흡족했다.

꽃들이 제단을 온통 둘러싸고 있었다. 콜랭은 지금 이 순간 연주되는 음악이 마음에 들었다. 앞에 있는 사제를 본 그는 그게 어떤 곡인지를 알았다. 그래서 그는 눈을 감은 채 약간 몸을 숙이면서 말했다.

"네."

클로에도 "네."라고 말하자 사제는 두 사람 손을 힘껏 잡았다. 음악이 더 힘차게 연주되자 주교님이 설교를 하기 위해 일어났다. 성당지기가 두 줄로 앉아 있는 사람들 틈으로 슬그머니 들어오더니 설교를 듣는 대신 방금 책을 펼친 시크의 손가락을 지팡이로 흠껏 내리쳤다.

22

주교님이 떠났다. 콜랭과 클로에는 성기실 안에 선 채 행복하게 잘 살라는 뜻이 담긴 악수를 하거나 욕설을 듣고 있었다. 또 어떤 사람들은 어떻게 하면 첫날밤을 무사히 보낼 수 있는지에 대해 충고를 해주기도 했고, 한 행상인은 지나다가 말고 사진을 한번 배워보라고 권유하기도 했다. 두 사람은 몹시 피곤해지기 시작했다. 대구를 넣은 작은 샌드위치와 함께 정화용(淨化用) 아이스크림과 신심(信心)을 불러일으키는 다과류가 제공되는 성당 안에서는 여전히 음악이 연주되고 있었고 사람들은 춤을 추고 있었다. 사제는 오천 개의 스페인 금화에서 생기는 이익금으로 새 외투를 사겠다는 생각을 하면서 엉덩이에 큼지막하게 구멍이 난 평상복으로 갈아입었다. 그 밖에도 그는 악단장이 연주를 시작하기도 전에 죽어버렸다는 이유를 내세워 방금 그의 사례금 지불을 거부함으로써 또다시 사기 행각을 벌였다. 복사와 성당지기는 어린이 성가대원들이 입고 있던 옷을 벗기고 정식 의상으로 갈아입혔는데, 성당지기는 특별히 여자아이들을 맡았다. 임시로 고용된 두 명의 부성당지기는 이미 떠났다. 칠장이들의 트럭은 밖에서 기다리고 있었다. 칠장이들은 노란색과 보라색을 벗겨서 악취를 진하게 풍기는 작은 항아리 속에 다시 집어넣을 준비를 하고 있었다.

콜랭과 클로에 옆에서는 알리즈와 시크, 이시스와 니콜라도 역시 악수를 나누고 있었다. 데마레 형제도 악수를 나누고 있었다. 형이 옆에 있는 이시스에게 너무 가까이 다가가는 것을 본 페가즈는 그를 성도착자로 취급하고서 있는 힘을 다해 엉덩이를 꼬집었다.

열두 명 정도가 아직 남아 있었다. 그들은 콜랭과 클로에의 남다른 친구들로서 오후의 피로연에 참석하기로 되어 있었다. 그들이 모두 제단을 장식한 꽃들을 마지막으로 한 번 바라보면서 성당에서 나와 문 앞 층계에 나서는 순간 차가운 공기가 얼굴을 후려치는 걸 느꼈다. 클로에가 기침을 하기 시작하면서 계단을 재빠르게 내려가더니 따뜻한 자동차 안으로 들어갔다. 그녀는 쿠션에 몸을 파묻은 채 콜랭을 기다렸다.

다른 사람들은 계단에 선 채 빚이 있다는 이유로 호송차에 실려 가는 음악가들을 쳐다보고 있었다. 그들은 꼭 줄줄이 엮인 굴비들처럼 호송차 안에서 바짝 몸을 갖다 붙인 채 앙갚음을 하겠다며 악기를 불어댔다. 그중에서도 바이올리니스트들은 끔찍한 소리를 냈다.

23

형태가 정사각형에 가깝고 천장이 굉장히 높은 콜랭의 방은 지면에서 1미터 20센티가량 되는 지점에서부터 50센티 높이로 나 있는 창구를 통해 햇빛을 받아들이고 있었다. 바닥은 두꺼운 연한 오렌지색 양탄자로 덮여 있었고, 벽에는 천연 가죽이 걸려 있었다.

침대는 양탄자 위가 아닌 벽 중간의 편편한 곳에 놓여 있었다. 빨간색과 하얀색이 뒤섞인 구리 제품으로 장식된 시라쿠사 산 떡갈나무 사다리를 통해 그리로 올라갈 수 있었다. 침대를 놓은 편편한 곳은 아랫부분은 규방으로 쓰였다. 이곳에는 책과 안락의자, 그리고 달라이 라마의 사진이 놓여 있었다.

콜랭은 아직 자고 있었다. 클로에가 이제 막 깨어나서 그를 바라보았다. 그녀는 머리칼이 흐트러져 있어서 한층 더 어려 보였다. 침대 위에는 밑에다 까는 시트 한 장뿐, 그 나머지는 소방펌프에 의해 덥혀지는 방 안을 이리저리 날아다니고 있었다. 턱을 무릎으로 받친 채 앉아서 눈을 문지르다가 기지개를 켜던 그녀가 뒤로 넘어지자 베개가 그 무게에 눌려 쑥 들어갔다.

콜랭은 긴 베개를 안은 채 배를 깔고 드러누워 애늙은이처럼 침을 흘리고 있었다. 클로에는 웃음을 터뜨리면서 옆에 무릎을 꿇고 앉아 그의 몸을 사정없이 흔들어댔다. 잠이 깬 그가 두 손을 딛고 일어나 앉더니 클로에에게 입맞춤을 하고 눈을 떴다. 클로에는 그다지 싫지 않은 듯 가만있더니 그를 특별한 장소로 인도해 갔다. 그녀의 피부에서는 용연향이 풍겼고 아몬드 페이스트처럼 풍미가 느껴졌다.

검은색 코밑수염이 난 회색 생쥐가 사다리를 타고 기어올라 와서 니콜라가 기다리고 있다고 알려 주었다. 두 사람은 신혼여행을 가야 한다는 사실을 떠올리고 침대 밖으로 뛰어내렸다. 생쥐는 두 사람이 무관심한 틈을 타서 침대 머리맡에 있던 커

세월의 거품 95

다란 사포딜라 열매 초콜릿 상자에서 초콜릿을 몽땅 꺼냈다.

두 사람은 급히 몸치장을 하고 잘 어울리는 옷을 입은 다음 서둘러 부엌으로 갔다. 니콜라가 자신 있게 준비한 아침 식사에 그들을 초대했던 것이다. 생쥐는 그들을 뒤따라오다가 복도에서 걸음을 멈추었다. 왜 태양이 평상시처럼 그곳에 잘 들어오지 않는지 그 이유를 알아내서 필요하다면 욕을 해주려고 했던 것이다.

니콜라가 물었다.

"자, 잘들 잤어요?"

니콜라의 눈에는 검은 무리가 져 있었고 안색도 안 좋아 보였다.

서 있기가 힘들었던지 클로에가 의자에 털썩 주저앉으며 대답했다.

"아주 잘 잤어요."

미끄러지는 바람에 바닥에 앉게 된 콜랭이 다시 일어나려고 애써 보지도 않은 채 니콜라에게 물었다.

"어땠어요?"

니콜라가 대답했다.

"이시스를 집까지 바래다주었는데 예상했던 대로 내게 술을 먹이더군."

클로에가 물었다.

"이시스 부모님은 안 계시던가요?"

"아니요, 여사촌 두 명만 있었는데 내가 남아 있기를 간절히 바라더군요."

콜랭이 엉큼하게 물었다.

"몇 살인데요?"

"몰라. 하지만 만져봤더니 한 명은 열여섯 살쯤 돼 보였고 또 한 명은 열여덟 살쯤 돼 보였어."

콜랭이 물었다.

"그 집에서 밤을 새운 거예요?"

"으…… 세 여자 모두 약간 취해 있더군. 그래서…… 그 여자들을 침대에 눕혀야 했지. 이시스의 침대는 굉장히 크더군……. 자리가 하나 남아 있었어. 두 사람을 깨우고 싶지 않아서 그냥 그 여자들이랑 같이 잤다네."

클로에.

"잤다고요……? 안색이 안 좋은 걸 보니 침대가 딱딱했나 보군요……."

니콜라가 어색하게 기침을 하더니 전열 기구 주위에서 분주히 움직였다.

그가 화제를 바꾸려는 듯 말했다.

"맛들 좀 봐요."

그것은 살구 속에 대추야자와 말린 자두를 집어넣고 위에 캐러멜을 입혀 연한 시럽에 담근 요리였다.

콜랭이 니콜라에게 물었다.

"운전할 줄 알아요?"

"한번 해보지, 뭐."

클로에가 말했다.

"냄새가 참 좋군요. 우리랑 함께 식사해요, 니콜라."

"난 기력을 더 잘 회복시켜 줄 수 있는 걸 원합니다."

그는 콜랭과 클로에가 지켜보는 가운데 굉장한 음료를 만들었다. 그 음료에는 백포도주와 식초 한 술, 달걀노른자 다섯 개, 굴 두 개, 잘게 썬 쇠고기 백 그램, 생크림 그리고 하이포[11]

한 줌이 들어갔다. 그 모든 것이 전속력으로 움직이는 사이클로트론[12]의 소리를 내며 그의 목구멍 속으로 내려갔다.

니콜라가 얼굴을 찡그리는 걸 본 콜랭이 거의 숨이 막힐 정도로 웃어대며 물었다.

"어때요?"

니콜라가 힘든 표정으로 대답했다.

"괜찮아……."

과연, 벤젠이라도 바른 양 그의 눈에서는 검은 무리가 순식간에 사라졌으며 안색도 눈에 띄게 밝아졌다. 그가 몸을 흔들면서 주먹을 쥐더니 얼굴을 붉혔다. 클로에는 약간 불안한 표정을 지으며 그를 바라보았다.

"배 안 아파요, 니콜라?"

니콜라가 큰 소리로 대답했다.

"천만에요! 됐어요. 다음 요리를 내올 테니 먹고 갑시다."

24

커다란 흰색 자동차는 도로의 차바퀴 자국을 따라 조심스럽게 길을 트고 나갔다. 뒷좌석에 앉은 콜랭과 클로에는 막연한 불안을 느끼며 풍경을 바라보고 있었다. 하늘에는 구름이 낮게 깔려 있었고, 새들은 마치 콜랭과 클로에처럼 오르락내리락하면서 전화선에 닿을락 말락 날고 있었다. 새들의 날카로운 울음소리가 흡사 납을 입혀 놓은 듯한 물구덩이의 수면 위로 반사되곤 했다.

클로에가 콜랭에게 물었다.

"왜 디리로 해서 가는 거죠?"

"이거 지름길이거든. 어쩔 수 없이 통과해야 해. 일반 도로는 낡았어. 계속해서 날씨가 좋자 모든 사람들이 그 도로만 이용하려그 해서 지금은 이 도로만 남게 된 거야. 불안해하지 마. 니콜라가 운전을 할 줄 아니까."

클로에.

"저 빛 좀 봐요!"

그녀의 심장이 마치 너무 딱딱한 알껍데기 속에 박힌 것처럼 빠르게 고동쳤다. 콜랭은 클로에를 한쪽 팔로 안더니 그녀가 새끼 고양이라도 되는 양 머리칼 아래의 우아하게 생긴 목을 손가락으로 어루만졌다.

간지러웠던지 클로에가 고개를 움츠리며 말했다.

"그라요, 날 좀 만져주세요. 혼자서는 무서워요."

콜랭이 물었다.

"자동차 창유리를 노란색으로 바꿔줄까?"

"다른 색깔도요."

콜랭이 초록색, 푸른색, 노란색, 빨간색 단추를 누르자 자동차의 창유리가 그에 해당하는 색깔로 바뀌었다. 그러자 마치 무지개가 뜬 듯, 전신주를 지나칠 때마다 흰색 모피 위에서 알록달록한 색깔의 그림자가 춤을 추었다. 클로에는 기분이 한결 나아졌다.

길 양편에는 짧고 메말라서 빛바랜 초록색 이끼가 끼어 있었고, 이따금씩 헝클어진 머리처럼 뒤얽히고 비틀린 나무들도 나타났다. 바람 한 점 안 불어 잔물결 하나 일지 않던 진흙탕 길은 차바퀴가 지나갈 때마다 진창을 튀겼다. 니콜라가 갖은 애를 다 써가며 잘 운전한 덕분에 자동차는 무너진 차도 한가운데를 겨우겨우 달리고 있었다.

니콜라가 잠깐 뒤를 돌아보았다.

그가 클로에에게 말했다.

"너무 걱정하지 마세요. 계속 이러진 않을 거예요. 길이 곧 바뀔 테니까요."

고개를 돌려 오른쪽 창유리를 보는 순간 클로에는 몸서리를 쳤다.

온몸이 비늘로 덮인 짐승이 전신주 옆에 서서 그들을 바라보고 있었던 것이다.

"저것 좀 봐요, 콜랭, 저게 뭐죠……?"

콜랭이 눈을 돌리더니 어깨 너머로 대답했다.

"모르겠는데. 그래도…… 사나워 보이지는 않는데. 전화선을 보수하는 사람들 중 하나야……. 진흙이 자기 몸에 튈까 봐 저런 식으로 옷을 입는 거지……."

클로에가 중얼거렸다.

"그런데…… 굉장히 보기 흉하게 생겼어요……."

콜랭이 그녀를 껴안았다.

"무서워하지 마, 클로에. 그냥 인간이잖아……."

자동차 바퀴가 굴러다니다 보니 땅이 더 단단해진 것 같았다. 어슴푸레한 빛이 지평선을 물들이고 있었다.

콜랭이 말했다.

"저것 봐. 태양이야……."

니콜라가 아니라는 듯 고개를 흔들었다.

"구리 광산이야. 이제 곧 통과하게 될 거야."

니콜라 옆에 있던 생쥐가 귀를 곤두세웠다.

니콜라가 말을 이어갔다.

"그래. 이제 곧 더워질 거야."

길은 여러 번이나 구부러졌다. 진흙탕에서 김이 솟아오르기 시작했다. 구리 냄새를 진하게 풍기는 하얀 증기가 자동차를 에워쌌다. 그러더니 진흙이 단단하게 굳어지면서 여기저기 금이 가고 먼지가 자욱한 차도가 나타났다. 앞쪽으로 멀리 보이는 공기가 엄청나게 큰 가마 위에 놓인 것처럼 진동하고 있었다.

클로에가 말했다.

"난 저런 거 싫어요. 다른 쪽으로 가면 안 되나요?"

"이 길뿐이야. 구페의 책을 가져왔는데…… 볼 테야?"

그들은 현지에서 직접 살 생각으로 다른 짐은 가져오지 않았다.

콜랭이 다시 물었다.

"창유리를 내려줄까?"

"네. 이젠 빛을 좀 견딜 만해요."

다시 급커브를 도나 했더니 이미 그들은 구리 광산 한가운데로 들어와 있었다. 광산은 양편에 몇 미터씩의 간격을 두고 계단 모양으로 늘어서 있었다. 신비로운 작업복을 입은 사람들 수백 명이 불 주위에서 일하고 있었다. 또 다른 사람들이 연료를 피라미드식으로 차곡차곡 쌓아놓으면 전기로 움직이는 광차가 실어 갔다. 열을 받아 녹은 구리는 마치 붉은 개울처럼 흐르며 바위만큼이나 단단하고 구멍이 많은 광재(鑛滓)로 변했다. 구리가 여기저기 보이는 거대한 저장소에 일단 모이면 기계가 그걸 펌프로 빨아들여서 타원형의 관 속으로 옮기곤 했다.

클로에가 말했다.

"저런 일을 하려면 얼마나 힘들까!"

니콜라.

"그래도 돈을 많이 받으니까."

몇몇 사람이 일손을 멈추고 자동차가 지나가는 걸 바라보았다. 그들의 눈에서 엿볼 수 있는 거라곤 좀 빈정거리는 듯한 연민뿐이었다. 그들은 키가 크고 건장했으며, 쉽게 변하지 않는 사람들처럼 보였다.

클로에가 말했다.

"저 사람들은 우릴 좋아하지 않아요. 여길 떠나요."

콜랭.

"일을 하니까······."

"그건 이유가 되지 않아요."

니콜라가 액셀러레이터를 약간 밟았다. 자동차는 기계 돌아가는 소리 그리고 구리가 용해되는 소리를 뚫고 금이 간 도로를 질주했다.

니콜라가 말했다.

"잠시 후면 구도로를 만나게 될 거야."

25

클로에가 물었다.

"왜 그 사람들은 그렇게 우리를 경멸하듯 쳐다보았을까요? 일을 하는 게 그다지 즐겁지 않은가 봐요······."

"'일을 한다는 건 좋은 것이다.'라는 말은 그들도 들었겠지. 그런데 실제로 그렇게 생각하는 사람은 아무도 없어. 그냥 습관적으로 그리고 거기에 대해 생각하지 않기 위해 일을 하는 것뿐이지."

"어쨌든 기계가 할 수 있는 일을 한다는 건 어리석은 짓이에요."

"기계를 만들어야 하는데 그 일은 누가 하지?"

"아! 달걀을 만들려면 암탉이 있어야 하고, 일단 암탉을 가지고 있으면 달걀을 많이 가질 수가 있어요. 그러니 암탉에서부터 시작하는 게 낫지요."

"무엇 때문에 기계를 못 만드는지를 알아야 할 거야. 부족한 건 시간인 것 같아. 사는 데 시간을 허비하다 보니 일할 시간이 안 남는 거야."

"오히려 그 반대가 아닐까요?"

"그렇지 않아. 만일에 사람들이 기계 만들 시간을 갖게 되면 그 이후로는 뭘 해야 할 필요성을 전혀 못 느끼게 될 거라고. 내가 말하고자 하는 게 뭐냐 하면, 사람들은 그들로 하여금 일하지 않고 살 수 있게 해주는 기계를 만들려고 애쓰는 대신 살기 위해 일을 한다는 거야."

클로에가 자기 생각을 털어놓았다.

"복잡하군요."

"아니, 굉장히 간단한 거야. 물론 이런 일은 점진적으로 일어날 거야. 하지만 사람들은 닳아 떨어지는 것을 만드느라 시간을 모조리 허비하고 있어……"

"하지만 당신은 사람들이 자기 집에 남아서 아내와 포옹하고 수영장에 가고 오락거리를 찾아다니는 걸 더 좋아하지 않는다고 생각하는 건 아니겠지요?"

"아니. 그들이 그에 대해 생각하지 않기 때문이야."

"하지만 일을 하는 게 좋다고 믿는 게 과연 그들의 잘못일까요?"

세월의 거품 103

"아냐. 그건 그들의 잘못이 아냐. 그건 그들이 '노동, 그것은 신성하고, 즐겁고, 아름답고, 무엇보다 중요하고, 오직 노동자들만이 모든 것에 대해 권리를 가지고 있다.' 라는 말을 들었기 때문이야. 그저 그들에게 일을 시키려고 갖은 수단이 다 동원되는 바람에 그들은 시간을 이용할 수가 없는 거야."

"그럼 그들은 바보란 말이에요?"

"그래, 그들은 바보야. 그래서 노동이야말로 가장 좋은 것이라고 그들로 하여금 믿게 만드는 자들과 사이좋게 지내는 거지. 그래서 그들은 생각도 하지 않고, 진보를 위해 애쓰지도 않고, 더 이상 일을 하지 않으려고 노력하지도 않는 거야."

"다른 얘기 해요. 그런 문제는 사람 힘만 빠지게 하거든요. 내 머리가 맘에 드는지 말해 줘요……."

"벌써 말했는데……."

그는 그녀를 무릎에 앉혔다. 그는 자신이 더할 나위 없이 행복하다는 걸 다시 한 번 느꼈다.

"나는 당신의 전체적인 부분뿐만 아니라 세세한 부분까지도 진정으로 사랑한다고 벌써 말했어."

"자, 자세히 말해 봐요."

클로에가 마치 독 없는 뱀처럼 어리광을 부리며 콜랭의 팔에 안기면서 말했다.

26

니콜라가 물었다.

"실례합니다, 주인님. 주인님께서는 우리가 이곳에 내리기

를 원하십니까?'

자동차는 도로변의 호텔 앞에 멈추어 섰다. 도로는 빛을 잘 받아들이는 반사광이 물결처럼 어른거리고 미끈미끈하고 잘 닦이었으며, 양편에 늘어선 완전한 원통형의 나무들과 싱그러운 풀, 태양, 들판의 암소들, 낡은 방책, 꽃이 만발한 산울타리, 사과나무에 열린 사과, 작은 무더기를 이룬 낙엽, 여기저기 쌓여 풍경에 변화를 주는 눈, 종려나무, 미모사, 호텔 정원의 북프랑스산 소나무, 두 마리의 양과 술 취한 개를 데리고 가는 헝클어진 적갈색 머리의 소년이 눈에 띄었다. 길 한쪽에는 바람이 불고 있었지만, 다른 쪽에는 바람이 불지 않았다. 마음에 드는 쪽을 선택했다. 나무 두 그루 중 한 그루만이 그늘을 던져주었고, 구덩이들 중에서도 한 구덩이 속에서만 개구리들을 발견할 수 있었다.

콜랭이 말했다.

"여기서 내리지. 어쨌든 오늘은 남쪽에는 도착하지 못할 테니까."

니콜라가 차 문을 열고 내렸다. 그는 돼지가죽으로 된 멋진 운전사 복장에, 거기 잘 어울리는 우아한 모자를 쓰고 있었다. 그가 두 걸음쯤 물러서더니 자동차를 바라보았다. 콜랭과 클로에도 차에서 내렸다.

니콜라가 말했다.

"우리 차가 꽤나 더럽혀졌군요. 진흙탕을 지나와서 그런 겁니다."

클로에.

"괜찮아요. 호텔에서 세차하면 될 거예요."

콜랭이 말했다.

"들어가서 방이 있는지 좀 보세요. 영양 섭취할 게 있는지도 보고."

"알겠습니다, 주인님."

니콜라가 손을 모자로 가져가며 이렇게 대답했는데, 그 어느 때보다 짜증 나는 표정이었다.

그는 밀랍을 입힌 참나무 살문을 밀었는데, 손잡이가 비로드로 싸여 있는 손잡이를 잡는 순간 일순 전율이 느껴졌다. 그가 걸어가자 조약돌이 바드득 소리를 냈다. 그는 두 계단을 올라갔다. 창유리가 끼워진 문이 그의 미는 힘을 이겨내지 못했고, 그는 건물 속으로 사라졌다.

블라인드가 내려지자 아무런 소리도 들리지 않았다. 태양이 땅에 떨어진 사과를 서서히 익혀 푸르고 싱싱하고 작은 사과나무를 부화하자 순식간에 꽃이 피고 훨씬 더 작은 사과가 열렸다. 제3의 생식 단계로 접어들자 보이는 건 구슬만큼이나 작은 사과들이 그 위를 굴러다니는 일종의 초록빛과 장밋빛 거품뿐이었다.

몇 마리의 곤충들이 제자리에서 재빨리 선회하는 등 불확실한 임무를 수행하면서 햇빛 속에서 윙윙대고 있었다. 도로의 바람이 많이 부는 쪽에서는 벼 이삭들이 남몰래 고개를 숙였고, 나뭇잎들은 바삭바삭하는 소리를 살그머니 내면서 이리저리 날아다니고 있었다. 겉 날개가 달린 곤충 몇 마리가 드넓은 호수 쪽으로 향로를 잡은 증기선의 바퀴가 내는 것과 흡사하게 찰랑거리는 소리를 조그맣게 내면서 기류를 거슬러 올라가려 애쓰고 있었다.

콜랭과 클로에는 붙어 선 채 아무 말 없이 햇볕을 쬐고 있었고, 두 사람의 심장은 부기 리듬에 맞추어 고동쳤다.

창유리를 끼운 문이 삐걱거리는 소리를 살그머니 냈다. 니콜라가 다시 나타났다. 그의 모자는 비뚤게 얹혀 있었고, 옷도 헝클어져 있었다.

콜랭이 물었다.

"쫓겨났어요?"

"아닙니다, 주인님. 두 분을 받고 자동차도 맡아줄 수 있답니다."

"무슨 일이 있었나요?"

"휴…… 주인은 없습니다. 주인 딸이 저를 맞았는데……."

"옷매무새 좀 고치세요. 단정치가 않아 보여요."

"제발 용서해 주시기 바랍니다, 주인님. 하지만 전 방 두 개를 얻기 위해서는 어느 정도의 희생을 각오해야만 한다고 생각했습니다……."

"가서 평복으로 갈아입고 정상적인 상태에서 다시 얘기하세요. 당신은 실패에 실을 감듯 내 신경을 조여놓는군요."

클로에는 멈춰 선 채 눈을 작게 뭉쳐서 놀고 있었다.

부드럽고 차가운 눈송이는 녹지 않고 하얀색으로 남아 있었다.

그녀가 콜랭에게 말했다.

"얼마나 예쁜지 좀 봐요."

앵초와 수레국화와 개양귀비가 눈을 맞고 있었다.

"그렇군. 하지만 그걸 만지면 안 돼. 감기 걸릴지도 몰라."

"오! 괜찮아요."

이렇게 말하고 난 클로에가 마치 견직물이 찢어지는 것 같은 소리를 내며 기침을 하기 시작했다.

콜랭이 그녀를 껴안으며 말했다.

"나의 클로에, 그렇게 기침하지 마! 내 마음이 아프단 말이야!"

그녀가 손에서 털어낸 눈이 솜털처럼 천천히 떨어지더니 햇볕에 반짝이기 시작했다.

니콜라가 중얼거렸다.

"난 저런 눈 안 좋아해."

그는 즉시 고쳐 말했다.

"제가 말을 함부로 한 것 같습니다. 용서해 주시기 바랍니다, 주인님."

콜랭이 신발 한 짝을 벗더니 니콜라의 얼굴을 향해 던졌고, 마침 바지에 묻은 자그마한 얼룩을 닦아내느라 몸을 숙였던 니콜라는 유리 깨지는 소리에 다시 일어났다.

니콜라가 나무라듯 소리쳤다.

"오! 주인님…… 그건 주인님 방의 창문이라고요……!"

"할 수 없지, 뭐! 우리 방에 바람이 잘 통하겠는걸. 당신, 바보 같은 소리나 하더니 잘됐군요."

콜랭은 클로에의 부축을 받아 깡충깡충 뛰면서 호텔 문으로 향했다. 깨진 유리창이 다시 자라나기 시작했다. 단백광에 어렴풋한 광채를 무지개처럼 내뿜으며 가지가지로 변해서 일정한 색깔이 없는 얇은 막이 창틀 가장자리에 형성된 것이다.

27

콜랭이 물었다.

"잘 잤어?"

"푹 잤어. 넌?"

니콜라는 이번에는 평복 차림이었다.

클로에가 하품을 하면서 서양 풍접초의 꽃봉오리로 만든 시럽이 들어 있는 작은 단지를 집어 들었다.

그녀가 말했다.

"난 저 유리창 땜에 잠을 못 잤어요."

니콜라가 물었다.

"왜, 안 닫히든가요?"

"꽉 닫히질 않아요. 숫구멍이 열려 있어서 바람이 엄청나게 밀려들어 왔지요. 오늘 아침에 제 가슴은 눈으로 뒤덮여 있었어요······."

"큰일 날 뻔했군요. 제가 혼쭐나게 야단치지요. 그런데 오늘 아침에 떠나는 건가?"

콜랭.

"오후에 떠나기로 하죠."

니콜라.

"그럼 운전사 정복을 다시 입어야겠군."

콜랭.

"오, 니콜라, 계속 그런 식으로 나오면 난······."

"알았어. 지금은 안 입겠네."

니콜라는 서양 풍접초의 꽃봉오리로 만든 시럽을 단숨에 삼키더니 버터 바른 빵도 다 먹어치웠다.

"식당이나 한번 돌아보고 올게."

니콜라가 자리에서 일어나더니 휴대용 천공기를 이용해 넥타이 매듭을 고쳐 매면서 그렇게 알렸다.

그가 방을 나갔고, 아마도 식당 쪽으로 가는 듯한 그의 발소리가 점점 더 작아졌다.
 콜랭이 물었다.
 "내가 어떻게 해줬으면 좋겠어, 내 사랑하는 클로에?"
 "안아줘요."
 "그러고말고! 그러고 나선?"
 "그러고 나선…… 그걸 큰 소리로 얘기할 수는 없어요."
 "좋아. 그러고 나선 뭘 할 거야?"
 "그러고 나면 아마 점심 식사 시간이 될 거예요. 안아줘요. 추워요. 눈이……."
 태양이 황금빛 물결처럼 방 안으로 밀려들었다.
 "여긴 안 추워."
 클로에가 콜랭에게 바싹 다가서며 말했다.
 "그래요. 하지만 난 추워요. 그러고 나서 알리즈에게 편지를 쓰겠어요……."

28

 큰길 초입에서 수많은 사람들이 서로 장 솔의 강연장에 들어가겠다며 아우성치고 있었다.
 사람들은 초대장의 유효성 여부를 검사하기 위해 설치된 차단선의 감시망을 피해 보려고 별의별 속임수를 다 동원했다. 가짜 초대장이 만여 장씩이나 발행되었던 것이다.
 어떤 사람들은 영구차를 타고 나타났다. 이 경우 경찰들은 강철로 만든 긴 창으로 관을 쑤시면서 그 안에 든 사람들을 떡갈나무 관에 영원히 못질해 버림으로써 그들을 꺼내 매장할 수 없게 만들었을 뿐만 아니라 진짜로 죽은 사람들의 수의를 손상하는 실수를 저지르기도 했다. 특별기를 타고 와서 낙하산으로 뛰어내리는 사람들도 있었다. (그래서 부르제 공항에서는 서로 비행기를 타겠다고 싸우고들 난리였다.) 소방대에서는 이들을 공격 대상으로 간주해 소방 호스로 물을 뿜어내 낙하산을 다른 지역으로 유인했고, 이들은 현장에서 비참하게 익사하고 말았다. 마지막으로 하수구를 통해 입장하려는 사람들도 있었다. 이런 사람들은 하수구 가장자리에 매달린 채 다시 한 번 힘을 모아 지상으로 나오려는 순간 접합부에 편자를 박은 구두에 사정없이 차여 다시 하수도 속으로 쫓겨났고, 그 나머지 일은 쥐들이 맡았다. 하지만 이 열성적인 팬들은 그 어떤 방해에도 굴하지 않았다. 하지만 고백하건대 남이야 물속에 빠져 죽건 말건 집요하게 시도를 되풀이하는 사람들이 있었으며, 웅성거림은 구름에 반사되어 깊은 동굴에서 나오는 듯한 굵고 낮은 굉음을 내면서 천정점으로 올라갔다.

오직 충성스러운 자들과 소식에 정통한 자들, 측근들만이 가짜 초대장과 아주 쉽게 구분되는 진짜 초대장을 갖고 있어서 건물에 닿을 듯 말 듯 설치되어 있으며 자동 브레이크로 변장한 비밀 요원들이 50센티 간격으로 서 있는 좁은 출입로를 통해 입장했다. 그럼에도 이들의 숫자는 엄청나게 많았으며, 이미 가득 찬 강연장은 새로 도착한 사람들을 계속해서 시시각각으로 받아들이는 중이었다.

시크는 그 전날 밤부터 현장에 와 있었다. 그는 수위에게 엄청난 돈을 지불하고 그를 대신할 수 있는 권리를 얻어냈고, 이 대체 근무가 가능하도록 하기 위해 예비용 쇠 지렛대로 수위의 왼쪽 다리를 부러뜨렸다. 그는 파르트르에 관한 일이라면 금화

세월의 거품 111

를 아끼지 않았다. 알리즈와 이시스도 그와 함께 연사가 도착하기를 기다리고 있었다. 그녀들은 이 강연회에 반드시 참석하겠다는 각오를 다지며 그곳에서 밤을 보냈다. 짙은 초록색 수위 제복을 입은 시크는 무척이나 매혹적이었다. 그는 콜랭으로부터 이만오천 개의 스페인 금화를 얻은 뒤부터는 자기 일을 상당히 등한시해 왔다.

그곳에 밀려드는 청중들의 생김새는 무척이나 특이해 보였다. 남자들은 턱이 뒤로 젖혀진 얼굴에 안경을 쓰고 머리털이 곤두섰으며 노르스름해진 담배꽁초를 피우기도 하고 누가 과자를 먹다가 트림을 하기도 했으며, 여자들의 경우에는 땋아 늘인 작고 볼품없는 머리채를 두개골에 두르는가 하면 알몸 위에 짧은 털외투를 걸쳤기 때문에 젖가슴 일부가 어둠 속에서 얼핏 보이곤 했다.

천장 절반은 유리가 끼워져 있고 나머지 절반은 그처럼 보는 사람을 실망시키는 여성의 형체들로 가득 찬 삶이 과연 흥미로울까 하는 회의심(懷疑心)을 청중들의 마음속에 불러일으키는 데 적합한, 중수(重水)로 그린 프레스코화로 장식되어 있는 1층 대강연실에 사람들이 점점 더 많이 몰려들었고, 늦게 도착한 사람들은 한쪽 발로는 너무 바싹 붙어 있는 옆 사람들을 밀어내야 했기 때문에 다른 한쪽 발로 서 있는 수밖에 별다른 도리가 없었다. 보부아르 공작 부인과 수행원들이 뻐기며 앉아 있는 특별석은 핏기가 거의 없어 보이는 청중들의 시선을 끌었는데, 그 옷차림 등이 어찌나 사치스러웠던지 접이의자에 일렬로 앉아 있는 철학자들의 면면이 우스워 보일 정도였다.

강연회 개회 시간이 가까워지자 청중들은 흥분하기 시작했다. 몇몇 학생들이 오르치 남작 부인이 쓴 『산 위에서의 서약』

에 나오는 구절 중에서 일부를 삭제해서 큰 소리로 천천히 낭독함으로써 청중들의 마음속에 의구심을 심어주려고 애쓰자 한쪽에서 소동이 벌어지기 시작했다.

하지만 장 솔이 다가오고 있었다. 코끼리의 콧소리가 길에서 들려오자 시크는 수위실 창문 밖으로 머리를 내밀어 내려다보았다. 코끼리 등 위에 철갑을 두른 가마에 올라탄 장 솔의 실루엣이 멀리 보였는데, 주름투성이에 꺼칠꺼칠한 코끼리의 등은 붉은 신호등 불빛을 받아 괴상하게 보였다. 가마의 네 귀퉁이에서는 도끼로 무장한 특급 사수들이 만일의 사태에 대비하고 있었다. 코끼리는 성큼성큼 걸음을 옮겨 군중을 헤치며 나아갔고, 네 개의 기둥이 사람들의 몸통을 짓밟고 쿵쿵거리며 발을 구르는 그 소리는 가혹한 운명처럼 가까워졌다. 코끼리가 문 앞에서 무릎을 꿇자 특급 사수들이 내렸다. 파르트르가 우아하게 사수들 가운데로 뛰어내리자 그들은 도끼를 휘둘러 길을 트면서 연단으로 향했다. 비밀 요원들이 모든 문을 닫자 시크는 이시스와 알리즈를 이끌고 연단 뒤로 통하는 비밀 통로를 향해 서둘러 달려갔다.

연단 뒤쪽에는 겉에 가죽을 댄 비로드를 걸어놓았는데, 시크는 강연을 보기 위해 여기다 구멍을 뚫었다. 그들은 방석 위에 앉아 기다렸다. 그들로부터 1미터쯤 떨어진 곳에서 파르트르가 강연문 읽을 준비를 하고 있었다.

금욕주의자를 연상시키는 그의 유연한 몸에서는 신비한 빛이 흘러나오고 있었고, 그의 사소한 동작 하나하나에도 배어 있는 가공할 만한 매력에 사로잡힌 청중들은 안절부절못하며 강연회의 시작을 알리는 신호를 기다리고 있었다.

특히 여성 청중들은 자궁이 흥분하는 바람에 졸도하는 경우가 많았고, 알리즈와 이시스와 시크의 귀에는 연단 아래로 교묘히 들어가서 공간을 덜 차지해야 한다며 더듬더듬 옷을 벗는 스물여덟 명의 청중이 내는 헐떡임이 들려왔다.

알리즈는 정다운 눈길로 시크를 바라보며 물었다.

"생각나?"

"응. 우리가 저기서 만났지······."

그가 알리즈에게 고개를 숙이더니 부드럽게 키스했다.

이시스가 물었다.

"두 사람이 저기 있었어?"

알리즈가 대답했다.

"응. 굉장히 유쾌했지."

"그랬을 것 같아. 그게 뭐예요, 시크?"

시크는 옆쪽에 놓인 커다란 검은색 상자를 열기 시작했다.

"녹음기예요. 강연회 때 쓰려고 사뒀어요."

이시스.

"오! 정말 좋은 생각인걸요······. 그게 있으면 굳이 귀를 기울일 필요는 없겠어요."

"맞아요. 그리고 집에 돌아가서도 밤새워 들을 수가 있겠지요. 물론 디스크를 손상하지 않기 위해서는 그렇게 하지 않는 게 좋겠지만 말이에요. 난 미리 녹음을 해두고 '성자의 외침' 같은 상점에 부탁해서 상업용 판을 발매하도록 할 거예요."

"돈이 꽤 들 텐데요!"

"아! 그건 상관없어요."

알리즈가 한숨을 내쉬었다. 그것은 그녀 혼자만 들을 수 있을 정도로 가벼운 한숨이어서······ 그녀는 자신의 한숨 소리를 겨우 알아들을 수 있었다.

시크가 말했다.

"됐어! 강연이 시작됐군. 그의 책상 위에 있는 공용 라디오에 내 마이크를 설치해 놨어. 발각되지는 않을 거야."

장 솔이 이제 막 강연을 시작했다. 처음에는 밸브가 덜거덕거리는 듯한 소리만 들려왔다. 신문사, 방송사, 영화사의 사진기자와 리포터들이 취재에 열을 올리고 있었다. 그런데 그중 한 사람이 뒤로 물러서다가 넘어지는 바람에 끔찍한 혼란이 발생했다. 화가 난 동료들이 그에게 달려들더니 마그네슘 분말을 뿌린 것이다. 그가 눈부신 섬광 속으로 사라지자 모두 흡족해했고, 비밀 요원들은 거기 남아 있던 사람들을 모두 감옥으로 끌고 갔다.

시크가 소리쳤다.

"신 난다! 이제 나 혼자만 녹음할 수가 있겠군!"

지금까지는 그래도 비교적 조용하던 청중들이 조금씩 흥분하기 시작하더니 파르트르가 한마디 할 때마다 고함과 감탄사를 내지르며 찬미하는 바람에 강연 내용을 완전히 이해하기가 무척 어렵게 되었다.

시크가 한마디 했다.

"전부 다 알아들으려고 애쓰지는 마. 시간 날 때 녹음된 걸 들으면 되니까 말이야."

이시스가 말했다.

"여기선 단 한마디도 알아들을 수가 없으니 그러긴 그래야겠네. 생쥐가 찍찍거리는 것만큼이나 소리가 작아. 클로에 소식 들었어?"

알리즈의 대답.

"편지를 한 통 받았어."

"드디어 도착했나?"

"응. 떠나는 데는 성공했지만 거기서 머무는 기간은 단축할 모양이야. 클로에가 건강이 그다지 좋질 않거든."

"니콜라 삼촌은?"

"잘 있대. 클로에가 그러는데 삼촌은 머무르는 호텔마다 주인 딸들한테 온갖 못된 짓을 다 하는 모양이야."

"괜찮은 분인데. 왜 요리사가 됐는지 궁금해."

시크가 끼어들었다.

"그래. 그건 참 이상해."

알리즈.

"왜들 그래?"

그녀는 시크의 귀를 꼬집으면서 이렇게 덧붙였다.

"난 파르트르 수집가보다는 요리사가 낫다고 생각해."

이시스가 물었다.

"그런데 클로에가 큰 병에 걸린 건 아냐?"

알리즈가 대답했다.

"편지에는 무슨 병인지 쓰지 않았어. 가슴이 아프다던데."

"클로에는 정말 예뻐. 그녀가 아프다는 게 상상이 되질 않아."

시크가 소곤거렸다.

"오! 저것 좀 봐!"

천장 일부가 들어 올려지더니 머리들이 일렬로 나타났다. 대담한 숭배자들이 아무도 몰래 대형 그림 유리창까지 접근해 그 까다로운 작전을 수행한 것이다. 또 다른 사람들이 떼밀자 그들은 창문 테두리에 악착같이 매달렸다.

시크가 말했다.

"저 사람들 잘못한 것 없어. 이 강연이야말로 명강연이니까."

파르트르가 일어나더니 토사물의 박제 견본들을 청중들에게 보여 주었다. 날사과와 적포도주가 섞인 가장 아름다운 토사물이 큰 성공을 거두었다. 이제는 더 이상 아무 소리도 들려오지 않았고, 이시스와 알리즈와 시크가 있던 막(幕) 뒤도 그건 마찬가지였다.

이시스가 물었다.

"그런데 그 사람들은 언제쯤이나 오는 거야?"

알리즈.

"내일이나 모레쯤 도착한대."

"그 사람들 본 지도 꽤 오래된 것 같아."

"그래. 결혼식 끝난 뒤로는."

"결혼식은 정말 성황리에 끝났지."

시크가 한마디 거들었다.

"그래. 바로 그날 저녁에 니콜라가 당신을 배웅했고……."

다행히도 천장이 완전히 무너지면서 강연장으로 내려앉는 바람에 이시스는 그날 밤 일을 꼬치꼬치 얘기하지 않아도 되었다. 먼지가 구름처럼 솟아올랐다. 회반죽 부스러기 속에서 희끄무레한 형체들이 이리저리 움직이며 비틀거리더니 잔해 위를 떠도는 숨 막힐 듯 자욱한 연기에 질식되어 쓰러져 버렸다. 파르트르가 강연을 멈추더니 그렇게 많은 사람들이 그 같은 돌발 사건에 휘말리는 광경을 보니 즐겁다는 듯 자신의 엉덩이를 두드리며 껄껄 웃어댔다. 그는 먼지를 한 모금 들이마시더니 미친 사람처럼 기침을 하기 시작했다.

흥분한 시크는 녹음기 스위치를 돌렸다. 굵은 초록빛 섬광이

지면 위를 쏜살같이 달려가더니 마루판의 틈새로 사라졌다. 두 번째, 세 번째 섬광이 계속되었고, 시크는 다리가 수없이 많이 달린 흉측한 짐승이 녹음기에서 나오려고 하는 순간 전원을 꺼 버렸다.

시크가 말했다.

"내가 뭘 하는 거지? 이거 안 움직이잖아? 마이크에 먼지가 끼었군."

강연장은 아수라장으로 변해 버렸다. 병에 든 물을 다 마신 파르트르는 이제 강연장을 떠날 준비를 하고 있었다. 마지막 원고를 다 읽었던 것이다. 시크도 결심을 했다.

시크가 말했다.

"이쪽으로 나가시라고 권유해야지. 앞서 달리십시오. 제가 따라가겠습니다."

29

복도에 들어선 니콜라는 걸음을 멈췄다. 햇볕이 잘 들지 않는 게 분명했다. 타일을 깐 바닥은 옅은 안개로 둘러싸인 듯 윤기가 없어 보였고, 햇살은 금속성의 작은 방울이 되어 튀어 오르는 대신 지면에서 으깨진 다음 둔하고 엷은 물구덩이가 되어 이리저리 흘러갔다. 태양이 양떼구름에 덮여 떠 있는 벽도 이제는 예전처럼 균일하게 빛나지는 않았다.

생쥐들은 이 같은 변화로 인해 특별히 곤란을 겪는 것 같지는 않았다. 하지만 검은 수염이 난 생쥐만은 한눈에도 갑갑해 하는 표정이 역력했다. 니콜라는 이 검은 수염 생쥐가 여행이

중도에 중단된 걸 섭섭하게 생각하고 있을 뿐 아니라 여행 중에 맺을 수도 있었을 관계를 못 맺어서 서운해하고 있다고 짐작했다

니콜라가 물었다.

"불만스럽니?"

생쥐는 불쾌하다는 듯한 몸짓을 하더니 벽을 가리켰다.

니콜라가 다시 말했다.

"그래, 이건 아냐. 전에는 훨씬 더 나았는데. 무슨 일인지 모르겠다."

잠시 무슨 생각인가를 하던 생쥐가 고개를 내젓더니 이해가 안 된다는 표정을 지으며 두 팔을 벌렸다.

"나도 이해가 안 돼. 아무리 문질러도 소용없다고. 공기가 침식성으로 변했는지도 모르겠다."

그가 걸음을 멈추고 뭔가를 생각하더니 역시 고개를 내젓고는 다시 걸음을 옮겼다. 생쥐가 팔짱을 낀 채 건성으로 뭔가를 씹더니 고양이용 껌 향기를 느끼자 황급히 뱉어냈다. 가게 주인이 착각을 했던 것이다.

클로에는 식당에서 콜랭이랑 함께 앉아 있었다.

니콜라가 클로에에게 물었다.

"어때? 괜찮아졌어?"

콜랭

"야, 웬일이에요? 다른 사람들처럼 말하기로 작정했나요?"

"이제부터는 그냥 편안하게 말하기로 했네."

클로에가 한마디 했다.

"아주 맛있어요."

집에 다시 돌아오게 돼서 기쁘다는 듯 그녀의 두 눈은 반짝

반짝 빛났고 안색은 밝았다.
콜랭이 말했다.
"클로에가 닭고기 넣은 파이를 절반이나 먹었어요."
니콜라.
"그거 기쁜 일이로군. 그건 구페 씨 요리가 아니라네."
콜랭이 클로에에게 물었다.
"오늘은 뭘 하고 싶어, 클로에?"
니콜라가 끼어들었다.
"지금 곧 아침 식사를 하는 게 어때?"
"두 사람하고 이시스, 시크, 알리즈와 함께 외출해서 스케이트장에도 가보고 싶고, 쇼핑도 하고 싶고, 댄스파티에도 가보고 싶고, 초록색 반지도 하나 사고 싶어요."
니콜라.
"좋아. 그럼 지금 즉시 요리를 시작하지."
클로에가 말했다.
"평복을 입고 요리하세요. 그래야 우리도 마음이 훨씬 더 편하니까. 금방 준비를 할 수도 있을 거고요."
콜랭.
"난 금화 상자에서 돈을 좀 꺼내 올 테니 클로에 당신은 친구들한테 전화를 하도록 해. 멋진 외출이 될 거야."
"알았어요."
그녀가 몸을 일으키더니 전화기 쪽으로 달려갔다. 수화기를 집어 든 그녀는 시크와 통화하고 싶다는 걸 알리기 위해서 부엉이 울음소리를 흉내 냈다.
니콜라가 작은 지렛대를 눌러서 식탁을 치우자 더러운 식기들이 양탄자 밑에 감추어진 굵은 압축공기관을 통해 수채 쪽으로 운반되었다. 니콜라는 방을 나서 복도로 갔다.

생쥐가 뒷발로 버티고 선 채 윤기 없는 타일 중 하나를 두 손으로 문지르고 있었다. 생쥐가 문지르자 타일은 다시 반짝거렸다.

니콜라가 소리쳤다.

"야! 드디어 해냈구나……! 놀랍다."

생쥐가 가쁜 숨을 몰아쉬며 살갗이 벗겨져서 피가 나는 손가락 끝을 니콜라에게 보여 주었다.

"오! 너 아팠겠구나……. 그만두고 이리 오렴. 어쨌든 여긴 아직 햇빛이 많으니까. 이리 와, 내가 붕대 감아줄게."

니콜라는 생쥐를 가슴에 달린 호주머니에 집어넣었고, 생쥐는 두 눈을 반쯤 감은 채 헐떡거리며 다친 다리를 주머니 밖으로 내리뜨리고 있었다.

콜랭은 금화가 든 상자의 손잡이를 재빨리 돌리며 콧노래를 불렀다. 최근 불안에서 벗어난 그는 자신의 심장이 오렌지 모양이라고 느끼고 있었다. 상자는 상아를 박아 넣은 흰 대리석으로 되어 있었고, 손잡이는 초록색과 검은색이 섞인 자수정으로 만들어져 있었다. 측정기에는 금화의 숫자가 육만 개로 표시되어 있었다.

뚜껑이 부드럽게 삐걱거리며 움직이는 순간 콜랭은 미소를 거두었다. 두세 번 진동을 하고 난 측정기가 무슨 이유에서인지 정지되면서 삼만오천 개의 금화에서 고정되어 버린 것이다. 상자 속에 손을 집어넣은 그는 이 수치가 정확하다는 걸 금방 확인했다. 재빨리 암산을 해본 그는 그럴 수밖에 없다는 걸 알았다. 십만 개 중에서 이만오천 개는 시크에게 주었고, 만오천 개는 자동차, 오천 개는 결혼 비용으로 썼으니…… 나머지는 물론 저절로 사라져버린 것이다. 그래서 콜랭은 다소 안심이 되었다.

"정상이야!"

이렇게 큰 소리로 외치던 그는 자기 목소리가 이상하게 변질되었다고 느꼈다.

필요한 만큼 금화를 집어 들었던 그는 잠시 망설이더니 권태로운 몸짓을 하며 그중 절반을 다시 상자 속에 집어넣고서 문을 닫았다. 손잡이가 딱딱 소리를 내며 급속히 돌아갔다. 그는 측정기의 숫자판을 톡톡 치면서 그 안에 든 금화 숫자가 정확히 표시되었다는 사실을 확인했다.

그러고 나서 몸을 일으켰다. 클로에에게 어울린다고 생각했던 것을 그녀에게 주기 위해 엄청난 비용을 들여야 했다는 사실에 놀라 잠시 서 있던 그는 아침마다 머리가 풀어진 채 침대에 누워 있는 클로에와 그녀의 누워 있는 몸매가 그대로 드러나는 시트의 형태, 그리고 시트를 들췄을 때 보이는 그녀의 호박색 피부를 생각하며 미소 짓다가 마지못해 불현듯 금화 상자를 생각했다. 지금은 그런 것들을 생각할 때가 아니었던 것이다.

클로에가 옷을 입고 있었다.

"니콜라더러 샌드위치를 만들라고 말해 줘요. 지금 곧 떠날 수 있게……. 이시스 집에서 만나기로 했거든요."

콜랭이 그녀의 어깨에 입을 맞추고 나서 니콜라에게 기별을 하러 달려갔다. 니콜라는 생쥐를 치료해 준 다음 생쥐를 위해 대나무로 작은 목발을 만들어주는 중이었다.

니콜라가 결론짓듯 말했다.

"됐다. 오늘 밤까지 목발을 짚고 다니면 표시가 안 날 거야."

"생쥐가 왜 이렇게 됐지요?"

콜랭이 생쥐의 머리를 쓰다듬으며 물었다.

"생쥐가 복도의 타일 바닥을 청소하려고 했어. 청소는 다 했지만 그러느라 몸이 아픈 거지."

"염려하지 말아요. 혼자 있어도 곧 회복될 겁니다."

"모르겠어. 이상해. 타일 바닥이 숨을 잘 못 쉬는 것 같아."

"괜찮아지겠지요. 어쨌든 난 그렇게 생각해요. 지금까지는 이런 조이 없었지요?"

"그럼."

콜랭이 부엌 창문 앞에 잠시 서 있었다.

"오래돼서 닳은 건지도 모르지요. 바꾸는 게 어떨까 싶은데."

"돈이 꽤 많이 들 텐데."

"그렇겠군요. 기다리는 게 낫겠어요."

"근데 무슨 일이지?"

"요리는 만들지 마세요. 샌드위치만 좀 만들도록 해요. 지금 곧 떠나야 하니까."

"좋아. 나도 옷을 입어야지."

니콜라가 생쥐를 바닥에 내려놓자 생쥐는 자그마한 목발을 짚고 비틀거리면서 문으로 향했다. 수염이 양쪽으로 삐져나와 있었다.

30

콜랭과 클로에가 떠난 뒤로 거리 모습은 사뭇 달라졌다. 이제는 나뭇잎들이 더 커졌고, 희끄무레한 색깔을 띠고 있던 집들도 흐릿한 초록색으로 변했다가 여름의 연한 베이지색으로 바뀌었다. 포도(鋪道)는 사람들의 발길이 잦아지자 탄성을 갖게 되면서 부드러워졌고, 공기는 나무딸기 향기를 풍겼다.

아직 쌀쌀하긴 했지만, 푸르스름한 유리가 끼워진 창문 뒤를 보니 날씨가 좋아지리라는 걸 예감할 수 있었다. 초록색과 푸른색의 꽃들이 인도 변에서 자라나고 있었고, 수액은 달팽이들이 입을 맞출 때처럼 가볍고 축축한 소리를 내면서 꽃줄기 둘레를 감돌아 올라갔다.

니콜라가 맨 앞에서 걸었다. 그는 따뜻한 모직으로 된 겨자색의 운동복을 상하로 입고 안에는 목 부분이 둥글게 말린 두툼한 스웨터를 받쳐 입었는데, 자카드 직물로 짠 이 스웨터에는 구페의 『요리책』 607쪽에 나오는 연어 모양이 그려져 있었다. 식물들이 고무창이 달린 그의 노란 가죽 구두에 살짝 구겨지곤 했다. 그는 자동차들이 그 사이로 지나다니라고 파놓은 두 고랑 사이를 조심스럽게 걸어갔다.

콜랭과 클로에가 그 뒤를 따라갔다. 클로에는 콜랭의 손을 잡은 채 대기가 풍기는 향기를 깊숙이 들이마시곤 했다. 클로에는 작은 흰색 모직 드레스 위에 벤졸이 함유된 표범 가죽 반외투를 걸치고 있었는데, 가공을 해서 부드러워진 표범의 얼룩은 확대되어서 달무리로 변하기도 했다가 서로 교차해서 기묘하게 충돌하기도 했다. 거품처럼 부드럽고 가벼운 그녀의 머리칼은 이리저리 나부끼면서 재스민꽃과 패랭이꽃 향기가 섞인 부드러운 냄새를 발산했다.

콜랭은 눈을 반쯤 감은 채 그 향기를 따라가고 있었고, 그의 입술은 향기를 들이마실 때마다 살그머니 떨리곤 했다. 소름이 끼칠 정도로 반듯반듯해 보이던 집들의 정면이 약간 흐물흐물해 보였고, 길거리에 이어서 집들도 그렇게 변해 버리는 바람에 당황한 니콜라는 에나멜을 칠해 놓은 표지판을 읽느라고 이따금씩 걸음을 멈추어야만 했다.

콜랭이 물었다.

"우선 뭐부터 해야 하지?"

클로에가 대답했다.

"백화점에 좀 들렀다 가요. 입을 옷이 하나도 없거든요."

"평소 때처럼 '칼로트 자매 양장점'으로 가지그래?"

"아네요. 백화점에 가서 기성복도 사고 다른 것도 이것저것 살래요."

콜랭이 니콜라에게 말했다.

"이시스가 당신을 보면 틀림없이 좋아할 거예요."

니콜라가 물었다.

"왜?"

"글쎄요……."

시드니 베셰 거리로 돌아섰더니 거기가 바로 목적지였다. 수위는 문 앞에 놓인 자동 흔들의자에 앉아 몸을 좌우로 흔들고 있었는데, 의자에 장치된 엔진이 폴카 리듬에 맞춰 폭발음을 냈다. 기계가 구식이었다.

이시스가 그들을 맞았다. 시크와 알리즈는 이미 와 있었다. 빨간색 드레스를 걸친 이시스가 니콜라를 보고 웃었다. 그녀가 클로에를 껴안았고, 두 사람은 잠시 동안 서로 키스를 나누었다.

이시스가 말했다.

"안색이 좋은데, 클로에. 난 네가 아픈 줄 알았어. 이제 안심이야."
"괜찮아. 니콜라와 콜랭이 극진히 보살펴 준 덕분이야."
니콜라가 물었다.
"당신 여사촌들은 잘 있나요?"
이시스는 눈까지 빨개졌다.
그녀가 말했다.
"이틀에 한 번씩 당신 소식을 물어요."
니콜라가 살짝 얼굴을 돌리며 말했다.
"매력적인 처녀들이에요. 하지만 당신은 더 단호해 보입니다."
이시스.
"그건 그래요……."
시크가 물었다.
"여행은 어땠니?"
콜랭.
"좋았어. 처음에는 도로가 엉망이었지만 괜찮아졌어."
클로에.
"눈이 온 것만 빼면 좋았어요……."
그녀가 가슴으로 손을 가져갔다.
알리즈가 물었다.
"우리 이제 어디 가요?"
시크가 말했다.
"원한다면 파르트르의 강연 내용을 요약해 줄 수 있는데."
콜랭이 시크에게 물었다.
"우리가 여행을 떠난 뒤에도 파르트르 작품 많이 샀니?"
시크.

"아…… 아니야……."

"직장 일은 어때?"

"아……! 잘돼 가고 있…… 내가 쫓겨날 경우 나 대신 들어올 친구가 한 명 있지."

"그 사람이 무보수로 일을 한단 말이야?"

"아……! 거의 돈을 안 받지. 지금 바로 스케이트장에 가는 게 어때?"

클로데가 끼어들었다.

"아녜요, 우린 백화점에 들르기로 했어요. 하지만 남자들이 스케이트를 타러 가고 싶다면……."

콜랭.

"그것도 괜찮은 생각인데."

니콜라.

"내가 여자들이랑 백화점에 가지. 나도 이것저것 좀 사야 하니까."

이시스.

"그래도 좋겠군요. 하지만 우리도 빨리 가서 쇼핑을 마치면 스케이트 좀 탈 수 있을 거예요."

31

콜랭과 시크가 스케이트를 탄 지 한 시간이 지났을 때 빙판 위에 사람들이 도여들기 시작했다. 늘 똑같은 소녀들, 늘 똑같은 소년들, 여느 때와 다름없이 되풀이되는 추락, 변함없이 긁어내는 연장을 들고 있는 시동 겸 청소부들. 담당자가 스케이트장을 자주 드나드는 사람들이 수 주일 전부터 외우게 된 노래가 담긴 음반을 방금 전축의 플레이어에 올려놓았다. 그는 다들 예상했던 대로(사람들은 그가 이런 버릇을 갖고 있다는 사실을 결국 알게 되었던 것이다.) 그 노래가 끝나자 뒷면을 틀었지만, 음반이 갑자기 멈추더니 오직 한 개의 스피커만 계속해서 음악을 연주할 뿐 나머지 모든 스피커를 통해 굵고 낮은 목소리가 울려 퍼졌다. 그 목소리는 전화가 왔으니 통제실로 와 달라고 콜랭 씨에게 요청했다.

콜랭이 말했다.

"도대체 무슨 일이지?"

그가 시크와 함께 서둘러 트랙 가장자리로 가더니 고무 깔개 위에 올라섰다. 그는 바를 따라 걸어가다가 마이크가 있는 통제실로 들어갔다. 음반을 트는 남자가 솔로 그중 한 장을 문지르고 있었다. 음반 표면에 생긴 우둘투둘한 부분을 제거하기 위해서였다.

콜랭이 수화기를 집어 들며 말했다.

"여보세요!"

그는 귀를 기울였다.

시크는 그가 처음에는 놀란 표정을 짓더니 얼굴빛이 순식간에 얼음 색깔로 변하는 걸 보았다.

"심각한 일이야?"

콜랭이 입 다물라고 손짓을 했다.

"지금 가겠어요."

콜랭이 수화기에 대고 이렇게 말하더니 전화를 끊었다.

통제실의 벽이 죄어들자 그는 으깨지기 전에 시크와 함께 그곳을 빠져나왔다. 그는 스케이트를 신은 채 질주했다. 발이 이리저리 꼬였다. 그는 탈의실 담당자를 불렀다.

"빨리 내 탈의함을 열어주세요. 309번이오."

시크도 말했다.

"내 것도 열어줘요. 311번."

담당자는 그다지 서두르는 기색 없이 두 사람을 어슬렁어슬렁 따라왔다. 고개를 돌려 담당자가 10미터쯤 떨어져서 걸어오는 걸 본 콜랭은 그가 다가오기를 기다렸다. 콜랭이 뛰어올라 스케이트를 신은 발로 턱 밑을 사정없이 난폭하게 올려 차자 담당자의 머리가 날아가 기관실의 환기구 위에 떨어졌고, 그 틈을 이용해서 콜랭은 시체가 멍하니 아직도 손에 들고 있는 열쇠를 빼앗았다. 탈의함 하나를 연 콜랭은 시체를 그 안으로 밀어 넣고 침을 뱉은 다음 309번 탈의함을 향해 뛰어갔다. 시크가 문을 다시 닫았다.

시크가 숨을 헐떡이며 나타나더니 물었다.

"무슨 일이야?"

콜랭은 벌써 스케이트를 벗고서 구두를 신은 상태였다.

"클로에가 아파."

"심각해?"

"몰라. 졸도했나 봐."

콜랭이 준비를 하더니 달리기 시작했다.

시크가 소리쳤다.

"어디 가?"

"우리 집에……!"

콜랭도 이렇게 소리치더니 소리가 쨍쨍 울려 퍼지는 콘크리트 계단으로 사라져버렸다.

스케이트장 반대편에서는, 기관실이 환기가 안 되는 바람에 질식한 사람들이 그곳을 빠져나왔다가 기진맥진한 채로 트랙 주위에 털썩털썩 주저앉았다.

어안이 벙벙해진 시크는 손에 스케이트를 든 채 콜랭이 사라진 지점을 멍하게 바라만 보고 있었다.

128번 탈의함의 문 아래에서 피가 거품을 일으키며 가느다란 도랑처럼 꾸물꾸물 천천히 흘러나왔고, 그 붉은 액체는 다시 김이 모락모락 나는 굵고 무거운 방울이 되어 얼음판 위를 흐르기 시작했다.

32

콜랭은 있는 힘을 다해 달렸고, 그의 눈앞에 있던 사람들은 몸이 천천히 한쪽으로 기울더니 꼭 볼링 핀처럼 넘어져서는 마치 손에서 놓자 옆으로 굴러버리는 커다란 상자처럼 맥없이 찰랑거리는 소리와 함께 포도 위에 뻗어버렸다.

그리고 나서 달리고 또 달리자 집들 사이에 꽉 끼어 있던 지평선의 날카로운 모퉁이가 그를 향해 달려들었다. 한 걸음 한 걸음 옮기다 보니 밤이 되었다. 검은색 솜털 같은 밤은 무기질에 무정형이었으며, 색깔이 없는 하늘은 천장이자 날카로운 모퉁이였다. 그는 피라미드 꼭대기를 향해 달리다가 덜 어두운 어둠의 구간에서 멈췄지만, 그가 사는 거리까지는 아직 세 거리가 더 남아 있었다.

클로에는 그들이 첫날밤을 보낸 아름다운 침대에 누워 있었다. 눈은 뜨고 있었으나 숨을 쉬기가 힘든 것 같았다. 알리즈가 그녀와 함께 있었다. 이시스는 구페의 책을 보면서 무슨 강장제를 만드는 니콜라를 도왔고, 생쥐는 침대 머리맡에 두고 마실 음료를 만들기 위해 탕약용 풀씨를 날카로운 이빨로 씹어 부수고 있었다.

하지만 콜랭은 그런 사실도 모른 채 두려움에 떨며 계속 달리고 있었다. 왜 늘 함께 있는 것만으로는 충분하지 않을까, 왜 또 두려움에 떨어야 하는가, 어쩌면 사고인지도 몰라, 자동차에 치인 건 아닐까, 그녀는 침대에 누워 있을 거야, 다시는 못 볼지도 몰라, 그들이 나를 못 들어가게 할지도 몰라, 하지만 난 우리 클로에가 걱정돼, 그러니 당신들이 뭐래든 그녀를 만날 거야, 안 돼, 콜랭, 들어오지 마……. 어쩌면 그녀는 그냥 가벼운 부상만 입었을지도 모른다, 그렇다면 아무 일 없었다는 듯 손을 잡고 내일 함께 불로뉴 숲에 가서 벤치에 다시 앉아 그녀의 머리칼에 내 머리칼을 갖다 댄 채 베개에 묻어 있는 그녀의 향기를 맡으리라. 나는 늘 그녀의 베개를 가지리라. 우리는 저녁에 베개를 갖고 서로 장난치리라. 그녀는 내 베개에 속을 너무 많이 집어넣었다고 생각한다, 나의 베개는 그녀의 머리 밑에서 늘 둥근 모양을 유지한다. 그리고 나는 나중에 그 베개를 가지고, 베개에서는 그녀의 머리칼 향기가 풍긴다. 나는 그녀의 머리칼에서 풍기는 은은한 향기를 이제 더 이상 느끼지 못하리라.

그의 앞쪽 인도가 벌떡 일어섰다. 그가 인도를 거인처럼 껑충 뛰어넘으니 2층이었다. 그가 올라가서 문을 열었더니 검은 옷을 입은 사람도 사제도 없이 조용하고 평온했으며 회색과 푸른색 그림이 그려진 양탄자에는 정적이 감돌고 있었다. 니콜라가 "별일 아냐."라고 말했고, 클로에는 그를 다시 보게 되어 기쁘다는 듯 웃고 있었다.

33

 클로에는 당신을 믿는다는 듯 따뜻한 손을 콜랭에게 내맡겼다. 그녀는 콜랭을 바라보고 있었고, 약간 놀란 듯한 그녀의 맑은 눈을 보자 그는 마음이 편안해졌다. 방 안의 편편한 곳 아래쪽에 쌓여 있던 근심 걱정거리들이 죽자 살자 서로 밀치락달치락하고 있었다. 클로에는 자신의 몸과 흉곽 속에 어떤 불투명한 힘이, 적대적인 존재가 있다고 느끼기는 했지만 어떻게 싸워야 할지를 몰랐기 때문에 살 속 깊은 곳에 꼭 달라붙어 있는 그 적을 끌어내려고 가끔씩 기침을 하곤 했다. 그녀는 숨을 깊이 들이마시게 될 경우 그 적의 분노에, 음험한 악의에 그냥 그대로 굴복해야 할지도 모른다고 생각했다. 그녀의 가슴은 가까스로 들리곤 했고, 반들반들한 시트가 그녀의 벌거벗은 긴 다리에 닿는 소리는 잔잔하게만 들렸다. 콜랭은 등을 약간 구부린 채 옆에서 그녀를 바라보고 있었다. 어둠이 찾아와서는 침대 머리맡에 켜놓은 램프의 자그마한 광핵(光核) 주위에서 동심원의 층(層)들을 이루었다.
 클로에가 입을 열었다.
 "음악을 들려주세요, 콜랭. 당신이 좋아하는 곡으로요."
 "피곤해질 텐데."
 그는 아주 멀리서 말을 하는 듯했고, 안색도 좋지 않았다. 그의 심장이 가슴을 온통 차지하고 있었다. 그는 이제야 그 사실을 깨달았다.
 "안 그럴 거예요. 그러니 제발 부탁이에요."
 콜랭이 일어나더니 떡갈나무로 만든 작은 사다리로 내려가서 자동식 전축을 작동했다. 방이란 방에는 모두 확성기가 설치되어 있었다. 그는 두 사람의 방에 있는 확성기를 작동했다.

클로에가 물었다.

"무슨 음악 틀었어요?"

그녀가 미소를 지었다. 그녀는 그게 무슨 노래인지 잘 알고 있었다.

콜랭이 말했다.

"생각나?"

"그럼요……."

"아프지 않아?"

"많이 아프진 않아요……."

큰 강이 바다로 흘러가는 바로 그곳에는 건너기 힘든 둑이, 그리고 표류물들이 춤을 추는 거품투성이의 거대한 소용돌이가 만들어진다. 바깥의 어둠과 램프 불빛 사이에서는 추억이 암흑으로부터 역류하며 빛과 충돌해 때로는 그 속에 잠기기도 하고 때로는 그 밖으로 나오기도 하면서 흰 배와 은빛 등을 보여 주곤 했다. 클로에가 약간 몸을 일으켰다.

"이리 와서 내 옆에 앉아요."

콜랭은 그녀에게 가까이 다가가서 침대에 비스듬히 누웠고, 그녀의 머리는 그의 왼팔의 쑥 들어간 부분에 놓였다. 그녀의 얇은 슈미즈에 달린 레이스는 금빛 피부 위에 제멋대로 무늬를 그렸고, 그 무늬는 이제 막 솟아오른 젖꼭지 위에서 살그머니 부풀어 올랐다. 클로에의 손은 콜랭의 어깨를 꽉 움켜잡고 있었다.

"화 안 났어요?"

"왜 화가 나?"

"바보 같은 아내를 얻어서요……."

콜랭이 클로에의 어깨를 살그머니 어루만졌다.
"팔을 좀 집어넣지그래. 그러다가 감기 들라."
"안 추워요. 음악이나 들으세요."
조니 호지스의 연주에는 뭔가 아주 가볍고 경쾌한 것이, 어떤 설명할 수 없는 것이, 어떤 관능적인 것이 깃들어 있었다. 육체로부터 해방된 순수한 상태의 관능.
음악 소리가 들려오자 방의 모퉁이들이 둥글게 변했다. 콜랭과 클로에는 이제 구(球)의 중심에 누워 있게 되었다.
클로에가 물었다.
"저게 무슨 곡이에요?"
"「구혼하고 싶어」라는 곡이야."
"나도 그렇게 느꼈어요. 근데 우리 방이 이렇게 생겼는데 의사가 어떻게 들어오죠?"

34

니콜라가 문을 열어주러 갔다. 문간에 의사가 서 있었다.
의사가 말했다.
"전 의사입니다."
"좋습니다. 저를 따라오시겠습니까……."
니콜라는 의사를 데려갔다.
부엌에 도착하자 니콜라가 말했다.
"자, 이걸 좀 맛보시고 어떤지 말씀 좀 해주시죠."
자주색과 녹색, 청색 등 독특한 색깔을 띤 음료가 실리콘과 소듐, 석회석을 섞어 유리처럼 만든 증기 수집 장치 속에 들어

있었다

의사가 물었다.

"이게 뭡니까?"

니콜라가 대답했다.

"마실 겁니다……."

"그건 나도 알아요. 어디 쓰이는 겁니까?"

"강장제입니다."

의사는 잔을 코에 갖다 댄 채 킁킁거리며 냄새를 맡고 맛을 본 다음 마시더니 왕진 가방을 내려놓고서 두 손으로 배를 움켜잡았다.

니콜라가 물었다.

"효험이 있겠지요? 그렇지 않아요?"

"푸…… 이거 사람 죽이는군. 당신 수의사입니까?"

"아니요, 요리삽니다. 어쨌든 효험은 있군요."

"아주 좋아요. 난 벌써 원기를 되찾은 것 같은데."

"환자를 보러 가시지요. 이제 당신은 소독이 됐으니까요."

의사가 발걸음을 옮겼으나 그건 잘못된 방향이었다. 그는 자신의 동작을 다스릴 능력이 거의 없어 보였다.

니콜라가 소리쳤다.

"아이코! 이봐요, 그래도 진찰은 할 수 있겠죠?"

"글쎄요, 난 다른 의사의 소견을 듣고 싶습니다. 그래서 망주망슈더러 와달라고 부탁했지요."

"좋아요. 자, 이리 오세요."

니콜라가 뒤 계단으로 통하는 문을 열었다.

"세 층을 내려가서 다시 오른편으로 도세요. 그리고 들어가면 됩니다."

세월의 거품 135

"알았어요!"
의사가 내려가기 시작하다가 갑자기 걸음을 멈추었다.
"그런데 여긴 어딥니까?"
"거긴!"
"아, 좋습니다……!"
니콜라가 다시 문을 닫았다. 콜랭이 나타났다.
콜랭이 물었다.
"누굽니까?"
"의사. 바보같이 생겼기에 내가 처치해 버렸지."
"하지만 의사가 한 명 있어야 하는데."
"물론이지. 망주망슈가 올 거야."
"그 사람이 더 낫겠군요."
또다시 초인종이 울렸다.
콜랭이 말했다.
"그냥 여기 있어요. 내가 갈 테니."
복도에서 생쥐가 그의 다리를 따라서 기어오르더니 오른쪽 어깨에 앉았다. 그는 서둘러 가서 교수에게 문을 열어주었다.
교수가 말했다.
"안녕하시오!"
그는 검은색 양복에 눈에 확 띌 정도로 선명한 노란색 와이셔츠를 받쳐 입고 있었다.
그가 선언서를 낭독하듯 또박또박 말했다.
"생리학적으로 볼 때 노란색 배경에 검은색은 최대한의 대비 효과를 거둘 수 있습니다. 덧붙여서 말씀드리자면 시각적으로 피로하지 않고 길거리에서 차에 깔려 죽는 일도 피할 수 있죠."

"당연히 그렇겠죠."

콜랭이 그의 말을 인정했다.

망주망슈 교수는 마흔 살쯤 되어 보였다. 그는 마흔이라는 나이를 지탱할 수 있는 능력을 가지고 있었다. 하지만 마흔에서 단 한 살만 넘어도 버텨낼 수 없을 것이다. 그는 뾰족하고 짧은 수염뿐 털이 안 난 매끈한 얼굴에 무표정하게 생긴 안경을 쓰고 있었다.

콜랭이 제의했다.

"절 따라오시겠습니까?"

"글쎄, 그래도 될지……."

그렇지만 교수는 결심을 했다.

"누가 아픕니까?"

"클로에가 아프답니다."

"아! 그 이름을 들으니 어떤 노래가 생각나는군요……."

"예, 맞습니다."

그러자 망주당슈가 단호하게 말했다.

"좋아요, 갑시다. 진즉 그렇게 얘기했으면 좋았을걸. 그런데 무슨 병에 걸렸습니까?"

"저야 알 수가 없지요."

교수가 고백하듯 말했다.

"이제야 말씀드리지만 나도 모릅니다."

콜랭이 불안하게 물었다.

"하지만 이제 아시게 되겠지요?"

망주강슈가 자신 없는 말투로 대답했다.

"그럴 수도 있겠지요. 어쨌든 진찰은 해봐야겠습니다만……."

"여하튼 가십시다……."

"물론 그래야지요……."

교수를 방문까지 안내해 준 콜랭의 머릿속에 불현듯 무슨 생각인가가 떠올랐다.

콜랭이 말했다.

"들어가실 때 조심하십시오. 둥글거든요."

"괜찮아요. 습관이 돼 있으니까. 그런데 환자가 임신을 했나요?"

"천만에요! 당신은 바보로군요. 방이 둥글단 말입니다."

"똥글똥글하단 말이에요? 그럼 엘링턴 판을 올려놨나요?"

"네."

"우리 집에도 그 판이 있어요. 「몽롱하니 기분 좋아」라는 곡 압니까?"

"저도 그 곡 좋아합니다."

말을 계속하려던 콜랭은 클로에가 기다리고 있음을 떠올리고 교수를 방 안으로 떠밀었다.

교수가 말했다.

"안녕하시오?"

그는 사다리를 올라갔다.

클로에가 대답했다.

"안녕하세요. 잘 지내세요?"

"아녜요! 간이 나빠서 이따금씩 고통을 받지요. 간 질환에 대해서 좀 압니까?"

"아니요, 몰라요."

"물론 그러시겠죠. 당신 간은 이상 없을 테니까."

그가 클로에에게 다가가더니 손을 잡았다.

"열이 약간 있군요, 그렇죠……?"

"전 잘 모르겠어요."

"그러시겠죠. 하지만 그건 잘못된 태도입니다."

그가 침대 위에 앉았다.

"불쾌하게 생각하지 않으신다면 청진을 하도록 하겠습니다."

"제발 그렇게 하세요."

교수가 왕진 가방에서 확대 렌즈가 부착된 청진기를 꺼내더니 덮개 부분을 클로에의 등에 갖다 댔다.

그가 말했다.

"숫자를 세어보세요."

클로에가 숫자를 셌다.

"그게 아녜요. 스물여섯 다음에는 스물일곱 아닙니까?"

"맞다요. 죄송해요."

"됐습니다. 기침을 하나요?"

"네."

클로에가 이렇게 대답하더니 기침을 했다.

콜랭이 물었다.

"무슨 병입니까, 의사 선생님? 중병인가요?"

"음…… 오른쪽 폐에 뭔가가 있습니다. 하지만 그게 뭔지는 알 수 없어요……."

콜랭이 물었다.

"그럼 어떻게 해야 하죠?"

"우리 병원에 와서 정밀 검사를 받아야 합니다."

"클르에가 자리에서 일어나도록 할 순 없습니다. 그러다가 오늘 오후처럼 아프면 어떻게 해요?"

"아니요, 심각한 건 아닙니다. 처방전을 줄 테니 그대로 따라야 합니다."

클로에가 대답했다.

"물론이에요, 의사 선생님."

그녀가 손을 입으로 가져가더니 기침을 하기 시작했다.

망주망슈가 말했다.

"기침을 하지 마시오."

콜랭도 말했다.

"기침하지 마, 내 사랑."

"나도 어쩔 수가 없어요."

클로에가 숨이 찬지 쉬엄쉬엄 그렇게 말했다.

"환자의 폐에서 이상한 음악 소리가 들립니다."

교수의 말이었다.

그는 약간 지루한 표정을 짓고 있었다.

콜랭이 물었다.

"정상입니까, 의사 선생님?"

"어느 정도는……."

교수가 자신의 짧은 수염을 잡아당기자 수염은 둔탁하게 철썩 소리를 내며 제자리로 돌아갔다.

콜랭이 물었다.

"정밀 진단을 받으러 언제쯤 가야 합니까?"

"사흘 뒤에 오시오. 치료 기구를 수리해야 하니까."

이번에는 클로에가 물었다.

"평소에 치료 기구를 사용하지 않으세요?"

"그렇습니다. 난 축소된 비행기 모델 만드는 걸 무척 좋아하는데 사람들이 한시도 빼지 않고 귀찮게들 구는 바람에 1년 전부터는 더 이상 손도 못 대고 있는 상태고 완성할 시간을 낼 수가 없어요. 정말 짜증 나는 일입니다, 젠장!"

콜랭.

"그러시겠지요."

교수.

"그들은 상어나 다름없어요. 나는 내 자신을 타고 있는 배가 난파된 불행한 사람에 기꺼이 비유해 봅니다. 탐욕스러운 괴물들이 그 일엽편주를 뒤집으려고 이 불행한 사람이 잠들기를 기다리는 겁니다."

클로에가 말했다.

"그것 참 적절한 비유로군요."

이렇게 말하면서 그녀는 다시 기침을 하지 않기 위해 살그머니 웃었다.

교수가 그녀의 어깨에 손을 올려놓으며 말했다.

"조심하시오. 일반적인 생각과는 달리 1944년 10월 15일 자 《토목 기사단》에 따르면 우리에게 알려진 서른다섯 종의 상어 중에서 사람을 잡아먹는 건 서너 종에 불과하므로 그건 완전히 잘못된 비유입니다!"

클로에가 감탄스러운 표정으로 말했다.

"말씀을 아주 잘하시는군요, 의사 선생님."

그녀는 이 의사를 몹시 좋아했다.

의사가 말했다.

"이건 《토목 기사단》에 나오는 얘깁니다. 내 얘기가 아네요. 이제 난 가봐야겠습니다."

그는 클로에의 오른뺨에 쪽 소리가 나도록 입을 맞추더니 어깨를 살짝 치고는 작은 사다리를 내려갔다. 오른발이 왼발에 걸리고 왼발은 사다리 맨 밑에 붙어 있는 살에 걸리는 바람에 그는 쓰러지고 말았다.
 그가 등을 열심히 문지르면서 콜랭에게 말했다.
 "당신은 특수한 시설을 갖춰놓았군요."
 "죄송합니다."
 교수가 덧붙여 말했다.
 "게다가 이 공 모양의 방에선 뭔가 의기소침한 분위기가 느껴져요.「몽롱하니 기분 좋아」를 틀면 아마 원상 복귀될 거요. 아니면 방을 좀 세게 비벼보든지."
 "알았습니다. 식전주(食前酒) 한잔 드시겠어요?"
 "됐소. 잘 있어요."
 교수가 클로에에게 그렇게 말하더니 방을 나갔다.
 클로에는 여전히 웃고 있었다. 밑에서 올려다보니 그녀는 전구 불빛이 비스듬하게 비치고 있는 화려한 연단처럼 생긴 크고 낮은 침대 위에 앉아 있었다.
 이제 막 돋아난 풀밭을 비추는 햇빛과 흡사한 색깔을 띤 빛살이 그녀의 머리칼 사이로 희미하게 새어 들었고, 그녀의 살갗에 부딪치며 흘러갔던 빛은 황금빛으로 변해 이런저런 물체 위에 내려앉았다.
 대기실에서 교수가 콜랭에게 말했다.
 "부인이 아름다우시군요."
 "예."
 클로에가 병이 들었다는 걸 알게 되었기 때문에 콜랭이 느닷없이 눈물을 흘리기 시작했다.
 교수가 말했다.
 "참……. 당신은 나를 난처한 상황에 빠뜨리는군요. 내가 당신을 위로해야겠군요. 자……."

그는 웃옷 안주머니를 뒤지더니 붉은 가죽으로 장정을 한 작은 수첩을 꺼냈다.

"보시오, 이게 내 거요."

"내 거라니요?'

콜랭이 마음을 진정하려고 애쓰면서 물었다.

교수가 설명하듯 대답했다.

"내 아내란 말이오."

그러자 기계적으로 수첩을 펼쳤던 콜랭은 웃음을 터뜨렸다.

교수가 말했다.

"됐어요. 예측한 대로군. 누구든지 그걸 보면 재미있다고 웃습니다. 그런데 그 여자의 어떤 점이 그렇게 우스워 보입니까?"

"나…… 난…… 잘 모르겠어요……."

콜랭이 이렇게 우물우물 말하더니 허리가 휘어질 정도로 포복절도를 하면서 주저앉았다.

교수가 수첩을 도로 가져갔다.

그가 말했다.

"당신들은 다 똑같은 사람들이오. 여자들이란 모름지기 아름다워야 한다고 생각하니까 말이야. 그런데 아까 말한 그 식전주는 지금 만들고 있소?"

35

콜랭은 시크가 뒤따르는 가운데 약국 문을 밀었다. "따르

쿵!" 소리가 나자 문에 끼워져 있던 유리가 복잡하게 장치된 약병과 실험 도구들 위로 무너져 내렸다.

주인이 그 소리에 놀라 나타났다. 키가 크고 말랐으며 나이가 들어 보였고, 머리는 말갈기처럼 곤두선 텁수룩한 백발로 덮여 있었다.

그가 계산대로 돌진하더니 수화기를 집어 들고는 오랜 습관으로 몸에 밴 민첩성을 발휘해 번호를 잽싸게 돌렸다.

그가 소리쳤다.

"여보세요!"

그의 목소리는 마치 짙게 안개가 끼었을 때 울리는 경적 소리만큼이나 요란해서 그의 길고 검고 평평한 발 밑의 땅이 규칙적으로 앞뒤로 흔들리곤 했으며, 물보라가 파도처럼 계산대를 덮쳤다.

"여보세요! 거기 거슈인 상회지요? 우리 가게 출입문에 유리창을 좀 끼워주시오! 15분 뒤에 온다고요? 다른 손님이 올지 모르니까 빨리 좀 와주시오. 좋습니다."

그는 수화기를 다시 내려놓았는데, 수화기는 여간해서 다시 제자리에 앉으려고 하지를 않았다.

"손님들께선 뭘 찾으십니까?"

"이 처방전대로 약을 좀 지어주세요······."

약사가 처방전을 받아 들더니 반으로 접은 다음 길고 좁은 끈으로 꽉 묶어서 단두대처럼 생긴 작은 탁상용 재단기 속에 집어넣었다.

그가 빨간 단추를 누르며 말했다.

"됐습니다."

단두대 날이 달려들자 처방전이 다시 펴지면서 내리눌렸다.

"오늘 여섯 시에 다시 들르시면 약이 준비되어 있을 겁니다."

콜랭이 말했다.

"우린 굉장히 급한데요."

시크도 한마디 거들었다.

"우린 지금 당장 약을 받고 싶습니다."

약사가 대답했다.

"좋아요. 기다리셔도 괜찮다면 내가 필요한 약을 준비하겠습니다."

콜랭과 시크는 자줏빛 비로드를 씌운 계산대 바로 앞의 긴 의자에 앉아 기다렸다. 주인이 계산대 뒤에서 몸을 숙이더니 거의 아무런 소리가 나지 않을 정도로 조용하게 포복해서 비밀 문을 통해 그곳을 나갔다. 그의 길고 마른 몸이 마루 위에 남긴 희미한 홈은 점점 더 희미해지더니 흔적도 없이 공중으로 사라져버렸다.

두 사람은 벽을 바라보았다. 녹이 슨 구리로 된 긴 진열대 위에는 상비약과 특효약이 든 병들이 일렬로 진열되어 있었다. 각 진열대의 맨 마지막 칸에 놓여 있는 병들은 짙은 형광을 내뿜고 있었다. 부식된 두꺼운 유리로 만든 원추형 용기 속에서는 몸통이 부풀어 오른 올챙이들이 바닥까지 나선형으로 돌며 내려갔다가 다시 급격히 수면으로 상승하더니, 또다시 희끄무레한 흔적을 빛깔이 짙어진 물속에 남기며 중심을 벗어나 선회하곤 했다. 그 옆에는 길이가 수 미터나 되는 수족관이 있어서 약국 주인은 그 속에 통풍관이 달린 개구리 시험대를 설치해 놓았는데, 네 개의 심장이 아직까지는 가냘프게 뛰고 있지만 쓸모가 없어진 개구리 몇 마리가 여기저기 누워 있었다.

시크와 콜랭의 뒤쪽에는 체사레 보르자[13]의 승마 의상을 입은 약국 주인이 그의 어머니와 간음하고 있는 장면을 그린 거대한 벽화가 걸려 있었다. 책상 위에는 환약을 만드는 기계가 여러 대 놓여 있었고, 그중 몇 대는 느릿느릿하게나마 작동하고 있었다.

환약이 푸른색 유리관에서 나오면 밀랍으로 빚은 손들이 모아서 원뿔꼴로 만 주름진 종이 속에 집어넣곤 했다.

콜랭이 자리에서 일어나 가장 가까운 곳에 놓여 있던 기계에 눈을 들이대고 바라보더니 기계를 보호하고 있는 녹슨 통을 들어 올렸다. 기계 안을 보니, 반은 살로 되어 있고 반은 금속으로 되어 있는 혼합형 동물 하나가 열심히 재료를 삼켰다가 크기가 일정한 큰 환약으로 만들어 배설하는 것이었다.

콜랭이 입을 열었다.

"이리 와서 좀 봐, 시크."

시크가 물었다.

"뭔데?"

"정말 신기해……."

시크도 바라보았다. 그 동물의 턱은 옆으로 길게 늘어나 있어서 입을 움직일 때마다 재빠르게 수평으로 이동하곤 했다. 살갗이 투명했기 때문에 얇은 쇠로 만든 통 모양의 갈비뼈와 완만한 속도록 움직이는 소화관까지 볼 수 있었다.

시크가 말했다.

"토끼를 변형한 거야."

"그래?"

"흔히 쓰이고 있는 방법이지. 원하는 기능만 유지시키는 거야. 저 경우 소화관만 움직이게 만들어놓은 거지. 일반적인 방법을 사용해서 혼약을 만드는 것보다 훨씬 간단해."

콜랭이 물었다.

"먹긴 뭘 먹고 살아?"

"크롬을 함유한 당근을 먹지. 내가 제대하고 나서 일했던 공장에서 그걸 만들었어. 그리고 환약 재료를 먹이는 거지."

"그거 아주 잘 만들어졌는데. 그럴싸하게 생긴 환약이 나오잖아."

"그래. 둥글둥글하지."

콜랭이 뒤돌아 앉으며 말했다.

"말해 봐."

시크가 물었다.

"뭘 말이야?"

"내가 여행 떠나기 전에 너한테 줬던 금화 이만오천 개 중에서 지금 몇 개나 남아 있니?"

"글쎄……."

"너도 이제 알리즈와의 결혼을 결심할 때가 됐어. 네가 이런 식으로 결혼을 질질 끌면 그녀가 얼마나 자존심이 상하겠니……."

"그건 그래……."

"어쨌든 금화가 이만 개는 남아 있겠지? 그 정도면 결혼하기엔 충분한 액수니까……."

"그런데 그게……."

말을 꺼내기가 힘들었던지 시크가 입을 다물었.

콜랭이 캐물었다.

"그게 어쨌단 말이야? 너 한 사람만 돈 걱정하는 건 아니야."

"나도 잘 알아."

"그런데?"

"그런데 나한테 남아 있는 금화는 겨우 삼천이백 개밖에 안 돼."

콜랭은 피로가 갑자기 밀어닥치는 걸 느꼈다. 흐릿하고 뾰족한 것들이 어렴풋한 파도 소리를 내며 그의 머릿속에서 뱅뱅 돌았다. 긴 의자에 앉은 그의 몸이 뻣뻣해졌다.

그가 입을 열었다.

"말도 안 돼……."

그는 넥타이를 맨 채 막 장애물경주를 끝마친 사람처럼 피곤했다.

그가 되풀이해서 말했다.

"그럴 리가 없어……. 넌 지금 나한테 농담을 하고 있는 거야."

시크가 말했다

"그렇지 않아."

시크가 서 있었다. 그는 손가락 끝으로 가장 가까운 곳에 있는 책상 모서리를 긁어댔다. 환약들이 구슬이 구르는 듯 작은 소리를 내며 유리관 속을 굴렀고, 밀랍으로 빚은 손이 종이를 구기는 소리는 마그달레니아기(期)[14]의 식당 같은 분위기를 만들어냈다.

콜랭이 물었다.

"그런데 그걸 어디다 썼니?"

"파르트르의 책을 샀어."

시크가 호주머니를 뒤졌다.

"이걸 좀 봐. 어제 발견한 거야. 경탄할 만하지 않니?"

그것은 키에르케고어의 삽화가 들어 있으며 진줏빛 모로코

가죽으로 제본한 『꽃들의 트림』이었다.

콜랭은 책을 집어 바라보았다. 하지만 페이지는 눈에 들어오지 않았다. 그가 보고 있는 것은 결혼식 때 클로에의 드레스를 바라보던 알리즈의 그 슬픈 눈빛이었다. 하지만 시크는 이해할 수가 없었다. 시크의 눈은 그렇게 높은 곳까지 바라본 적이 없었던 것이다.

콜랭이 중얼거렸다.

"도대체 내가 무슨 말을 하겠니……? 그래서 금화를 다 써버렸다는 거야……?"

"지난주에 그의 원고 두 편을 샀어. 그리고 그의 강연을 7회 녹음했고……."

이렇게 말하는 그의 목소리는 흥분을 참느라 떨리고 있었다.

"그래……."

"왜 그런 걸 묻는 거지? 나와 결혼을 하건 안 하건 알리즈에겐 상관없는 일이야. 그녀는 그냥 지금처럼 지내는 게 행복해. 너도 알다시피 난 그녀를 무척 사랑하고 있고, 그녀 역시 파르트르를 열렬히 좋아하거든!"

기계 한 대가 너무 빨리 작동되는 것 같았다. 환약이 폭포처럼 쏟아져서 원뿔 모양의 종이 속으로 떨어지는 순간 보랏빛 섬광이 솟아났다.

콜랭이 소리쳤다.

"무슨 일이야? 위험한 거 아냐?"

"그렇진 않은 것 같은데. 어쨌든 옆에 있으면 안 되겠어."

문 닫히는 소리가 멀리서 들려오나 했더니 약국 주인이 계산대 뒤에서 불쑥 머리를 내밀었다.

그가 말했다.

"두 분을 기다리시게 했군요."
콜랭이 안심시키듯 말했다.
"괜찮습니다."
콜랭이 문제의 기계를 가리키면서 말했다.
"기계 한 대가 너무 빨리 움직이는 것 같은데요……."
"아이코!"
약국 주인이 몸을 숙여 계산대 밑에서 기병총을 꺼내더니 침착하게 겨냥하고 당겼다. 기계가 허공에서 깡충깡충 뛰더니 숨을 헐떡거리며 다시 바닥으로 떨어졌다.
주인이 말했다.
"괜찮아요. 이따금씩 토끼란 놈이 강철을 이겨먹기 때문에 이런 식으로 죽여 없애야 한답니다."
그가 기계를 들어 올려 안쪽 케이스에 기대놓더니 오줌을 누인 다음 못에 걸어놓았다.
그가 호주머니에서 네모진 통 하나를 꺼내며 말했다.
"약 여기 있습니다. 약효가 굉장히 강하니까 조심해야 해요. 정량 이상 복용하면 안 됩니다."
콜랭.
"아! 그런데 이게 무슨 병에 듣는 약인가요?"
"말씀드릴 수는 없습니다만……."
약국 주인은 이렇게 대답했다.
그가 물결 모양의 기복이 있는 손톱이 달린 긴 손으로 더부룩한 백발을 긁었다.
그가 결론짓듯 말했다.
"여러 가지 병에 효과가 있을 수 있겠지요……. 하지만 정상적인 사람이라면 이 약을 먹고 오래 견디지 못할 겁니다."

콜랭.

"아! 약값이 얼마죠?"

"꽤 비쌉니다. 그러니 날 때려눕히고 돈을 안 내고 그냥 가야 할 겁니다."

콜랭.

"아! 난 지금 너무 피곤해요."

"그렇다면 약값은 금화 두 개입니다."

콜랭이 지갑을 꺼냈다.

약국 주인이 말했다.

"정말이지 도둑맞은 기분일 겁니다."

콜랭이 생기 없는 목소리로 대답했다.

"상관없어요……."

그는 돈을 지불하고 약국을 나가 버렸다. 시크가 그 뒤를 따라갔다.

약국 주인이 두 사람을 문까지 배웅하면서 한마디 던졌다.

"당신들은 바브요. 나는 늙어서 몸이 약한데."

콜랭이 중얼거리듯 대답했다.

"난 시간이 없어요."

약국 주인.

"그건 사실이 아니오. 그게 사실이라면 당신들은 그렇게까지 오래 기다리지 않았을 텐데……."

"이제 내겐 약이 있어요. 안녕, 주인 양반."

콜랭은 자신이 가지고 있는 힘을 아끼기 위해서 길을 비스듬히 가로질러 갔다.

시크가 입을 열었다.

"음, 난 알리즈랑 결혼을 안 한다고 해서 헤어지겠다는 생각은 안 하고 있어……."
 "오! 난 아무 말도 할 수가 없어……. 어쨌든 그건 네 문제니까."
 "그게 인생이지."
 "아냐, 그렇지 않아."

36

 바람은 나뭇잎들을 헤치며 나아갔다가 싹과 꽃들의 향기로 온통 가득 찬 나무들 속에서 다시 나왔다. 사람들은 조금 더 높은 곳을 걷고 있었으며, 공기가 풍부했으므로 숨을 더 깊이 들이마셨다. 태양은 자신의 빛을 천천히 펼치다가 직접 가 닿을 수 없는 장소가 나타나면, 그러니까 둥글고 번지르르한 모퉁이가 나타나면 끝을 구부린다거나 하는 식으로 조심스럽게 움직였다. 하지만 새까만 물체와 부딪치면 금빛 나는 문어처럼 신경질적이면서도 정확한 동작으로 순식간에 빛을 거둬들이곤 했다. 불에 타는 듯 뜨거운 태양의 거대한 뼈대가 조금씩 다가오더니 멈춰 선 채 대류의 물을 증발시키기 시작하자 벽시계가 세 번 울렸다.
 콜랭은 클로에에게 이야기책을 읽어주고 있었다. 그것은 해피엔드로 끝나는 사랑 이야기였다. 이야기는 남자 주인공과 여자 주인공이 서로 편지를 교환하는 대목으로 접어들었다.
 클로에가 물었다.
 "왜 그렇게 길어요? 보통은 훨씬 더 빨리 진행되는데."
 "당신은 그런 식의 얘기에 익숙한 거야?"

콜랭이 막 클로에의 눈에 닿으려 하던 태양 광선의 끝 부분을 사정없이 꼬집었다. 그 끝 부분이 슬그머니 움츠러들더니 방 안에 있던 가구들 위를 천천히 걸어 다니기 시작했다.

클로에가 수줍게 말했다.

"아녜요, 그런 건 아녜요……. 하지만 내가 보기엔……."

콜랭이 책을 덮었다.

"당신이 옳아, 내 사랑 클로에."

그가 몸을 일으켜 침대로 다가갔다.

"환약 먹을 시간이야."

클로에가 몸서리쳤다.

"그 약은 정말 역겨워서 못 먹겠어요. 그래도 어쩔 수 없이 먹어야겠죠?"

"그래. 당신이 오늘 밤에 의사를 찾아가 만나게 되면 무슨 병인지 알게 될 거야. 그때까진 먹어야 해. 그러고 나면 아마 다른 약을 줄 거야."

"끔찍해요."

"분별 있게 행동해야 해."

"약을 하나만 먹어도 마치 두 마리의 짐승이 내 가슴 속에서 서로 싸우는 것 같아요. 그 이후엔 정말 믿을 수 없는 일이……. 도저히 분별 있게 굴 수가 없어요."

"그러지 않는 게 낫긴 하지만 이따금씩은 분별 있게 행동해야 해."

콜랭이 자그마한 상자를 열었다.

클로에가 말했다.

"색깔도 우중충하고 냄새도 안 좋아요."

"약이 이상하다는 건 나도 인정해. 하지만 먹어야 해."

"자, 봐요. 약이 저 혼자서 움직이는 데다가 반쯤 투명한 걸 보면 분명히 몸속에서 살 거라고요."

"당신이 그다음에 마시는 물 속에서는 분명히 오래 못 살 거야."

"그게 무슨 바보 같은 얘기예요. 독이 들어 있는지도 모르는데."

콜랭이 웃기 시작했다.

"그렇다면 당신 몸이 더 튼튼해질 거야."

그가 고개를 숙이더니 그녀에게 입을 맞추었다.

"약을 먹어요, 내 사랑하는 클로에! 자, 참 착하기도 하지!"

"그럴게요. 하지만 나한테 키스를 해줘야 해요!"

"그러고말고. 당신은 나처럼 못생긴 남편과 입 맞추는 게 불쾌하지는 않겠지……."

"당신이 사실 미남은 아니지요."

클로에가 이렇게 놀려댔다.

"내 잘못은 아냐."

콜랭이 고개를 수그렸다.

그가 말을 이었다.

"잠을 충분히 자지 못했어."

"내 사랑 콜랭, 내게 키스해 줘요. 나도 무척 못생긴 여자예요. 환약을 두 알만 주세요."

"당신 미쳤군, 한 알만 줄게. 자, 삼키라고."

눈을 감자 얼굴이 창백해진 클로에는 가슴에 손을 가져갔다.

그녀가 힘들게 말했다.

"됐어요. 다시 시작될 텐데."

그녀의 반짝거리는 머리칼 근처에 땀방울이 나타났다.

콜랭이 그녀 옆에 앉아서 목에 팔을 둘렀다. 그녀는 두 손으로 그의 손을 잡아 쥐며 신음 소리를 냈다.
콜랭이 말했다.
"진정해, 사랑하는 클로에. 그래야 해."
"아파요……"
클로에가 속삭이듯 말했다.
눈만큼이나 큰 눈물이 그녀의 눈꺼풀 가장자리에 나타나더니 보드랍고 둥근 뺨 위에 차가운 자국을 그려놓았다.

37

"서 있을 수가 없어요……"
클로에가 중얼거렸다.
그녀는 두 발을 방바닥에 딛고 일어서려고 애썼다.
"도저히 안 돼요. 힘이 하나도 없단 말이에요."
콜랭이 가까이 다가가 그녀를 들어 올렸다. 그녀가 그의 어깨에 매달렸다.
"날 잡아줘요. 콜랭. 이러다 떨어지겠어요!"
"침대 때문에 당신이 지친 거야."
"아녜요. 그 나이 든 약사가 만든 환약 때문이에요."
그녀는 혼자 힘으로 서보려고 하다가 비틀거렸다. 콜랭이 그녀를 붙잡아 주자 그녀는 그와 함께 침대 위에 쓰러졌다.
클로에가 말했다.
"난 이러고 있는 게 좋아요. 내 옆에 있어요. 우리가 함께 자 본 지도 꽤 오래됐군요."

"그건 안 돼."

"아녜요, 그렇게 해야 해요. 키스해 주세요. 난 당신 아내예요. 그래요, 안 그래요?"

"맞아. 하지만 당신은 건강이 안 좋아."

"그건 내 잘못이 아니란 말이에요."

이렇게 말하는 클로에의 입은 금방이라도 울음을 터뜨릴 것처럼 살짝 떨렸다.

콜랭이 고개를 숙이더니 마치 꽃에게 입을 맞추듯 부드럽고도 부드럽게 키스를 했다.

클로에가 말했다.

"더 해주세요. 얼굴에만 하지 말고. 당신은 더 이상 나를 사랑하지 않는 거예요? 당신은 더 이상 여자를 원하지 않는 거예요?"

콜랭은 그녀를 더욱더 세게 포옹했다. 그녀의 몸은 포근했고 향기가 풍겼다. 군데군데 하얀색이 보이는 상자에서 꺼낸 향수병 같았다.

클로에가 기지개를 켜면서 말했다.

"그래요…… 더 힘껏……."

38

콜랭이 단정 짓듯 말했다.

"꼼짝없이 늦게 생겼군."

"괜찮아요. 시계나 맞춰요."

"정말로 차를 안 타고 가겠다는 거야?"

"네……. 당신이랑 같이 길거리를 산책하고 싶어요."

"하지만 병원까지는 멀다고!"

"괜찮아요. 당신이…… 조금 전에 키스를 해줘서 기운이 되살아났어요. 조금만 걷고 싶어요."

"그럼 니콜라더러 자동차를 가지고 우리를 찾으러 오라고 말할까?"

"오! 당신이 그러고 싶으면……."

그녀는 병원에 가기 위해서 가슴이 삼각형 모양으로 깊이 팬 연푸른색의 작은 드레스와 스라소니 가죽으로 만든 반외투를 입고 거기 잘 어울리는 챙 없는 모자를 썼다. 염색한 뱀 가죽 구두를 신음으로써 그녀의 차림은 마무리되었다.

콜랭이 말했다.

"자, 갈까, 우리 암고양이."

"고양이가 아니라 스라소니예요."

"발음하기가 너무 힘들어."

두 사람은 방에서 나와 현관으로 건너갔다. 클로에가 창문 앞에서 걸음을 멈추었다.

"여기가 왜 이래요? 평소보다 빛이 덜 비쳐요."

"무슨 소리! 햇빛이 많은데, 뭘."

"그렇지 않아요. 분명히 생각나는데 해가 양탄자의 이 선까지 비쳤다고요. 그런데 지금은 여기까지밖에는 안 오잖아요."

"시간에 따라 달라지는 거지."

"절대로 안 그래요. 시간에 따라 달라지는 게 아니에요. 같은 시간인데도 이러는 거예요."

"내일 이 시간에 다시 보기로 하지."

"자, 봐요. 햇빛이 일곱 번째 줄까지 오곤 했어요. 그런데 지금은 다섯 번째 줄까지밖에 안 왔잖아요."

"가자고. 늦었어."

클로에는 타일이 깔린 복도에 붙어 있는 대형 거울 앞을 지나가면서 미소를 지어 보였다. 그녀가 중병에 걸렸을 리가 없으므로 앞으로 두 사람은 자주 함께 산책하게 되리라. 콜랭은 금화를 아껴 쓸 것이며, 두 사람이 쾌적하게 살 수 있을 만큼 충분한 돈이 남아 있게 되리라. 어쩌면 그는 일을 할지도 모른다.

자물쇠 빗장의 강철이 부딪쳐 소리를 내면서 문이 닫혔다. 클로에가 콜랭의 팔에 매달렸다. 그녀는 가벼운 발걸음을 옮겼다. 그녀가 두 걸음 걸을 때 콜랭은 한 걸음씩 옮기곤 했다.

클로에가 말했다.

"기뻐요. 태양이 있고 나무에서는 좋은 냄새가 나요."

"그렇겠지! 지금은 봄이니까!"

"그래요?"

클로에가 장난기 어린 눈길로 그를 바라보면서 말했다.

두 사람은 오른쪽으로 돌았다. 건물 두 채를 더 지나고 나서야 병원 구역이 나타났다. 백 미터를 더 가자 그들은 바람 부는 날이면 훨씬 더 멀리까지 날아가는 마취제 냄새를 느끼기 시작했다. 인도의 구조가 바뀌었다. 좁고 조밀한 창살이 달린 콘크리트 철책으로 뒤덮여 있는 넓고 편편한 배수구가 인도 역할을 하고 있었다. 배수구의 창살 아래로는 에테르가 섞인 알코올이 흐르고 있어서 분비액과 피고름 그리고 때때로 피로 더럽혀지는 솜뭉치를 씻어 내려갔다. 반쯤 응고된 긴 혈액 섬유들이 여기저기서 이 휘발성 혼류(混流)를 물들였고, 절반쯤 부패한 살덩어리들은 너무 많이 녹아버린 빙산처럼 혼자 빙글빙글 돌면서 천천히 떠내려갔다. 느껴지는 건 오직 에테르 냄새뿐이었다. 가제와 붕대도 테를 풀어내면서 떠내려가고 있었다. 관이 하나씩 각 병원 건물과 직각을 이루며 배수구로 이어져 있어서 그 관의 구멍을 잠시만 살펴보면 그 병원 의사의 전공이 무엇인지 알 수 있었다. 눈 하나가 빙글빙글 돌아가다가 잠시 그들을 바라보더니 흡사 위험한 메두사처럼 쿨그스레하고 물렁물렁한 커다란 면포 아래로 사라져버렸다.

클로에가 말했다.

"난 저거 싫어요. 얼굴 표정으로서야 정상이지요. 하지만 보기 유쾌하지는 않아요."

"그 말이 맞아."

"길 한가운데로 가요."

"그래. 하지만 차에 깔려 죽을 거야."

"자동차를 안 타겠다고 한 내가 잘못이에요. 이젠 더 이상 못 걷겠어요."

"그가 그 뚱뚱한 외과 의사가 사는 동네에서 멀찌감치 떨어져 사니 당신은 얼마나 재수가 좋아……."

"입 닥쳐요! 다 왔어요?"

클로에가 다시금 느닷없이 기침을 하기 시작하자 콜랭의 얼굴이 파랗게 질렸다.

그가 애원했다.

"기침하지 마, 클로에……."

그녀가 기침을 멈추려고 애쓰면서 대답했다.

"알았어요, 콜랭……."

"기침하지 마……. 이제 다 왔어. 저기야."

망주강슈 교수의 간판에는 토목 인부들이 쓰는 삽을 삼키고 있는 거대한 턱이 그려져 있었다. 클로에가 그걸 보며 웃었다.

또다시 기침을 하게 될까 봐 두려웠던 그녀는 낮고 조용하게 웃었다. 교수의 기적적인 치료법에 관한 컬러사진들이 당분간은 작동되지 않는 불빛의 조명을 받으며 벽을 따라 죽 붙어 있었다.

콜랭이 말했다.

"자, 봐. 저 사람은 저명한 전문의야. 다른 병원들과는 비교가 안 될 만큼 완벽하게 장식해 놓았잖아."

"그냥 저 사람이 돈이 많다는 걸 증명할 뿐이에요."

"아니면 취미가 고상하다는 얘기일 수도 있지. 저 사진들은 상당히 예술적이야."

"그래요. 저걸 보니 시범 푸줏간이 생각나는군요."

그들이 안으로 들어갔더니 하얀색 에나멜을 칠해 놓은 넓은 원형 현관이 나타났다. 여자 간호사가 그들 쪽으로 다가왔다.

그녀가 물었다.

"예약하셨나요?"

콜랭이 대답했다.

"그렇습니다. 약속 시간에 약간 늦은 것 같군요……."

"그건 상관없어요. 교수님께선 수술을 마치셨으니까요. 저를 따라오시겠어요?"

두 사람은 간호사 뒤를 따라갔고, 그들의 발자국은 크고 무딘 소리를 내며 바닥의 에나멜 위에서 울려 퍼졌다. 원형의 칸막이벽에 나 있는 문들이 계속해서 열렸고, 간호사는 건물 밖의 그 거대한 간판만큼이나 크고 금속 각인이 된 복제품이 붙어 있는 문으로 두 사람을 데려갔다. 문을 연 간호사는 그들이 들어갈 수 있도록 한쪽으로 비켜섰다. 그들이 투명하고 거대한 두 번째 문을 밀었더니 그곳이 바로 교수의 사무실이었다. 교수는 창문 앞에 선 채 오포파낙스[15] 추출물에 담근 칫솔로 턱수염에 향수를 묻히고 있는 중이었다.

소리가 나자 그가 몸을 돌리더니 손을 내밀며 클로에에게 다가왔다.

"자, 오늘은 기분이 좀 어떻습니까?"

"그 환약은 정말 끔찍해요."

교수의 얼굴이 어두워졌다. 그 순간 그의 모습은 8분의 1 혼혈아[16]를 연상시켰다.

그가 중얼거렸다.

"골치 아프군……. 내 이런 결과가 나오리라고 생각했지."

뭔가를 생각하며 그 자리에 잠시 서 있던 그는 자기가 여전히 칫솔을 들고 있다는 사실을 깨달았다.

그는 칫솔을 콜랭의 손에 억지로 쥐여 주면서 말했다.

"이것 좀 가지고 있어요."

그리고 난 그는 다시 클로에에게 말했다.

"자, 앉으세요."

그가 사무실을 한 바퀴 돌고 나더니 자리에 앉았다.

그가 말했다.

"음, 당신 폐에 뭔가가 있습니다. 더 정확히 말하자면 폐 속에 뭔가가 있지요. 내가 바라는 건 그게……."

그가 말을 멈추더니 불쑥 일어섰다.

"말로 떠들어봤자 아무 소용 없겠지요. 나랑 같이 갑시다."

그리고 나서 그는 어찌해야 할지를 모르고 있는 콜랭에게 덧붙여 말했다.

"그 칫솔을 아무 데나 놓으시오."

콜랭은 클로어와 교수를 따라가고 싶었다. 하지만 그는 방금 자기와 그 두 사람 사이에 쳐진 눈에 안 보이는 견고한 장막 같은 것을 양쪽으로 젖혀야만 했다. 그의 가슴은 기묘한 불안을 느끼며 불규칙적으로 고동쳤다. 그는 겨우겨우 제정신을 차리고서 주먹을 움켜쥐었다. 있는 힘을 다 모은 끝에 그는 몇 발자국 앞으로 걸어 나가는 데 성공했지만, 그가 클로에의 손을 만지는 순간 그 힘은 사라져버렸다.

그녀는 자기 손을 교수에게 주었고, 교수는 천장을 크롬으로 도금한 작고 하얀 방으로 그녀를 데려갔다. 이 방의 한쪽 면은 뚱뚱하고 반들반들한 기계가 온통 차지하고 있었다.

"앉는 게 좋을 것 같습니다. 시간이 오래 걸리지는 않을 겁니다."

기계의 정면에는 크리스털로 테를 둘렀으며 붉은빛과 은빛이 섞인 화면이 있었고, 검정색 에나멜이 칠해진 단 하나의 조정 스위치는 받침대 위에서 반짝반짝 빛나고 있었다.

교수가 콜랭에게 물었다.

"여기 남아 있을 겁니까?"

"그러는 게 좋겠어요."

교수가 스위치를 돌렸다. 빛이 환한 분류(噴流)를 이루어 기계에서 새어 나오더니 기계 위에 설치된 환기구 속과 문 밑으로 사라지면서 화면이 조금씩 밝아졌다.

39

망주망슈 교수가 콜랭의 등을 톡톡 쳤다.

"너무 걱정하지 말아요. 다 잘될 테니까."

콜랭은 괴로운 표정으로 방바닥을 바라보고 있었다. 클로에가 그의 팔을 잡았다. 그녀는 밝은 표정을 지어 보이려고 무진 애썼다.

그녀가 말했다.

"그럼요. 오래가진 않을 거예요."

교수가 한마디 덧붙였다.

"요컨대 환자 분께서 내가 하라는 대로 따라만 준다면 점차 회복될 겁니다."

콜랭이 대답했다.

"그럴지도 모르죠."

그들은 원형의 현관 안에 있었기 때문에 콜랭의 목소리는 멀리서 들려오는 것처럼 천장에서 반사되어 울렸다.

교수가 결론짓듯 말했다.

"여하튼 계산서는 보내드리겠소."

콜랭.

"물론 그러셔야죠. 환자를 돌봐 주신 데 대해 감사드립니다, 의사 선생님······."

"상태가 나아지지 않거든 나를 찾아오세요. 물론 우리로서는 검토조차 해보지 않았습니다만 수술이라는 해결책도 있으니까······."

"당연히 그렇게 해야죠."

클로에가 이렇게 말하면서 콜랭의 팔을 힘주어 잡더니 이번에는 흐느껴 울기 시작했다.

교수가 자신의 턱수염을 한 움큼이나 잡아 빼버렸다.

그가 말했다.

"골치 아프군!"

세월의 거품 163

침묵이 흘렀다. 여자 간호사 한 명이 투명한 문 너머에 나타나더니 짧게 두 번 노크를 했다. '들어오시오'라고 쓰인 초록색 표시등에 불이 들어왔다.
"어떤 분이 니콜라가 와 있다고 두 분께 전해 드리랍니다."
교수가 대답했다.
"고맙소, 카로뉴."
그가 한마디 덧붙였다.
"가보시오."
그러자 그 간호사가 가버렸다.
콜랭이 중얼거리듯 말했다.
"그러지요! 우리도 작별 인사를 하려던 참이었습니다, 의사 선생님……"
교수.
"물론 그러셨겠죠! 안녕히들 가시오. 몸조리 잘하시고. 가보세요……"

40

"뭐 안 좋은 일 있어?"
니콜라가 뒤도 돌아보지 않은 채 자동차를 출발시키면서 물었다.
클로에는 흰색 모피 속에 몸을 파묻은 채 여전히 울고 있었으며, 콜랭은 죽은 사람 같은 표정을 짓고 있었다. 에테르에서 발산되는 기체가 길거리를 가득 메웠다.
콜랭이 말했다.

"가요."

니콜라가 물었다.

"무슨 병이야?"

"오! 이보다 더 고약한 병은 있을 수가 없을 거야!"

콜랭은 자기가 괜한 말을 했다 싶어서 클로에를 바라봤다. 그 순간의 그는 그녀를 너무나도 사랑해서 자신이 경솔했음을 자책하며 스스로 목숨을 끊을 수도 있을 것 같았다.

클로에는 자동차 한구석에 쪼그린 채 주먹을 물어뜯고 있었다. 그녀의 윤나는 머리칼이 얼굴 위로 흘러내렸다. 그녀는 자신의 도피 모자를 발로 밟아버렸다. 그녀는 갓난애처럼 있는 힘을 다해서, 그러나 소리는 내지 않고 울었다.

콜랭이 입을 열었다.

"날 용서해 줘, 사랑하는 클로에. 내가 못난 놈이야."

그는 그녀에게 다가가 껴안았다. 겁에 질린 그녀의 애처로운 두 눈에 입을 맞추던 그는 자신의 심장이 가슴 속에서 무언가에 부딪치듯이 쿵쿵거리면서 천천히 뛰는 걸 느낄 수 있었다.

그가 말했다.

"당신은 치료될 거야. 내 말은 무슨 병을 앓든 당신이 아픈 걸 보는 이상으로 나쁜 일이 일어나진 않으리라는 거야……."

"무서워요……. 의사는 분명히 나를 수술할 거예요."

"아냐. 당신 병은 그 전에 나을 거야."

니콜라가 물었다.

"무슨 병인데? 내가 뭐 도울 일은 없나?"

니콜라 역시 무척이나 마음이 아프다는 표정이었다. 평소에는 침착하던 그가 잔뜩 풀이 죽어 있었다.

콜랭이 말했다.

세월의 거품 165

"내 사랑 클로에, 진정해."

니콜라.

"분명해. 부인께서는 금방 치료될 거야."

콜랭.

"그 수련, 그게 어디서 클로에에게 옮겨 붙었을까요?"

니콜라가 믿을 수 없다는 표정으로 물었다.

"수련이 옮겨 붙다니?"

"오른쪽 폐 속에 수련이 있어요. 교수 말에 의하면 처음에는 그게 그냥 동물적인 것인 줄 알았다는 거예요. 그런데 그게 아니고 수련이래요. 화면에 나타나더라고요. 벌써 상당히 많이 자랐지만 결국에는 제거할 수 있을 겁니다."

"그렇고말고!"

클로에가 흐느껴 울며 소리쳤다.

"당신들은 그게 무슨 병인지 몰라요! 그게 움직이면 얼마나 아프다고요!"

니콜라가 말했다.

"울지 말아요. 그래봤자 피곤해지기만 하니까."

자동차가 출발했다. 니콜라는 복잡하게 뒤얽힌 집들 사이로 천천히 차를 몰고 갔다. 태양이 나무들 뒤쪽으로 조금씩 사라지면서 바람이 차가워졌다.

콜랭이 먼저 입을 열었다.

"의사는 클로에에게 산으로 가라고 해요. 추위가 그 더러운 걸 죽일 수 있으리라는 거지요."

니콜라.

"클로에는 길바닥 위에서 저런 병에 걸린 거야. 그 더러운 것이랑 비슷비슷한 구역질 나는 것들로 득실득실한 길 위에서 말이야."

콜랭이 덧붙여 말했다.

"의사는 또 클로에 주위에다 항상 꽃을 놔두어야 한다고 말하더군요. 그래야 수련이 겁을 낸다는 거지요."

니콜라가 물었다.

"무슨 소리야?"

"만약 수련이 꽃을 피우면 다른 수련들이 생겨나기 때문이지요. 그러니 수련이 꽃을 피우도록 하선 안 된다는 겁니다……."

"치료 방법이라는 게 그게 전부야?"

"아니요."

"다른 건 뭔데?"

콜랭이 머뭇거리면서 대답을 안 했다. 클로에가 자신에게 기대어 울고 있음을 느끼고 있던 그는 이제 자신이 그녀에게 극심한 고통을 안겨 주어야 한다고 생각하니 그렇게 싫을 수가 없었던 것이다.

"물을 마시면 안 된다는 겁니다……."

니콜라가 놀라서 물었다.

"뭐라고? 아니, 물을 마시지 말란 말이야?"

"그래요."

"그래도 전혀 가시지 말라는 얘긴 아니겠지?"

콜랭이 중얼거리듯 대답했다.

"하루에 두 숟가락씩만 마시래요……."

"두 숟가락이라고……?"

콜랭은 아무런 말도 하지 않은 채 앞쪽 길만 뚫어져라 쳐다보았다.

세월의 거품

41

알리즈는 노크를 두 번 하고서 기다렸다. 현관문이 다른 때보다 더 좁아 보였다. 양탄자도 흐릿해지고 더 얄팍해진 것 같았다. 니콜라가 나와서 문을 열어주었다.
그가 말했다.
"안녕……. 두 사람 만나러 온 거지?"
"예. 있지요?"
"응. 이리 와. 클로에는 집에 있어."
그가 다시 문을 닫았다. 알리즈는 양탄자를 살펴보았다.
그녀가 말했다.
"여기가 전보다 덜 밝아요. 왜 그러죠?"
"모르겠는데."
"이상하네요. 이곳에 그림이 한 점 있지 않았어요?"
"생각이 안 나는데."
니콜라가 자신 없는 손길로 머리를 긁었다.
그가 말했다.
"사실 분위기가 예전 같지 않아."
"그래요, 맞아요."
알리즈는 잘 재단한 갈색 투피스 차림에 손에는 커다란 수선화 꽃다발을 들고 있었다.
니콜라가 말했다.
"옷이 몸에 잘 맞는걸. 좋니?"
"네. 음, 시크가 해준 옷이에요……."
"잘 어울리는데."
"난 운이 좋아요. 보부아르 공작 부인이 나랑 똑같은 치수로 옷을 입거든요. 할인되는 걸 샀어요. 시크는 이 윗옷 호주머니 속에 들어 있던 서류 한 장을 갖고 싶어서 옷을 산 거예요."

그녀가 니콜라를 보더니 한마디 더 했다.

"안색이 안 좋아 보이시네요."

"휴, 모르겠어. 내가 늙어버린 느낌이야."

"여권 좀 보여 주세요."

니콜라가 바지 뒷주머니를 뒤졌다.

"여기 있어."

알리즈가 여권을 펼쳐 보더니 얼굴이 창백해졌다.

그녀가 낮은 소리로 물었다.

"삼촌 나이가 몇 살이죠?"

"스물아홉……."

"여길 좀 보세요……."

니콜라가 계산을 했다. 서른다섯이 나왔다.

"이해가 안 가는걸……."

"착오로 이렇게 됐을 거예요. 스물아홉 이상으로는 안 보이는데."

"난 스물한 살로밖에 안 보였어."

"잘 해결될 거예요."

"네 거리가 맘에 든다. 자, 클로에를 만나러 가야지."

알리즈가 뭔가 생각에 잠긴 듯한 표정으로 말했다

"도더체 이게 다 무슨 일이죠?"

"오! 그 병 때문이야. 병 때문에 우리 모두 엉망이 된 거야. 앞으로는 일이 잘 풀리고 나도 다시 젊어질 거야."

클로에는 비단으로 짠 엷은 보라색 파자마와 새틴을 누비질 해서 짠 연한 베이지색의 긴 실내복 차림으로 침대에 누워 있었다. 그녀 주위에는 꽃이 많이 놓여 있었는데, 특히 난초와 장미가 많았다. 수국과 패랭이꽃과 동백꽃도 있었고, 긴 복숭아나무 가지와 편도 나무 가지, 그리고 한 아름이나 되는 재스민꽃도 눈에 띄었다. 그녀의 가슴은 꽃으로 덮여 있었고, 굵은 푸른색 꽃부리는 그녀 오른쪽 가슴의 호박색과 뚜렷한 대조를 이루었다. 그녀의 광대뼈는 장밋빛을 살짝 띠었고, 두 눈은 반짝거렸지만 수척해 보였으며, 흡사 명주실처럼 가벼운 머리칼은 정전기 현상으로 곤두서 있었다.

알리즈가 말했다.

"그러다가 감기 들겠다! 이불을 덮어야지!"

클로에가 속삭이듯 대답했다.

"아냐, 이렇게 하고 있어야 해. 이게 치료 방법이거든."

"꽃 참 예쁘다!"

이렇게 말하고 난 알리즈는 클로에를 웃기기 위해서 쾌활한 말투로 한마디 더 했다.

"이러다가 콜랭 파산하겠는걸."

"그래."

클로에가 들릴락 말락 하게 말했다. 그녀가 가냘픈 미소를 지었다.

그녀가 나지막한 목소리로 다시 입을 열었다.

"그 사람 지금 일자리를 찾고 있어. 그래서 집에 없는 거야."

알리즈가 물었다.

"그런데 왜 그런 식으로 말을 하는 거지?"

"목이 말라……."

클로에가 숨을 내쉬며 말했다.

"정말로 하루에 두 숟갈씩만 마시는 거야?"

"그러……."

클로에가 그렇게 대답하며 한숨을 내쉬었다.

알리즈가 클로에에게 몸을 기울이더니 입맞춤을 해주었다.

"금방 나을 거야."

"그래. 난 내일 니콜라랑 같이 차를 타고 떠나."

그러자 알리즈가 물었다.

"그럼 콜랭은?"

"남아 있을 거야. 일을 해야 하거든. 우리 불쌍한 콜랭. 이젠 금화가 없어."

"왜?"

"꽃을 사느라……."

알리즈가 중얼거리는 듯한 목소리로 물었다.

"그저 자라니?"

클로에가 들릴 듯 말 듯 대답했다.

"수련? 아냐. 내 생각에 수련은 없어질 것 같아."

"기쁘겠구나?"

"응. 그런데 돈이 몹시 말라."

알리즈가 물었다.

"왜 불을 안 켜는 거야? 여긴 굉장히 어두운데."

"얼마 전부터 그래. 할 일이 아무것도 없어서 얼마 전부터 이러고 있는 거야. 켜봐."

알리즈가 전환 스위치를 누르자 은은한 빛무리가 램프 주위에 나타났다.

클로에가 입을 열었다.

"램프들이 죽어가고 있어. 벽도 좁아지고 있고 창문도 그래."

알리즈가 물었다.

"정말이야?"

"저것 좀 봐."

한쪽 벽 전체에 뚫려 있던 창구가 이제는 양쪽 끝이 둥글게 부풀어 오른 두 개의 길쭉한 장방형으로 축소되어 버렸다. 창구 한가운데에는 꽃자루 같은 모양이 만들어져서 양쪽 끝을 연결하는 한편 햇빛을 차단했다. 천장은 한눈에 알아볼 수 있을 정도로 낮아졌고, 콜랭과 클로에의 침대가 놓여 있는 그 편편한 곳도 지면에서 그다지 높지 않았다.

알리즈가 물었다.

"어떻게 이런 일이 일어날 수가 있지?"

"모르겠어……. 어머나, 저기 빛이 약간 보이는데."

검은 수염이 난 생쥐가 강렬한 섬광을 퍼뜨리는 부엌 복도의 타일 한 개를 들고서 방금 방 안에 들어온 것이었다.

클로에가 설명을 해주었다.

"방이 너무 어둡다 싶으면 금방 저렇게 빛을 가져오는 거야."

그녀는 자신의 전리품을 머리맡 탁자 위에 올려놓는 그 자그마한 동물을 쓰다듬어주었다.

클로에가 말했다

"이렇게 찾아와 줘서 고마워."

"아! 정말이지 난 널 몹시 사랑해."

"알아. 그런데 시크는?"

"아! 잘 있어. 나한테 투피스를 한 벌 사줬다."

"예쁘다. 잘 어울리는데."

클로에가 말을 멈추었다.

알리즈가 물었다.

"아파? 가엾게도!"

알리즈가 몸을 숙이더니 클로에의 뺨을 어루만져 주었다.

클로에가 신음을 하듯 대답했다.

"응······. 너무너무 목이 말라."

"알아. 내가 키스를 해주면 목이 덜 마를 거야."

"그래."

알리즈가 클로에에게 몸을 숙였다.

클로에가 한숨을 내쉬었다.

"오! 네 입술은 정말 싱그럽구나······."

알리즈가 미소를 지었다. 그녀의 두 눈은 축축이 젖어 있었다.

알리즈가 물었다.

"어디로 가는데?"

"먼 곳은 아냐, 산으로 가."

클로에가 왼돌으로 돌아누웠다.

"넌 시크를 진심으로 사랑하지?"

"그래. 하지만 그 사람은 나보다 책을 더 사랑해."

"난 잘 모르겠어. 어쩌면 그게 진실인지도 몰라. 만일 콜랭과 결혼하지 않았더라면 난 그랑 함께 사는 널 몹시 사랑했을 거야."

알리즈는 다시 한 번 그녀에게 입맞춤을 했다.

세월의 거품

42

시크는 가게 문을 나섰다. 그 가게에는 그가 흥미를 느낄 만한 게 아무것도 없었다. 적갈색 가죽 구두를 신은 자신의 발을 바라보며 걷고 있던 그는 두 발이 서로 반대편으로 자신을 끌고 가려는 걸 보자 깜짝 놀랐다. 잠시 동안 생각에 잠겨 있다가 마음속으로 길모퉁이를 이등분한 그는 이등분된 선을 따라 뛰어갔다. 그는 마치 뚱뚱보처럼 생긴 대형 택시에 깔려 죽을 뻔했다가 지나가는 한 행인의 발을 딛고 우아하게 뛰어 오름으로써 구원받을 수 있었다. 이 행인은 욕설을 퍼부으면서 치료를 위해 병원으로 들어갔다.

시크는 다시 발걸음을 옮겼다. 정면에 책방이 하나 있는 걸 보니 그곳이 지미 눈 거리였으며, 책방 간판은 룰루 화이트의 마호가니 홀을 모방해서 그려졌다. 그가 문을 밀자 문이 다시 그를 사납게 떼미는 바람에 그는 그냥 창문을 통해서 안으로 들어갔다.

서점 주인은 그런 용도로 만들어진 쥘 로맹의 전집 위에 앉아 빨간색 화평 담뱃대로 담배를 피우고 있었다. 그는 딸기나무 부식토로 만든 무척 아름다운 화평 담뱃대에 올리브 나무잎을 채워 넣었다. 그의 옆에는 양푼 하나와 관자놀이를 식히기 위한 젖은 수건 한 장, 그리고 담뱃대의 효과를 늘리기 위해 리클레스 박하 향을 첨가한 알코올이 한 병 놓여 있었다.

그가 고개를 들더니 악취 풍기는 시선으로 시크를 바라보았다.

그가 물었다.

"무슨 일입니까?"

"책을 좀 보고 싶은데요……."

"그러시오."

책방 주인이 이렇게 말하면서 양푼 쪽으로 몸을 숙였다.

시크는 책방 안쪽으로 향했다. 곤충 몇 마리가 그의 발에 밟혀 바드득 소리를 냈다. 거기서는 낡은 가죽 냄새, 그리고 꽤나 고약한 올리브 나무 잎 연기 냄새가 풍기고 있었다.

책은 알파벳 순서로 정리되어 있었지만 책방 주인은 알파벳을 잘 몰라서 시크는 B와 T 사이에서 파르트르 코너를 찾아냈다.

그는 돋보기를 들고서 장정본들을 면밀히 검토하기 시작했다. 얼마 지나지 않아 네온사인에 관한 유명한 비평서인 『문자와 네온』이라는 책에서 흥미로운 지문 하나를 발견해 냈다. 그는 끓어오르는 흥분을 억누르며 부드러운 털이 달린 붓 외에도 스탬프로 날짜 등을 찍을 때 쓰는 분말이 들어 있는 작은 상자 하나와 주교좌성당의 참사원 부이유가 쓴 『모범 경찰 편람』을 호주머니에서 꺼냈다. 지갑에서 꺼낸 종이쪽지와 세심하게 비교를 해보던 그는 일순 숨을 죽이며 동작을 멈추었다. 그것은 파르트르의 왼쪽 집게손가락 지문으로서, 그 당시까지만 하더라도 파르트르의 낡은 파이프 외에 다른 곳에서는 단 한 번도 채취된 적이 없었던 것이다.

그는 뜻밖에 발견한 그 소중한 물건을 꽉 쥐고 가슴 위에 갖다 댄 채 서점 주인에게로 돌아갔다.

"이거 얼마입니까?"

주인이 책을 쳐다보더니 비웃는 듯한 표정으로 대꾸했다.

"아이고! 그걸 찾아내셨군……."

시크가 짐짓 놀란 척 물었다.

"이게 무슨 특별한 책입니까?"

"후후……!"

주인이 이렇게 폭소를 터뜨리는 바람에 파이프가 양푼 속으로 굴러떨어지면서 불이 꺼지고 말았다.

그가 상소리를 내뱉더니 그 형편없이 더러운 것을 더 이상 빨지 않아도 된다는 사실에 흡족해하며 두 손을 비볐다.

시크가 다시 한 번 물었다.

"값이 얼마냐고 물었습니다만……."

그의 심장이 그에게서 떨어져 나가더니 격렬하고 불규칙하게 갈비뼈 위에서 쿵쿵 뛰었다.

"아야! 아이코……! 당신 참 재미있는 사람이군요……!"

주인이 숨을 헉헉대더니 땅바닥을 구르며 그렇게 소리쳤다.

당황한 시크가 말했다.

"여보세요, 그게 무슨 얘깁니까?"

"이 지문을 손에 넣기 위해서 내가 그 양반한테 화평 담뱃대를 여러 개나 주고 또 마지막 순간에는 담뱃대를 책과 바꾸려고 요술까지 배워야 했던 걸 생각하니……."

"됐습니다. 아신다니까 묻겠습니다만 가격이 얼마입니까?"

"얼마 안 비쌉니다. 하지만 더 좋은 게 있습니다. 잠깐만 기다려주시오."

몸을 일으킨 그가 서점을 반으로 나눠놓고 있는 칸막이 뒤편으로 사라져 뭔가를 찾더니 금세 다시 돌아왔다.

"여기 있소."

그가 웬 바지 한 벌을 계산대 위에 집어 던지며 말했다.

시크는 걱정스러운 표정으로 중얼거리듯 물었다.

"이게 뭡니까?"

감미로운 흥분이 시크를 사로잡았다.
서점 주인이 자랑스럽게 소리쳤다.
"파르트르의 바지입니다……!"
시크가 황홀한 상태에서 물었다.
"어떻게 이걸 구했습니까?"
주인이 설명해 주었다.
"강연회에서 나온 거지요! 아무도 눈치 못 채게 빼냈습니다. 음, 파이프도 있습니다만."
"내가 사겠어요."
"뭐라고요? 다른 물건이 또 있는데."
시크는 손을 가슴으로 가져갔다. 심장의 고동을 억제할 수가 없어서 그냥 제멋대로 날뛰도록 내버려 두었다.
"자, 여기 있습니다……."
그것은 시크가 봐도 파르트르의 잇자국을 한눈에 알아볼 수 있는 파이프였다.
시크가 물었다.
"얼마입니까?"
"당신도 아시겠지만 지금 파르트르는 사진도 들어 있는 스무 권짜리 『구토 백과사전』을 준비 중인데 난 그 수고를 입수하게 될 것……."
"하지만 난 절개로……."
시크는 깜짝 놀라서 그렇게 말했다.
주인이 물었다.
"그게 나랑 무슨 상관이 있다는 말이오?"
시크.
"세 가지 다 해서 얼마입니까?"

세월의 거품 177

"금화 천 개는 줘야 합니다. 그 이하로는 안 돼요. 어저께만 해도 천이백 개를 준다는 사람이 있었는데 안 팔았지만 손님 표정이 하도 진지하니까 이 정도로 파는 겁니다."

시크는 지갑을 꺼냈다. 그의 안색이 무시무시할 정도로 새파랗게 질려 있었다.

43

콜랭이 말했다.

"음, 이젠 식탁보도 덮을 수가 없게 됐어."

시크.

"괜찮아. 하지만 식탁이 왜 이렇게 지저분한지 통 알 수가 없군그래."

콜랭이 건성으로 대답했다.

"몰라. 청소를 할 수가 없으니까 그렇겠지."

시크가 물었다.

"그런데 양탄자가 전에는 양털이 아니었잖아? 면으로 되어 있었던 것 같은데."

"똑같은 거야. 달라진 것 같지 않은데."

"이상한 일이야. 세상이 좁아진 것 같은 느낌이 들거든."

버터로 튀긴 주사위 모양의 빵들이 헤엄쳐 다니는 기름기 있는 수프를 니콜라가 날라 왔다. 그는 수프를 큰 접시에 담아서 두 사람에게 주었다.

시크가 물었다.

"이게 뭡니까, 니콜라?"

"이런저런 분말을 넣고서 끓인 수프야. 최고지."

시크.

"아! 구페의 요리책에서 찾아낸 건가요?"

니콜라.

"천만의 말씀! 이건 드포미안식 요리법이라네. 구페식 요리법은 속물들이나 좋아하는 거지. 게다가 구페식 요리에는 재료가 무척 많이 필요해."

시크.

"하지만 필요한 재료는 다 들어간 것 같은데요."

니콜라.

"뭐라고? 필요한 건 가스와 버너뿐이야. 자네 지금 도대체 무슨 생각을 하는 거야?"

"아! 아무것도 아니에요……."

시크의 몸이 의자 위에서 흔들거렸다. 대화를 어떤 식으로 이어가야 할지 알 수가 없었다.

콜랭이 물었다.

"포도주 마시겠니? 지하 술 창고에 있던 건데 이게 마지막이야. 나쁘진 않아."

시크가 잔을 내밀었다.

콜랭이 말했다.

"사흘 전에 알리즈가 클로에를 만나러 왔다더군. 난 알리즈를 볼 수가 없었어. 어제는 니콜라가 클로에를 산에 데려다 주고 왔지."

"알아. 알리즈가 말해 주더라."

콜랭.

"망주망슈 교수가 편지를 보냈어. 많은 액수를 청구했더군.

난 그가 유능한 사람이라고 생각해."

콜랭은 머리가 아팠다. 시크가 입을 열어 아무 얘기라도 했으면 싶었다. 시크는 창밖 허공 속의 무엇인가를 뚫어져라 바라보고 있었다. 시크가 불쑥 일어나더니 주머니를 1미터가량 잡아당겨서 창틀의 길이를 재어보았다.

그리고 말했다.

"바뀐 것 같아."

콜랭이 무관심한 말투로 물었다.

"어떻게 바뀌었다는 거야?"

"줄어들었어. 방도 그렇고······."

"무슨 소리야? 내가 보기엔 안 그런데······."

시크는 대답을 하지 않았다. 수첩과 연필을 꺼내더니 숫자를 기록할 뿐이었다.

시크가 물었다.

"일자린 찾았니?"

"아니······. 오늘 오후에 약속이 한 건 있고 내일 한 건 있고 그래."

"무슨 일을 찾는데?"

"아! 아무 일이건 괜찮아. 돈만 준다면 무슨 일을 하건 상관없어. 꽃을 사려면 돈이 꽤 많이 들어."

"그렇겠지."

"그런데 네 일자린 어떻게 됐어?"

"다른 친구가 내 일을 대신 해주도록 했지. 난 할 일이 많았거든······."

콜랭이 물었다.

"그들이 그러라고 했단 말이야?"

"응. 별문제가 없었지. 그들도 내 사정을 잘 알고 있었거든."

"그러고 나서 어떻게 됐는데?"

"내가 다시 일을 하려고 하니까 그들이 말하기를 내 대신 일을 했던 친구가 일을 아주 잘한다면서 내가 새 자리를 원한다면 하나 줄 수 있다는 거야. 보수가 훨씬 적긴 하지만 말이야……"

그러자 콜랭은 이렇게 말했다.

"너희 삼촌은 이제 더 이상 네게 돈을 줄 수가 없구나."

콜랭은 이렇게 단정 지어 말했다. 그가 보기에 의문의 여지가 없어 보였던 것이다.

시크가 대답했다.

"이제는 부탁을 할 수도 없게 됐어. 돌아가셨거든."

"나한테 그런 말 안 했잖아……."

시크가 중얼거리듯 대답했다.

"흥미 있는 일이 아니었으니까."

검은색 소시지 세 개가 그 안에서 허우적거리고 있는 기름투성이 프라이팬을 들고 니콜라가 다시 나타났다.

니콜라가 말했다.

"그는 이렇게들 먹어. 요리를 끝까지 할 수가 없어. 온도를 최고로 높였는데도 익지를 않는군. 질산을 넣어서 이렇게 검기는 한데, 그래도 충분하게 넣은 건 아니야."

콜랭은 포크로 소시지 한 개를 찍는 데 성공했다. 포크에 찍힌 그 소시지가 최후의 경련을 일으키며 온몸을 비틀어 꼬았다.

콜랭이 말했다.

"난 하나 찍었어. 시크, 네 차례야!"

"나도 해보지. 근데 이거 단단한데."

기름이 식탁 위로 쏟아졌다.

시크가 소리쳤다.

"이런, 제기랄!"

니콜라.

"괜찮아. 나무들은 기름을 좋아하니까."

시크가 소시지를 먹는 데 성공하자 니콜라가 세 번째 소시지를 도로 들고 가버렸다.

시크가 말했다.

"무슨 일인지 모르겠군. 여기가 전에도 이랬니?"

콜랭.

"아냐. 변하지 않은 곳이 없어. 나로선 어떻게 해볼 도리가 없네. 마치 문둥병에 걸린 것 같아. 금화를 다 써버린 뒤부터 이렇게 됐어……."

시크가 물었다.

"금화가 하나도 안 남았단 말이야?"

"약간 남아 있어……. 나로선 클로에 병만 낫게 할 수 있다면 뭐든지 해줄 각오가 되어 있기 때문에 산에 머무는 데 드는 비용과 꽃값을 미리 지불했어. 하지만 그거야 어쨌든 일이 제멋대로 돌아가. 뭔가가 잘못돼 가고 있어."

시크가 소시지를 다 먹어치웠다.

콜랭이 말했다.

"가서 부엌 복도를 좀 보자."

"앞장서."

양쪽으로 나 있는 창문 너머로 흐릿하고, 희끄무레하고, 여기저기 크고 검은 반점으로 얼룩져 있으며, 가운데 부분만 약간 반짝거리는 태양을 볼 수가 있었다. 몇 개의 빈약한 빛다발이 복도 안까지 들어오는 데는 성공했다. 하지만 그전에는 그토록 환하게 반짝이던 타일에 닿자마자 억화되더니 철철 흘러내리면서 길고 축축한 자국을 남기는 것이었다. 벽에서는 지하실에서 풍기는 냄새가 났다. 검은 수염의 생쥐는 한쪽 모퉁이 높은 곳에 둥지를 만들어놓았다. 전과는 달리 지면에서는 놀 수가 없게 된 것이다. 생쥐는 아주 작은 천 조각을 쌓아놓고서 그 속에 쭈그리고 앉아 습기로 인해 끈적거리는 긴 수염을 바들바들 떨고 있었다. 생쥐는 타일 바닥이 다시 반짝였으면 하는 바람에서 잠시 동안 문질러댔지만, 자그마한 다리로 문지르기엔 얼룩이 너무나 컸기 때문에 그 이후로는 몸을 부들부들 떨면서 한쪽 구석에 무기력하게 앉아 있는 것이었다.

시크가 웃옷 깃을 다시 올리면서 물었다.

"난방기는 가동이 안 돼?"

"아니야, 하루 종일 가동되는걸. 하지만 어쩔 도리가 없어. 바로 여기서부터 시작됐거든……."

"정말 지겹겠군! 건축 기사를 불러야겠어……."

"왔었어. 그런데 그 뒤로 그 사람도 병이 나버린 거야."

"오! 잘될 거야."

"난 그렇게 생각 안 해. 자, 가서 니콜라랑 식사나 마저 하자."

두 사람은 부엌으로 들어갔다. 부엌 역시 줄어들었다. 니콜라는 흰색으로 옻 처리된 식탁 앞에 앉은 채 책을 읽으며 건성으로 식사를 하는 중이었다.

콜랭이 말했다.

"이봐요, 니콜라……."

"그래, 그러잖아도 디저트를 내가려던 참이었는데."

세월의 거품 183

콜랭.

"아녜요, 여기서 먹을게요. 그 얘길 하려는 게 아녜요. 니콜라, 나한테 쫓겨나고 싶지는 않죠?"

"그럼."

"그래도 그렇게 해야 해요. 여기 있으면 점점 더 쇠약해질 거예요. 여드레밖에 안 됐는데 10년이나 늙어버렸잖아요."

니콜라가 바로잡아 주었다.

"7년이지."

"당신의 이런 모습 보고 싶지 않아요. 당신으로선 이럴 필요가 없단 말이에요. 당신은 공기 때문에 이렇게 변했어요."

"그런데 자넨 괜찮아?"

"당신과 난 경우가 다르지요. 나야 클로에 병만 치료하면 될 뿐 그 나머지 일이야 어떻게 되든 상관없으니 공기가 나쁘든 어떻든 신경 안 써요. 당신 나가는 클럽은 잘돼 가요?"

"지금은 거의 안 나가고 있어."

콜랭이 다시 한 번 되풀이해서 말했다.

"그러지 말아요. 퐁토잔가에서 요리사를 구한다기에 내가 당신 대신 서명했어요. 당신도 나랑 같은 의견인지 말해 주길 바라요."

"난 찬성할 수 없어."

"음! 그래도 당신은 가야 해요."

"자네 참 몹쓸 사람이군! 난 내가 마치 쥐새끼처럼 도망친다는 느낌이 들어."

"아녜요, 그렇게 해야 해요. 이게 나를 얼마나 고통스럽게 하는 일인지 당신은 잘 알 거예요."

"잘 알아."

니콜라는 이렇게 말하더니 책을 덮으면서 두 팔로 머리를 감싸 안았다.

콜랭이 말했다.

"화내면 안 돼요."

니콜라가 투덜거리듯 대답했다.

"나, 화 안 났어."

니콜라가 다시 머리를 들었다. 그는 소리 없이 울고 있었다. 그가 말했다.

"난 바보 같은 놈이야."

콜랭.

"당신은 멋진 사람이에요."

니콜라.

"아냐, 난 어디 아무도 없는 데 가서 살고 싶어. 냄새 때문이지. 그리고 난 거기서 조용히 살 수 있을 거야……"

44

콜랭이 고정된 채색 유리를 통해 빛이 어렴풋이 흘러드는 계단을 올라가자 2층이 나타났다. 그의 앞쪽에 나 있는 검은색 문은 벽의 차가운 돌과 뚜렷한 대조를 이루고 있었다. 그가 초인종을 누르지 않고 들어가서 카드의 빈칸을 채워 수위에게 제출하자 수위는 카드를 비우고 난 다음 그걸로 작은 공 모양을 만들어 발사 준비가 완료된 권총 총신 속에 집어넣더니 옆쪽 칸막이에 만들어놓은 쪽문을 신중하게 조준했다. 수위가 왼손으로 오른쪽 귀를 막으며 방아쇠를 당기자 총알이 발사되었다.

그는 새로 올 방문객을 위해 다시 침착하게 권총을 장전하기 시작했다.

콜랭은 벨 소리가 울려 수위가 그를 사장실로 안내할 때까지 서 있었다.

그는 수위를 따라 바깥쪽이 안쪽보다 더 높은 커브로 되어 있는 긴 통로를 걸어갔다. 커브 길의 양쪽 벽은 지면과 수직으로 교차해 보각을 이루며 기울어지고 있었기 때문에 균형을 잃지 않기 위해서는 빠른 속도로 걸어야 했다. 자신에게 무슨 일이 일어났는지 깨닫기도 전에 그는 사장 앞에 서게 되었다. 그는 공손한 태도로 말을 잘 안 듣는 소파에 앉았다. 그의 무게를 받은 소파는 뒷발로 일어섰다가 주인이 위압적인 제스처를 취하는 걸 보고 나서야 겨우 제자리로 돌아왔다.

사장이 물었다.

"무슨 일이오?"

"음, 그냥 이렇게 왔습니다……."

"할 줄 아는 게 뭐요?"

"이것저것 기초는 배웠습니다만……."

"내 말은 뭘 하면서 시간을 보내느냔 말이오?"

"가장 밝은 시간을 어둡게 만들면서 시간을 보내고 있습니다."

사장이 목소리를 낮추며 물었다.

"이유가 뭐요?"

"빛이 저를 거북하게 만들기 때문입니다."

사장이 중얼중얼 말했다.

"아…… 흠……. 우리 회사에서 어떤 사람을 구하는지는 알고 있소?"

"모릅니다."

"나도 모르는데······. 부사장한테 물어봐야겠군. 어쨌든 당신은 우리가 원하는 일을 해낼 것 같지는 않은데."

이번에는 콜랭이 물었다.

"왜 그렇다는 겁니까?"

"나도 모르겠소······."

사장이 불안한 표정을 짓더니 앉아 있던 소파를 약간 뒤로 물렸다.

사장이 잽싸게 말했다.

"가까이 오지 마시오!"

"하지만 전 움직이지 않았는데요······."

사장이 중얼거렸다.

"그래요······ 그래······ 그렇군요······ 그런데 말이오······."

그가 의심스러운 표정과 함께 계속 콜랭을 바라보면서 책상 쪽으로 고개를 숙이더니 수화기를 들고는 맹렬하게 흔들어 댔다.

그가 소리쳤다.

"여보세요······! 지금 당장 이리 와요······."

수화기를 제자리에 내려놓고 난 그는 의심스러운 눈초리로 계속해서 콜랭을 주시했다.

그가 물었다.

"몇 살이오?"

콜랭이 대답했다.

"스물한 살입니다······."

콜랭을 마주 대한 사장이 중얼거리듯 말했다.

"내 생각대로군······."

세월의 거품 187

노크 소리가 났다.
"들어오시오!"
이렇게 소리치는 순간 사장의 얼굴에서는 긴장이 사라졌다.
종이에서 나오는 먼지를 계속 마셔대는 바람에 초췌해지고 모세 기관지에서 목구멍에 이르는 부위가 반죽 상태의 섬유소로 가득 차 있을 걸로 짐작되는 한 남자가 사무실에 들어왔다. 서류 뭉치를 팔 밑에 끼고 있었다.
사장이 입을 열었다.
"당신은 의자를 하나 부수었소."
부사장이 말했다.
"그렇습니다."
부사장이 서류를 책상 위에 올려놓았다.
"자, 부서진 의자를 고칠 수 있을지도 모르겠습니다."
부사장이 콜랭 쪽으로 몸을 돌렸다.
"당신 의자 고칠 줄 아시오?"
콜랭이 난처한 표정을 지으며 대답했다.
"글쎄요……. 의자 고치는 게 굉장히 어려운 일입니까?"
부사장이 자신 있게 말했다.
"사무실용 풀 단지를 세 통이나 썼는데도 못 고쳤소."
사장이 소리쳤다.
"당신 풀값 변상해 내야 해. 봉급에서 공제할 거요……."
부사장.
"벌써 제 여비서 봉급에서 공제했습니다. 불안해하지 마십시오, 사장님."
콜랭이 조심스럽게 물었다.
"의자 고치는 사람을 구하고 있는 겁니까?"

사장.

"그렇소!"

부사장.

"난 생각이 잘 안 나지만, 당신은 의자를 고칠 수 없소……."

콜랭.

"왜요?"

부사장.

"그냥 당신은 '그럴 수' 없기 때문이오."

사장이 물었다.

"당신이 왜 그런 생각을 하게 됐는지 궁금하군요."

그러자 부사장이 대답했다.

"개인적으로 얘기하자면 이런 의자들은 수리할 수가 없기 때문이고, 일반적으로 얘기하자면 이 사람은 제가 볼 때 의자를 수리할 수 없다는 인상을 풍기기 때문입니다."

콜랭이 물었다.

"하지만 의자 하나가 사무직 일자리와 무슨 상관이 있단 말입니까?"

사장이 히죽히죽 웃으며 말했다.

"당신은 땅바닥에 앉아서 일을 하는 모양이지요?"

부사장은 한술 더 떴다.

"그러니 당신은 일을 자주 안 하는 것임에 틀림없소."

사장.

"말하자면 당신은 게으름뱅이오."

부사장도 맞장구를 쳤다.

"그렇소……. 당신은 게으름뱅이오……!"

사장이 단호한 표정으로 말했다.

"우리는 그 어떤 경우에도 게으름뱅이를 채용할 순 없소."
부사장.
"게으름뱅이에게 줄 일거리가 없을 땐 더더구나……."
그들의 사무적인 목소리에 질겁한 콜랭이 말했다.
"그건 완전히 비논리적입니다."
사장이 물었다.
"왜 비논리적이라는 거요, 예?"
"왜냐하면 게으름뱅이에게 줘야 할 것이 반드시 일거리는 아니기 때문입니다."
부사장.
"그래요, 그렇다면 당신은 사장 자리에 앉고 싶은 거요?"
그 말을 들은 사장이 웃음을 터뜨렸다.
그가 말했다.
"그거 참 멋진 생각이로군……."
그의 얼굴이 갈색으로 변하더니 다시 소파를 뒤로 물렸다.
그가 부사장에게 소리쳤다.
"저 사람 데려가요……. 저 사람이 왜 왔는지 잘 알겠어……. 자, 빨리 데려가시오. 나가, 이 게으름뱅이야!"
부사장이 콜랭에게 달려들었지만, 콜랭은 다들 깜빡 잊고 있던 책상 위의 서류를 움켜잡았다.
콜랭이 말했다.
"내 몸에 손만 대면……."
그는 문 쪽으로 한 걸음 한 걸음 뒷걸음쳤다.
사장이 소리 질렀다.
"꺼져버려! 이 나쁜 놈아……!"
"당신은 늙은 바보야."

콜랭이 이렇게 말하고 나서 문손잡이를 돌렸다.

그는 사무실을 향해 서류를 내던지고서 복도 쪽으로 달려갔다.

그가 현관에 도착하는 순간 수위가 그를 향해 권총을 발사했고, 종이 총알은 방금 닫힌 문짝에 해골 모양의 구멍을 내놓았다.

45

"전 이게 아름다운 물건이라는 사실을 인정하는 바입니다."
고물상 주인이 콜랭의 칵테일 피아노 주위를 돌며 이렇게 말했다.

콜랭이 말했다.
"단풍나무로 만든 겁니다."
"알겠습니다. 잘 작동될 것 같군요."
"저로서는 제가 가지고 있는 것 중에서 가장 좋은 물건을 팔려는 것입니다."
"당신으로선 괴로운 일이겠군요."
고물상 주인이 나무에 그려져 있는 작은 그림을 자세히 살펴보기 위해 고개를 숙이면서 말했다.

그는 그 가구의 광채를 퇴색시키는 약간의 먼지를 입으로 불어서 날려 보냈다.

"당신은 직접 일을 해서 돈을 벌어 이 가구를 간직하고 싶지 않으십니까?"

콜랭은 사장실과 수위가 발사한 총소리를 상기하며 아니라고 대답했다.
 고물상 주인이 말했다.
 "하지만 팔 것이 하나도 안 남게 되면, 당신은 그곳에 가게 될 겁니다⋯⋯."
 "만약에 지출이 증가하는 걸로 결정이 된다면⋯⋯."
 이렇게 얘기하던 콜랭은 다시 고쳐 말했다.
 "⋯⋯만약에 지출이 더 이상 늘어나지 않게 된다면 나는 내가 가지고 있는 물건들만 팔아도 일하지 않고 먹고살 수 있어요. 풍족하게 살지는 못해도 그럭저럭 먹고살 수는 있다는 겁니다."
 고물상 주인이 물었다.
 "당신은 일하는 걸 안 좋아합니까?"
 "끔찍해요. 일이란 인간을 기계의 수준으로 격하하거든요."
 "그런데 당신의 지출은 계속해서 늘어납니까?"
 "꽃값이 꽤 비싸거든요. 산에서의 생활비도 비싸고⋯⋯."
 "하지만 부인께서 치유될 수만 있다면야!"
 "오!"
 콜랭이 행복한 미소를 지었다.
 그리고 중얼거리듯 말했다.
 "그렇게만 된다면야 정말 좋지요⋯⋯!"
 "전혀 불가능한 일은 아닙니다."
 "그럼요! 물론이죠⋯⋯!"
 "하지만 시간이 필요합니다."
 "그래요. 그런데 태양이 떠나가고 있으니⋯⋯."
 고물상 주인이 격려의 말을 해주었다.
 "다시 돌아올 겁니다."

"난 그렇게 생각하지 않아요. 상황이 심각해요."

침묵이 흘렀다.

고물상 주인이 칵테일 피아노를 가리키며 물었다.

"준비는 되어 있습니까?"

"예. 모든 집수조가 가득 채워져 있습니다."

"난 피아노를 아주 잘 치니까 한번 시험해 볼 수 있겠군요."

"원하시는 대로 하시지요."

"의자를 좀 찾아보겠습니다."

두 사람은 가게 한가운데 있었는데, 콜랭은 이미 이곳에 자신의 칵테일 피아노를 운반해 놓았다. 소파라든가 의자라든가 콘솔이라든가 그 밖의 다른 가구 모양을 한 기묘하고 낡은 물건들이 상점 안에 온통 무더기로 쌓아 올려져 있었다. 가게 안은 썩 환하다고는 할 수 없었으며, 인도산 밀랍과 청색 비브리오 균의 냄새를 풍겼다. 주인이 나무 의자를 가져오더니 거기 앉았다. 그가 문에서 자동식 자물쇠를 빼내자 문이 벙어리가 되어 두 사람은 방해를 받지 않게 되었다.

콜랭이 물었다.

"듀크 엘링턴을 아십니까?"

"예, 압니다. 「방랑자의 블루스」를 연주해 들려드리지요."

"어떻게 조정할까요? 세 가지 주제를 한꺼번에 연주하실 겁니까?"

"그래요."

"좋습니다! 전부 해서 2분의 1리터 나올 겁니다. 오케이!"

"좋아요!"

주인이 이렇게 말하면서 연주를 시작했다.

그의 터치는 극히 섬세했고, 음표들은 마치 듀크의 곡을 연주하는 바니 비가드의 클라리넷에 달린 진주 모양의 장식들처럼 가볍게 공중으로 날아올랐다.

콜랭은 음악 소리에 귀를 기울이려고 땅바닥에 앉아 카테일 피아노에 등을 기대고 있었다. 그가 흘린 타원형의 굵은 눈물이 그의 옷 위를 구르다가 먼지 속으로 흘러들어 가곤 했다. 음악은 그를 뚫고 들어갔다가 여과되어 다시 나왔고, 그로부터 나온 곡은 「방랑자의 블루스」보다는 「클로에」에 훨씬 더 가까웠다. 고물상 주인은 목가처럼 소박한 대위선율을 흥얼거리면서 방울뱀처럼 머리를 좌우로 흔들어댔다. 그는 세 가지 주제를 동시에 연주하고 나더니 손을 멈추었다. 콜랭은 클로에가 병에 걸리기 전에 그랬던 것처럼 영혼 깊숙한 곳까지 행복에 잠긴 채 그냥 그대로 앉아 있었다.

주인이 물었다.

"이제 어떻게 하지요?"

콜랭이 일어나더니 작은 분리형 패널을 조작해서 열었고, 두 사람은 무지갯빛 광채가 나는 음료가 채워진 잔 두 개를 꺼내 들었다. 고물상 주인이 혀를 내두르면서 먼저 마셨다.

그가 말했다.

"이거야말로 블루스의 그 맛이로군. 블루스 그 자체의 맛이에요. 음, 당신의 발명품은 정말 최고입니다."

"예. 아주 잘 작동되는군요."

"흠, 분명히 말씀드리는데 값을 후하게 쳐드리겠습니다."

"깊이 감사드립니다. 전 요즘 잘되는 일이 하나도 없습니다."

"사는 게 다 그렇지요. 하는 일마다 잘될 수는 없는 법이니까."

"하지만 늘 잘못되어 가지는 않을 수도 있지요. 사람들은 즐거웠던 순간들을 훨씬 더 잘 회상합니다. 그러니 나쁜 순간들이 무슨 소용이 있겠어요?"

주인이 제안했다.

"내가 「안개 낀 아침」을 연주할까요? 좋습니까?"

"예, 좋아요. 굉장한 게 나올 겁니다. 후추 냄새와 연기 냄새를 지닌 회색과 초록색 칵테일이 나올 거예요."

고물상 주인이 다시 피아노 앞에 앉더니 「안개 낀 아침」을 연주했다. 두 사람은 칵테일을 마셨다. 그러고 나서 다시 「블루스 버블스」를 연주하던 주인이 음표 두 개를 한꺼번에 연주하기 시작하다 연주를 멈추었고, 콜랭은 서로 다른 네 곡을 동시에 들어야 했다. 콜랭은 조심스럽게 피아노 뚜껑을 닫았다.

주인이 입을 열었다.

"자, 이제 사업 얘기를 할까요?"

"그래요!"

"당신의 칵테일 피아노는 환상적인 물건입니다. 금화 삼천 개를 드리겠습니다."

"아니요, 그건 너무 많은데요."

"그냥 받으세요."

"하지만 그건 바보 같은 생각이에요. 전 그러고 싶지 않아요. 괜찮으시다면 금화 이천 개만 주세요.'

"아닙니다. 전 그럴 수 없어요. 삼천 개를 받아 가세요."

"전 칵테일 피아노를 금화 삼천 개에 팔고 싶지 않아요. 그건 도둑질이나 마찬가집니다."

고물상 주인은 계속 고집을 피웠다.

"천만에요……. 잠시 후면 이걸 금화 사천 개에 팔 수가 있거든요."

"당신이 이 칵테일 피아노를 팔지 않으리라는 건 당신 자신이 더 잘 아실 겁니다."

"그건 그래요. 자, 그럼 우리 타협합시다. 금화 이천오백 개를 드리지요."

"좋아요, 그렇게 하지요."

"자, 여기 있습니다……."

콜랭은 돈을 집어서 지갑 속에 조심스럽게 집어넣었다. 그의 몸이 약간 비틀거렸다.

콜랭이 말했다.

"몸을 가누기가 쉽지 않군요."

"그럴 겁니다. 이따금씩 와서 나랑 같이 연주를 들어주시겠지요?"

"약속드리지요. 이제 전 가봐야겠습니다. 니콜라한테 야단맞겠어요."

"제가 잠깐 바래다드리지요. 저도 볼일이 좀 있거든요."

"친절하시기도 하시지!"

두 사람은 가게를 나섰다. 녹청색의 하늘은 포도에 닿을락 말락 걸려 있었고, 구름들이 방금 부딪쳐 깨진 광장 바닥에는 크고 흰 반점들이 남아 있었다.

고물상 주인이 말했다.

"한바탕 쏟아진 모양이군요."

함께 몇 미터쯤 걸어갔을 때 콜랭의 동행자가 염매 백화점 앞에서 걸음을 멈추었다.

그가 말했다.

"잠깐만 기다리세요! 금방 올 테니까."

그가 안으로 들어갔다. 콜랭은 그가 어떤 물건을 유심히 쳐다보더니 호주머니 속에 감추는 것을 보았다.

"됐어요……"

그가 백화점 문을 닫으며 말했다.

콜랭이 물었다.

"그게 뭡니까?"

고물상 주인이 대답했다.

"연통관식 측정기랍니다. 난 당신을 바래다드리고 난 뒤에 내가 아는 레퍼트리를 전부 다 연주해 볼 생각입니다……"

46

니콜라는 오븐을 바라보고 있었다. 그는 교반봉과 용접봉을 든 채 그 앞에 앉아서 오븐 내부를 점검하는 중이었다. 오븐은 윗부분이 약간 일그러진 상태였고, 금속판은 얇은 그뤼에르산 치즈 조각처럼 물렁물렁해져 버렸다. 복도 쪽에서 콜랭의 발소리가 들려오자 그는 자리에서 일어났다. 피곤이 느껴졌다. 콜랭이 문을 밀고 들어왔다. 만족스러운 표정이었다.

니콜라가 물었다.

"그래, 어떻게 됐어?"

"팔았어요. 금화 이천오백 개에……"

"금화?"

"예."

"예상 밖인데……!"

"나도 예상 못 했어요. 오븐을 살펴보는 거예요?"

"그래, 이 오븐이 목탄 솥으로 변하는 중이라서 어떻게 이런 일이 일어날 수 있는지 생각하고 있는 거야……."

"참 이상한 일이긴 하지만 그렇다고 해서 오븐만 그러는 건 아녜요. 복도에 가봤어요?"

"응. 다 죽어가고 있더군……."

"다시 한 번 얘기하는데 난 당신이 여기 남아 있는 걸 더 이상 원하지 않아요."

"편지가 와 있어."

"클로에한테서요?"

"응. 식탁 위에 있어."

콜랭이 편지 겉봉을 뜯자 클로에의 감미로운 목소리가 들려왔고, 그래서 그는 편지를 읽는 대신 귀만 기울이고 있으면 되었다. 내용은 이랬다.

사랑하는 콜랭,

난 잘 지내고 있고 날씨도 좋아요. 유일한 골칫거리가 있다면 두더지들인데, 은빛 털을 가진 이 짐승들은 눈과 땅 사이를 기어 다니면서 밤이 되면 꽥꽥 소리를 질러댄답니다. 얘들이 커다란 눈 언덕을 만들어놓는 바람에 사람들이 그 위에서 미끄러지기도 해요. 햇살이 가득하니 나도 곧 돌아가게 될 거예요.

콜랭이 입을 열었다.

"좋은 소식이군요. 자, 당신은 퐁토잔가로 가도록 하세요."

"아냐."

"가세요. 그 사람들은 요리사를 필요로 하고 있고, 난 당신이 여기 남아 있는 걸 원하지 않아요. 당신은 너무 늙어버렸고,

난 내가 대신 서명했다는 말을 했어요."

"그럼 생쥐는 어떻게 해? 누가 먹을 걸 주지?"

"생쥐는 내가 보살필게요."

"그럴 순 없어. 내가 지금 당장 쓰러질 것도 아니고."

"절대 그렇지 않아요. 이곳 공기가 당신을 억누르고 있어요. 그 누구도 견뎌낼 수가 없어요."

"자넨 역시 똑같은 말을 되풀이하고 있지만, 그 정도로는 아무것도 설명이 안 돼."

"어쨌든 문제는 그게 아녜요."

니콜라가 일어서더니 기지개를 켰다. 그는 침울한 표정을 짓고 있었다.

콜랭이 말했다.

"이제 당신은 구페 씨의 요리법을 전혀 따르지 않는군요. 체념에 빠져 당신의 요리법을 포기한 거예요."

니콜라가 이의를 제기했다.

"천만에, 그렇지 않아."

"제 말 좀 들어보세요. 당신은 이제 일요일에 정장을 하지도 않고 매일 아침 하던 면도도 안 합니다."

"그건 잘못이 아냐."

"잘못이에요. 나는 당신 능력에 맞는 보수를 지급할 수가 없습니다. 하지만 현재 당신의 능력은 저하되어 가고 있고, 그건 어느 정도는 내 잘못입니다."

"그건 사실이 아냐. 설사 자네가 난처해한다 해도 그건 자네 잘못이 아니라고."

"안 그래요. 왜냐하면 난 결혼을 했고 또……."

"바보 같은 소리. 그럼 누가 요리를 해?"

"내가 할 겁니다."

"하지만 자넨 일을 해야 하잖아. 시간이 없을 거야."

"아녜요, 일은 안 할 겁니다. 어쨌든 금화 이천오백 개를 받고 칵테일 피아노를 팔았으니까."

"그래? 하지만 그렇게 말해 봤자 아무 소용 없어."

"퐁토잔가로 가시라니까요."

"오! 자네 정말 나를 난처하게 만드는군! 그래, 가지. 하지만 자넨 몹쓸 친구야."

"당신은 다시 예의 바른 사람으로 되돌아가게 될 겁니다."

"자넨 내가 너무 격식을 차린다고 불만이 많았잖아……."

"그랬죠. 나랑 같이 있을 때야 그럴 필요가 없었으니까요."

"자넨 날 난처하게 만드는군. 자넨 날 난처하게 만들어. 날 난처하게 만들고 있어."

47

콜랭은 현관문 두드리는 소리를 듣고 그쪽으로 달려갔다. 실내화 한 짝에 구멍이 커다랗게 뚫려 있었기 때문에 발을 양탄자 밑에다 감추었다.

"집이 높아졌군요."

망주망슈가 집 안으로 들어서면서 먼저 말했다.

그는 농밀한 숨을 내쉬고 있었다.

"안녕하세요, 선생님."

콜랭은 발을 보여 줘야 했기 때문에 얼굴을 붉히면서 그렇게 인사했다.

교수가 말했다.

"아파트를 옮겼군요. 전보다 덜 멀어요."

"아닙니다. 똑같은 집입니다."

"아니요. 당신은 농담을 할 때면 진지해지면서 더 재치 있는 대답을 한다는 장점이 있어요."

"그래요? ……그럴 수도 있겠지요."

"어때요, 환자는?"

"나아졌습니다. 안색도 좋아지고 이제 아프지도 않아요."

"흠……. 그거 이상한 일인데."

그는 콜랭과 함께 클로에 방으로 건너가면서 문틀에 부딪치지 않으려고 머리를 숙였지만 그 순간 문틀이 휘어지는 바람에 입에서 쌍소리가 튀어나왔다. 침대에 누워 있던 클로에는 교수가 들어오는 걸 보면서 웃었다.

방의 크기는 상당히 축소되어 있었다. 다른 방에 깔린 양탄자와는 반대로 이 방에 깔린 양탄자는 더 두꺼워졌고, 이제 침대는 새틴으로 만든 커튼이 달린 벽감 안에 놓여 있었다. 큰 창은 꽃자루처럼 생긴 바위가 밀고 들어오는 바람에 네 개의 작은 정사각형 창으로 완전히 분리되고 말았다. 회색빛을 약간 띠고 있지만 깨끗한 빛이 방 안 가득 넘쳐 났다. 방은 더웠다.

망주망슈가 말했다.

"이래도 집을 안 옮겼다고 우길 거요, 응?"

콜랭이 입을 열었다.

"맹세코 안 옮겼습니다, 의사 선생님……."

콜랭이 말을 멈췄다. 교수가 불안하고 의심스러운 표정으로 그를 쳐다보고 있었던 것이다.

"……농담이었습니다!"

그는 웃으면서 이렇게 말을 맺고 말았다.

망주망슈가 침대로 다가갔다.

그가 말했다.

"자, 옷을 벗어보세요. 청진을 하겠습니다."

클로에가 짧은 솜털 케이프를 살짝 벌렸다.

"아! 여길 수술했군요……."

"예……."

그녀의 오른쪽 유방 아래에 완벽하게 둥근 자그마한 흉터가 남아 있었다.

교수가 물었다.

"그게 죽자 이리로 끄집어냈나요? 크던가요?"

"1미터는 됐던 것 같아요. 20센티나 되는 커다란 꽃이 피어 있었고요."

교수가 중얼중얼 말했다.

"더러운 것 같으니라고. 당신은 운이 없었군요. 그 정도 크기는 흔치 않은데."

"다른 꽃들이 그 꽃을 죽인 거예요. 특히 맨 나중에 가져온 바닐라 나무 꽃이 그랬어요."

"이상한 일이로군요. 나 같으면 바닐라 나무가 그런 효과를 낳으리라고는 생각하지 않았을 텐데. 난 그것보다는 노간주나무나 아카시아 나무를 생각했어요. 당신도 아시겠지만 의학이란 얼간이들의 장난이거든요."

"그럴 수도 있겠군요."

교수가 그녀를 청진했다. 그가 다시 일어났다.

교수가 말했다.

"좋습니다. 물론 흔적이 남긴 했지만……."

"그래요?"

"그렇습니다. 지금 현재 당신의 폐는 완전히 혹은 거의 완전히 멎은 상태예요."

"그렇긴 해도 다른 쪽 폐가 좋으면 힘들지는 않아요!"

"다른 쪽 폐가 혹시 무슨 병에 걸리게 된다면 당신 남편은 난처한 경우를 당하게 될 겁니다."

클로에가 물었다.

"내가 그러는 게 아니고요?"

"이제 당신은 그런 일 없을 겁니다."

그가 다시 일어났다.

"괜히 당신에게 겁을 주고 싶지는 않지만 상당히 조심해서야 합니다."

"그러겠어요."

그녀의 두 눈이 커졌다. 그녀가 손으로 수줍게 머리를 긁었다.

"다른 쪽 폐가 병에 안 걸리게 하려면 어떻게 해야 하나요?"

이렇게 묻는 그녀의 목소리는 거의 울먹이다시피 하고 있었다.

"당황해하지 말아요. 당신이 어떤 다른 병에 걸릴 이유는 전혀 없으니까요."

교수가 주위를 둘러보았다.

"먼젓번 아파트가 더 좋았어요. 공기가 더 맑았는데."

콜랭이 대답했다.

"그건 그래요. 하지만 그건 우리 잘못이 아닙니다……"

교수가 물었다

"당신은 무슨 일을 하나요?"

콜랭.

"이것저것 배웁니다. 그리고 클로에를 사랑하고요."

"일을 해도 수입이 전혀 없습니까?"

"예. 저는 사람들이 흔히 이해하는 의미의 일을 하는 게 아니거든요."

교수가 중얼거리듯 말했다.

"노동이 고약한 것이라는 건 나도 잘 알지요. 하지만 우리가 하기로 선택한 것이 반드시 수입을 가져다주는 건 아닌데, 왜냐하면……."

그가 말을 멈췄다.

"지난번에 당신이 놀랄 만한 성과를 올리는 기계를 나한테 보여 준 적이 있었지요. 혹시 아직까지 가지고 있나요?"

"아닙니다. 팔았습니다. 하지만 마실 걸 좀 드릴 수는 있습니다만……."

망주망슈는 노란색 와이셔츠 깃을 손가락으로 만지더니 목을 문질렀다.

그가 말했다.

"앞장서시오. 자, 잘 있어요, 부인."

"안녕히 가세요, 의사 선생님."

그녀는 침대 속으로 깊숙이 파고들면서 담요를 목 아래까지 끌어 올렸다. 자주색 천으로 가장자리를 접어 감친, 라벤더처럼 푸른 색깔의 시트 위에 놓인 그녀의 얼굴은 맑고 부드러웠다.

시크는 통제용 문을 지나면서 출근 시간 기록용 카드를 기계에 집어넣었다. 그는 공장으로 통하는 접근로의 입구에 서 있는 철문의 문턱에 서자 평소처럼 비틀거렸고, 검은 수증기와 연기가 그의 얼굴에 사나운 입김을 내뿜었다. 소음이 그의 귀에까지 들려오기 시작했다. 터빈 교류발전기가 부르릉거리는 소리, 보강재를 댄 철근 빔 위를 운반용 주행 크레인이 굴러가면서 내는 슈우 하는 소리, 지붕의 함석판 위로 몰려가는 사납고 소란스러운 바람 소리. 통로는 불그레한 전구가 6미터마다 하나씩 켜져 있어서 몹시 어두웠는데, 전구 불빛은 미끈한 물체들 위로 천천히 흘러내리기도 하고 울퉁불퉁한 벽과 바닥에 달라붙었다가 다시 그 물체들을 빙 돌아 빠져나가기도 했다. 그의 발밑에 깔린 철판은 울툭불툭하고 여기저기 구멍이 뚫려 있었으며, 그 구멍들을 통해서 까마득히 아래에 있는 돌 가마의 검붉은 화구를 볼 수 있었다. 유체는 윙윙 소리를 내면서 상단에 설치된 회석과 붉은색이 칠해진 굵은 관에 실려 흘러갔고, 가열기에 의해 압축되는 기계의 심장이 박동할 때마다 기계의 뼈대는 아주 조금씩 속도를 늦추는 한편 격렬하게 진동하면서 약간씩 앞쪽으로 구부러지곤 했다. 벽면에 생겨난 물방울들은 기계가 더 격렬하게 진동할 때마다 떨어져 내렸고, 물방울이 목에 떨어질 때마다 시크는 전율했다. 그것은 오존 냄새를 풍기는 흐릿한 색깔의 물이었다. 통로는 맨 끝에서 구부러졌고, 이제 지면은 작업장을 훤히 내려다볼 수 있을 정도로 높은 공간에 툭 튀어나와 있었다.

아래쪽의 똥똥하게 생긴 기계들 앞에서는 한 남자가 탐욕스러운 톱니바퀴에 몸이 갈가리 찢기지 않기 위해서 발버둥 치며 싸우고 있었다. 한 사람 한 사람의 오른쪽 다리는 쇠로 된 무거운 테로 고정되어 있었다. 이 테는 하루에 딱 두 번, 정오와 저녁에만 풀렸다. 사람들은 위쪽에 설치된 좁은 도관 속에서 짤랑거리며 나오는 금속제 부품들을 기계에서 떼어놓곤 했다. 만약에 제때제때 거두어들이지 않을 경우 이 부품들은 톱니바퀴들이 우글우글 움직이면서 합성 작업을 하는 화구 속으로 거의 즉시 떨어져버렸다.

갖가지 크기의 기계들이 있었다. 시크는 그 광경이 이미 눈에 익을 대로 익은 상태였다. 그는 작업장 한 곳의 끝에서 일하면서 기계가 잘 움직이는가를 감독하는 한편 기계가 사람들로부터 살덩이를 떼어낸 다음 멈출 경우 그것을 수리하라는 지시를 내리게 되어 있었다.

여기저기 광택을 발하는 기다란 휘발유 분사 노즐이 작업장을 비스듬히 통과하면서 금속과 뜨거운 기름에서 곧고 얇은 기둥처럼 기계 위쪽으로 솟아오르는 연기와 먼지를 응축시켜 공기를 정화했다. 시크는 다시 얼굴을 들었다. 도관들이 계속해서 그를 쫓아다니고 있었다. 그는 갑판이 깔린 광주리형 하강기가 있는 곳으로 가서 안으로 들어가 문을 잠갔다. 호주머니에서 파르트르의 책을 꺼낸 그는 조종 스위치를 누른 다음 지상에 도착하기를 기다리면서 책을 읽기 시작했다.

그는 갑판이 금속제 완충장치에 부딪치면서 쿵 하는 소리를 내는 순간 마비 상태에서 벗어났다. 그는 하강기에서 나와 자기 사무실로 갔다. 그 사무실이라는 곳은 유리가 끼워져 있고 희미하게 조명이 되는 아주 좁은 방으로서, 그는 여기서 작업장들을 감시할 수 있었다. 그는 자리에 앉아서 다시 책을 펼치고 읽기 시작했으나, 유체의 박동 소리와 기계들의 소음 속에서 잠이 들었다.

소음이 불협화음을 이루자 그는 불현듯 눈을 치켜떴다. 그는 그 수상쩍은 소리가 어디서 나는지 알아내려고 애썼다. 공기 정화용 분사 노즐 하나가 방금 작업장 한가운데서 뚝 멈춰 서버리는 바람에 마치 둘로 잘린 것처럼 허공에 떠 있는 것이었다. 노즐로부터 분리된 네 대의 기계가 요동을 치고 있었다. 기계가 요동치는 모습이 멀리서 보였다. 기계 한 대 한 대의 앞에서는 어떤 형태가 조금씩 내리눌리고 있었다. 시크는 읽던 책을 내려놓고서 밖으로 달려 나갔다. 분사 노즐 조종판으로 뛰어간 그는 재빨리 손잡이를 내렸다. 손잡이가 내려진 노즐은 움직이지 않게 되었다. 그것은 마치 자루가 긴 낫의 날처럼 보였으며, 네 대의 기계에서 나오는 연기는 소용돌이치면서 공중으로 솟아올라 갔다. 그는 조종판을 버려둔 채 기계가 있는 곳으로 달려갔다. 기계들은 서서히 멈추었다. 각 기계에 배치되어 있던 사람들이 바닥에 누워 있었다. 그들의 구부러진 오른쪽 다리는 쇠로 만든 테 때문에 기묘한 각도를 유지하고 있었고, 그들의 오른손 네 개는 손목으로부터 절단된 상태였다. 피는 사슬의 금속 위에 닿는 순간 연소되면서 산 채로 타 죽는 짐승의 그 끔찍한 냄새를 공중에 퍼뜨렸다.

시크는 가지고 있던 열쇠를 이용해서 사람들을 고정해 놓던 테를 푼 다음 그들을 기계 앞에 눕혔다. 다시 사무실로 달려간 그는 전화를 걸어 들것으로 환자 나르는 일을 하는 사람들을 불렀다. 그리고 나서 조종판 옆으로 가서 분사 노즐을 다시 작동해 보려고 했다. 어쩔 도리가 없었다. 액체는 일단 일직선으로 솟아올랐다가도 네 번째 기계가 놓인 위치에 이르기만 하면 즉시 사라져버리는 것이었다. 노즐이 마치 도끼로 절단해 놓은 것처럼 확실하게 잘려 나간 것을 볼 수 있었다.

그는 호주머니 속에 들어 있는 책을 지루한 심정으로 만지작거리면서 중앙 사무실로 향했다. 작업장을 떠나려던 그는 자그마한 전동 운반차에 네 사람의 몸뚱이를 실은 다음 수집소에 던져버릴 준비를 마친 들것 나르는 사람들이 그곳에서 나가도록 길을 비켜주었다.

그는 또 다른 복도를 따라갔다. 앞쪽 멀리서 그 작은 운반차가 부르릉거리는 소리와 함께 하얀 불똥을 튀기며 커브를 틀었다. 몹시 낮은 천장은 그가 금속판 위를 걸으면서 내는 소리를 반사했다. 지면이 조금 높아졌다. 중앙 사무실까지 가려면 다른 작업장 세 곳을 따라서 가야만 했기 때문에 시크는 건성으로 걸음을 옮기는 중이었다. 드디어 주 구역에 도착한 그는 인사과 사무실로 들어갔다.

그는 창구 뒤에 있는 여비서에게 말했다.

"709번, 710번, 711번, 712번이 파손되었습니다. 네 사람은 교체해야 하고 기계들도 치워야 할 것 같습니다. 공장장님과 얘기할 수 있을까요?"

여비서가 니스 칠을 한 마호가니 재목으로 된 책상 위의 붉은색 누름단추를 몇 개 눌러보더니 말했다.

"들어가십시오. 기다리고 계십니다."

시크는 들어가서 자리에 앉았다. 인사과장이 심문이라도 하는 표정으로 그를 쳐다봤다.

시크가 말했다.

"네 사람이 필요합니다."

"좋아요, 내일 보내드리겠소."

시크가 덧붙여 말했다.

"공기 정화용 노즐 하나가 작동되지 않습니다."

"그건 내 소관이 아니오. 옆쪽으로 가보시오."

시크는 그곳에서 나와 똑같은 절차를 밟은 다음 자재과장실로 들어갔다.

시크가 말했다.

"육백 개의 공기 정화용 노즐 중에서 한 개가 작동되지 않습니다."

"전혀 안 된단 말입니까?"

"끝까지 나가질 않습니다."

"당신은 그걸 다시 작동할 수 없었습니까?"

"예. 도저히 어떻게 해볼 도리가 없었습니다."

"당신이 소속된 작업장을 점검해 보도록 하겠소."

"내 생산고가 감소됩니다. 빨리 좀 해주세요."

"그건 내 소관이 아니오. 생산과장을 만나보도록 하십시오."

시크는 옆에 붙은 구역으로 가서 생산과장실로 들어갔다. 그곳에는 눈이 부실 정도로 환한 사무실이 있었고, 사무실 뒤편에는 반투명 유리로 된 큼지막한 판이 벽에 고정되어 있었다. 이 판 위에서는 붉은색 선의 끝 부분이 마치 나뭇잎 가장자리에 매달린 벌레처럼 오른쪽을 향해 아주 천천히 움직이고 있었다. 판 아래에서는 크롬도금이 된 굵은 원형 측정 바늘들이 훨씬 더 느리게 돌아가고 있었다.

생산과장이 말했다.

"당신의 생산량이 0.7% 감소했습니다. 무슨 일이지요?"

시크.

"기계 네 대가 움직이지 않습니다."

"0.8%가 되면 당신은 해고됩니다."

생산과장이 크롬도금이 된 자신의 안락의자 위에서 빙그르르 돌면서 측정기의 눈금을 확인했다.

"0.78%로군. 내가 당신 자리에 있었다면 벌써 대비를 했을 겁니다."

"저로선 이런 일이 처음입니다."

"유감입니다. 우리는 아마도 당신의 부서를 바꿀 수도 있을 겁니다……."

"그거야 아무래도 좋습니다. 나는 꼭 일을 하고 싶어 하는 건 아니니까요. 일하는 걸 좋아하지 않아요."

"누구도 그런 말을 할 권리는 없소."

이렇게 말하고 난 생산과장이 한마디 덧붙였다.

"당신은 해고요."

시크가 말했다.

"나로선 어쩔 수가 없겠지요. 정의란 게 뭡니까?"

"난 그런 말 들어본 적이 없소. 난 할 일이 있소."

시크는 사무실을 나왔다. 그는 인사과장실로 다시 들어갔다.

시크가 물었다.

"임금을 받을 수 있습니까?"

"몇 번입니까?"

"제700번 작업장. 기술자."

"좋아요."

인사과장이 여비서를 돌아다보며 말했다.

"필요한 조처를 취하시오."

그리고 그가 덧붙였다.

"여보세요! 제700번 작업장에 5번 유형의 스페어 기술자 한 명."

여비서가 시크에게 봉투 하나를 주면서 말했다.

"여기 있습니다. 금화 백열 개가 들어 있습니다."

"고맙습니다."

시크는 이렇게 말하고 나서 그 자리를 떠났다.

그는 자기 대신 일하게 될 기술자와 마주쳤는데 금발 머리에 몸이 마르고 피곤한 표정이 역력한 청년이었다. 시크는 가장 가까운 곳에 있는 엘리베이터 쪽으로 가서 그 안으로 들어갔다.

49

"들어오세요."

디스크 돌리는 사람이 고함치듯 말했다.

그는 문 쪽을 바라보았다. 시크였다.

시크가 말했다.

"안녕하세요. 내가 맡겼던 녹음 때문에 왔습니다."

"요약해서 말씀드리지요. 30면인데 공구 제작을 했고, 한 면에 번호를 매겨 사도기(寫圖器)로 20부씩 녹음을 하는 데 든 비용이 모두 금화 백여덟 개입니다. 금화 백다섯 개에 드리지요."

"여기 있습니다. 금화 백열 개짜리 수표인데 이서를 해드릴 테니 다섯 개를 내주세요."

"좋습니다."

디스크 돌리는 사람이 서랍을 열더니 빳빳한 금화 다섯 개짜리 새 지폐를 내주었다.

시크의 눈에서 나던 광채가 흐려졌다.

50

이시스가 차에서 내렸다. 니콜라가 차를 운전했다. 그는 손목시계를 보더니 그녀를 눈으로 좇았고, 그녀는 콜랭과 클로에의 집 안으로 들어갔다. 그는 흰색 개버딘으로 지은 새 제복에 챙 달린 흰색 가죽 모자를 쓰고 있었다. 그는 다시 젊어졌다. 하지만 불안한 표정을 짓고 있는 걸로 봐서 깊은 혼란에 빠져 있음을 쉽게 알 수 있었다.

콜랭이 사는 층에서부터는 계단의 폭이 갑작스레 줄어들어서 이시스는 두 팔을 벌리지 않아도 차가운 벽과 층계 난간을 동시에 만질 수가 있었다. 양탄자는 마룻바닥을 겨우 가리고 있는 보잘것없는 보풀에 불과했다. 층계참에 올라선 그녀는 가볍게 숨을 헐떡이며 벨을 눌렀다.

문을 열러 나오는 사람은 없었다. 팽팽해져 있던 계단이 느슨해질 때마다 가볍게 삐거덕거리는 소리에 이어 뭔가를 튀기는 듯 습한 소리가 들려올 뿐 그 밖에는 아무런 소리도 나지 않았다.

이시스는 다시 벨을 눌렀다. 문 반대편에서는 쇠망치가 철판 위에서 가볍게 흔들거리는 것 같은 소리가 들려왔다. 문을 살짝 흔들자 문이 덜컥 열렸다.

그녀는 안으로 들어가다가 콜랭에게 걸려 넘어질 뻔했다. 그는 얼굴은 비스듬히 바닥에 갖다 대고 두 팔은 앞으로 내민 채 엎어져 있었다. 그의 두 눈은 감겨 있었다. 현관은 어두웠다. 창문 둘레에는 후광이 어려 있었는데, 안으로 들어오지는 않았다. 그는 천천히 숨을 내쉬고 있었다. 잠을 자는 것이었다.

이시스는 몸을 숙여 그의 옆에 무릎을 꿇고 그의 뺨을 어루만졌다. 그의 피부가 살짝 전율하더니 두 눈이 눈꺼풀 아래서 움직였다.

그는 이시스를 한 번 쳐다보더니 다시 잠이 든 것 같았다. 이시스는 그의 몸을 살그머니 흔들었다. 그가 일어나 앉더니 입을 손으로 문지르며 말했다.

"잠이 들었나 봐요."

"그래요, 침대에서 안 자요?"

"아니요. 여기서 의사를 기다리다가 꽃을 사러 가려던 참이에요."

그는 전혀 갈피를 못 잡겠다는 표정이었다.

이시스가 물었다.

"무슨 일이 있어요?"

"클로에 때문이에요. 다시 기침을 하고 있어요."

"가벼운 염증 때문에 그럴 거예요."

"아니요, 다른 쪽 폐가 아파요."

이시스가 몸을 일으키더니 클로에 방으로 달려갔다. 그녀가 걸음을 옮길 때마다 마루판이 튀어나오곤 했다. 클로에의 방은 완전히 딴판으로 변해 있었다. 침대에 누운 클로에는 머리를 베개 속에 반쯤 감춘 채 소리 없이 그러나 끊임없이 기침을 했다. 그녀는 이시스가 들어오는 소리를 듣자 몸을 약간 일으키면서 숨을 돌렸다. 그녀는 이시스가 가까이 다가오자 희미한 미소를 지었고, 이시스는 침대 위에 앉아 병든 갓난애를 안듯 그녀를 두 팔로 안았다.

이시스가 중얼거리듯 말했다.

"기침하지 마, 클로에."

"꽃이 예쁘구나."

세월의 거품 213

클로에가 이시스의 머리에 꽂힌 큼지막한 붉은색 카네이션에 코를 갖다 대고 냄새를 맡더니 숨을 돌리며 말했다.

그녀가 덧붙여 말했다.

"좋은데."

이시스가 물었다.

"아직 아프니?"

"다른 쪽 폐가 아픈 것 같아."

"절대 그렇지 않아. 먼젓번 폐 때문에 아직 약간씩 기침을 하는 거야."

"아냐. 콜랭은 어딨어? 꽃을 사러 간 거야?"

"올 거야. 아까 만났어. 그런데 돈은 있니?"

"응. 아직은 조금 있어. 꽃을 사봤자 무슨 소용이 있어? 아무 필요도 없을 텐데……."

이시스가 물었다.

"아파?"

"응, 하지만 많이 아프진 않아. 근데 방이 변했어."

"지금이 더 나은데. 옛날엔 너무 넓었잖아."

"다른 방들은 어때?"

이시스가 어물어물 대답했다.

"아, 좋아."

이시스는 마치 늪처럼 차갑던 마루의 느낌을 다시 한 번 떠올렸다.

클로에가 말했다.

"바뀌건 말건 난 상관없어. 따뜻하고 편하기만 하면 되지 뭐."

"그럼! 작은 아파트가 오히려 더 쓸 만한 법이란다."

"생쥐는 나랑 함께 살아. 보이지? 저기 모퉁이 말이야. 생쥐가 뭘 만드는지 모르겠어. 복도에는 가려고 하질 않아."

"그래."

"카네이션 한 번 더 줘봐. 향기가 좋은데?"

이시스가 머리에서 꽃을 떼어 클로에에게 주자 클로에는 그걸 입술로 가져가 향기를 길게 들이마셨다.

클로에가 물었다.

"니콜라는 어떻게 지내?"

"잘 있어. 하지만 전처럼 명랑하지가 않아. 다음에 올 땐 다른 꽃을 가져다줄게."

"난 니콜라를 참 좋아했어. 너 니콜라랑 결혼할 거 아니니?"

이시스가 속삭이듯 대답했다.

"난 그럴 수 없어. 그 사람은 나랑 안 맞아."

"그건 상관이 없어, 그가 널 사랑한다면."

"우리 부모님은 그에게 그런 말을 하시질 못해. 아……!"

카네이션이 문득 창백해지면서 수척해지더니 말라비틀어지고 말았다. 꽃은 이제 미세한 가루가 되어 클로에의 가슴 위로 부서져 내렸다.

클로에가 입을 열었다.

"아! 기침이 또 나오려고 해. 이것 봐!"

그녀가 말을 멈추더니 손을 입으로 가져갔다. 그녀가 다시 발작을 하듯 심하게 기침을 했다.

그녀가 더듬더듬 말을 이어갔다.

"바로…… 이것 때문에…… 꽃들이 다 죽는 거야……."

"아무 말도 하지 마. 이 정도로는 아무렇지도 않아. 콜랭이 꽃을 가져올 거야."

세월의 거품

방 안의 빛은 푸르렀고, 네 모퉁이는 거의 초록색에 가까웠다. 습기의 흔적은 보이지 않았고 융단도 여전히 꽤 높이 걸려 있었지만, 정사각형으로 생긴 네 개의 창문 중 하나는 거의 완전히 닫혀 있는 상태였다.

현관을 울리는 콜랭의 축축한 발소리가 이시스의 귀에 들려왔다.

이시스가 말했다.

"콜랭이야. 틀림없이 가져왔을 거야."

콜랭이 나타났다. 라일락 꽃다발을 한 아름 안고 있었다.

그가 말했다.

"자, 클로에, 가져."

클로에가 두 팔을 내밀었다.

"당신은 정말 좋은 사람이에요, 사랑하는 콜랭."

그녀가 꽃다발을 또 다른 베개 위에 올려놓더니 옆으로 돌아 누우면서 달콤한 향기가 풍기는 흰색 꽃송이 속에 얼굴을 파묻었다.

이시스가 일어났다.

"가려고?"

"응, 밖에서 기다리고 있어. 꽃 가지고 다시 올게."

콜랭.

"내일 아침에 와주면 고맙겠어요. 일자리를 구하러 나가야 하는데 다시 의사를 보기 전에는 아내를 혼자 놔두고 싶지 않거든요."

"알았어요……."

이시스는 조심스러운 동작으로 약간 몸을 숙이더니 클로에의 여린 뺨에 입을 맞추었다. 클로에가 손을 들어 이시스의 얼굴을 어루만졌지만 머리를 돌리지는 않았다. 클로에는 탐스러운 머리칼 주위에 소용돌이 모양으로 펼쳐져 있는 라일락 꽃향기를 탐욕스럽게 들이마셨다.

51

콜랭은 도로변을 힘겹게 걷고 있었다. 도로는 햇빛을 받아 흐릿한 청록색 광채를 띤 둥그런 유리 지붕 위로 솟아오른 제방 사이로 경사를 이루며 깊숙이 이어졌다.

그는 가끔씩 고개를 들어 표지판을 읽고 자기가 길을 제대로 들어섰는지 확인했는데 바로 그때 우중충한 밤색과 푸른색 줄이 비스듬히 나 있는 하늘이 시야에 들어왔다.

앞쪽 멀리 비탈 위에는 온실 굴뚝들이 즐지어 늘어서 있었다.

호주머니 속에는 국가 방위를 위해 일할 수 있는 스무 살에서 서른 살까지의 남자를 구한다는 내용이 실린 신문이 들어 있었다. 그는 서둘러 걸었지만, 두 발은 건물들과 도로를 도처에서 서서히 잠식하고 있는 뜨거운 흙 속에 빠지곤 했다.

식물은 보이지 않았다. 덩어리진 흙이 양쪽에 쌓여서 불안정한 균형을 이루는 흙더미들 뿐이었고, 때대로 육중한 흙더미가 흔들흔들하다가 비탈을 따라 굴러가서 노면 위로 슬그머니 무너져 내리곤 했다.

어떤 장소에는 흙더미가 내리막을 이루기도 했다. 콜랭은 더 밝은 배경 위에서 어렴풋이 움직이고 있는 검푸른 형태를 둥근 지붕의 뿌연 창유리 너머로 또렷하게 볼 수가 있었다.

그는 두 발이 지면에 만들어놓는 구멍에서 발을 잡아 빼면서

세월의 거품 217

걸음을 서둘렀다. 땅은 마치 둥근 근육처럼 금방 수축되었고, 거의 알아보기 힘들 정도의 가벼운 침하만이 계속되었다. 그 같은 침하는 거의 눈 깜짝할 사이에 사라져버렸다.

굴뚝들이 서로 접근해 있었다. 콜랭은 자신의 심장이 마치 미쳐 날뛰는 짐승처럼 가슴 속에서 진동하는 걸 느꼈다. 그는 호주머니의 옷감 위로 신문을 꽉 움켜잡았다.

땅이 미끄러워지면서 그의 발아래로 꺼져 들어갔다. 하지만 땅은 점점 덜 가라앉았고, 도로는 확실하게 느껴질 정도로 단단해졌다. 말뚝처럼 땅에 박혀 있는 굴뚝이 그의 근처에 처음으로 나타났다. 짙은 색깔의 새들이 초록색 연기가 가느다랗게 흘러나오는 굴뚝 꼭대기 주위를 돌고 있었다. 굴뚝 아래는 둥그렇게 부풀어 올라 있어서 안전을 보장해 주었다. 건물들은 약간 더 먼 곳에서부터 나타났다. 문은 하나뿐이었다.

안으로 들어간 그는 강철을 입힌 얇은 판이 붙어 있는 반짝거리는 덮개에 발을 문지르고 나서, 송풍 장치로 빛이 공급되는 등이 양쪽에 켜져 있고 천장이 낮은 복도를 따라갔다. 바닥에는 빨간색 벽돌이 깔려 있었고, 벽의 윗부분에는 천장과 마찬가지로 수 센티 두께의 판유리가 부착되어 있었으며, 이 판유리를 통해서 움직이지 않는 어두운 색깔의 덩어리들을 희미하게 볼 수 있었다. 복도 맨 끝에 문이 하나 있었다. 신문에 지정된 번호가 문에 붙어 있었다. 그래서 그는 광고에서 권한 대로 노크를 안 하고 그냥 안으로 들어갔다.

머리가 헝클어진 흰 와이셔츠 차림의 나이 들어 보이는 남자가 책상 뒤편에서 개론서를 읽고 있었다. 반짝거리는 쌍안경과 총기, 다양한 지름의 창 등 여러 가지 무기들과 갖가지 크기의 심장 뽑개들이 완벽하게 수집되어 벽에 걸려 있었다.

콜랭이 입을 열었다.

"안녕하십니까?"

그 남자도 말했다.

"안녕하시오?"

그 남자는 나이에 비해 거칠고 쉰 목소리를 갖고 있었다.

"광고를 보고 찾아왔습니다."

"아, 그래요? 광고를 낸 지 한 달째 아무런 소득이 없었어요. 무척 힘든 일이라서 말이오."

"그건 그렇습니다만 돈을 많이 주니까요."

"아이고, 이런! 이 일은 당신 몸을 망칠 테고 어쩌면 약값이 더 들지도 모르지만, 난 내가 하는 일에 대해서 이러쿵저러쿵 듣기 싫은 얘길 늘어놓긴 싫소. 그런데 당신이 보다시피 난 아직 살아 있수다."

"일하신 지 오래됐습니까?"

"1년 됐소. 난 스물아홉 살이오."

그는 쭈글쭈글한 손을 부들부들 떨면서 얼굴의 주름을 어루만졌다.

"이제 난 됐소. 사무실에서 하루 종일 개론서를 읽을 수 있을 거고."

"난 돈이 필요해요."

"웬만한 사람이야 다 그렇지만, 이 일을 하면 당신은 철학자처럼 될 거요. 석 달만 지나면 당신은 지금보다는 돈이 덜 필요해질 거요."

"제 아내를 치료하기 위해서 돈이 필요한 겁니다."

"아, 그래요?"

콜랭이 설명해 주었다.

"아내가 아파요. 원래 난 일하는 거 안 좋아하는 사람입니다."

"유감이오. 여자란 병이 나면 아무짝에도 쓸모가 없는 법이오."

"난 아내를 사랑합니다."

"그러겠지요. 안 그러면 당신이 일을 하려고 할 까닭이 없을 테니까. 당신이 할 일을 가르쳐주리다. 아래층으로 갑시다."

그는 반궁륭으로 덮인 깨끗한 통로와 붉은색 벽돌이 깔린 계단을 거쳐 눈에 잘 띄는 기호 하나가 그려져 있는 여러 문들 중 한 문으로 콜랭을 데려갔다.

그 나이 들어 보이는 남자가 말했다.

"자, 다 왔습니다. 들어가시오. 무슨 일인지 설명해 주겠소."

콜랭은 안으로 들어갔다. 방은 정사각형이었고 작았다. 사면의 벽과 바닥은 유리로 되어 있었다. 바닥에는 관 모양으로 생기긴 했지만 1미터는 족히 될 만큼 꽤나 두꺼운 묵직한 흙더미가 놓여 있었다. 그 옆의 바닥에는 무거운 양털 담요가 둥글게 말려 있었다. 가구는 단 한 점도 없었다. 벽에 만들어놓은 작은 벽감 속에는 푸른색 금고가 놓여 있었다. 그 남자가 금고를 열었다. 그는 가운데 아주 작은 구멍이 뚫려 있는 원통형의 반짝거리는 물건 열두 개를 거기서 끄집어냈다.

그 남자가 말했다.

"당신도 알겠지만 땅이 메말라 있기 때문에 국가 방위를 위해서는 특별히 선정한 물체가 필요해요. 하지만 이미 오래전에 우리가 확인한 바에 따르면 총신이 비틀리지 않고 고르게 자라나려면 인간의 체온이 필요합니다. 어떤 무기건 다 그래요."

"아, 예."

"당신은 심장과 간이 있는 부위와 일치하게끔 땅에 열두 개의 작은 구멍을 판 다음 옷을 벗고 그 위에 드러누워야 합니다. 저기 있는 불모(不毛)의 양털 천을 몸에 덮고서 완벽하게 일정한 체온을 발산하도록 해야 합니다."

그가 쉰 목소리로 웃더니 오른쪽 넓적다리를 두드렸다.

"난 매달 처음 이십 일 동안에는 열네 개씩 만들곤 했지요. 아! 그땐 나도 셌는데……!"

콜랭이 물었다.

"그러고 나선 어떻게 합니까?"

"그런 상태로 스물네 시간 동안 있게 되면 총신이 자라나는 거요. 그럼 누가 와서 그것들을 꺼내 가는 겁니다. 땅에 기름을 뿌려주면 당신은 똑같은 일을 다시 시작하게 되지요."

"총신이 아래쪽으로 자랍니까?"

"그렇소. 아랫부분에 빛을 받거든요. 총신이란 양성의 굴광성을 가지고 있지만 흙보다 더 무겁기 때문에 아래로 자라는 건데, 비틀리지 않게끔 특히 아랫부분에 빛을 쬐어 주는 겁니다."

"그럼 강선은 어떻게 만드는 겁니까?"

"이 종류의 층신들은 자라나면서 동시에 강선을 만들지요. 선별된 씨앗들이거든요."

콜랭이 다시 물었다.

"굴뚝은 어디에 쓰이지요?"

"담요와 건물의 소독이라든가 환기를 위한 거지요. 효과가 매우 강하게 만들어져 있기 때문에 특별히 대비할 필요는 없어요."

"인공 열로는 안 됩니까?"

"잘 안 되지요. 총신이 잘 자라나려면 인간의 열이 필요합니다."

"여자도 씁니까?"

"여자들은 이 일을 할 수가 없어요. 가슴이 납작하지가 않아서 체온이 잘 분산되지 않기 때문이오. 자, 이제 일을 한번 해 보시오."

"정말로 하루에 금화를 열 개씩 줍니까?"

"물론이오. 열두 개 이상 하면 보너스도 있어요."

남자가 방을 나가면서 문을 잠갔다. 콜랭은 열두 개의 씨앗을 손에 움켜쥐었다. 그는 씨앗을 옆에 내려놓고서 옷을 벗기 시작했다. 그의 두 눈은 감겨 있었고, 입술은 이따금씩 떨렸다.

52

남자가 말했다.

"웬일인지 모르겠소. 처음엔 잘됐는데. 하지만 최근 것 가지고는 특수 무기밖엔 못 만들 거요."

콜랭이 불안한 표정을 지었다.

그가 받아야 할 돈은 금화 일흔 개에 보너스가 금화 열 개였다. 그는 나름대로 최선을 다했지만, 총신을 검사해 본 결과 상당수가 비정상으로 판명되었다.

남자가 말했다.

"이걸 보시오."

그는 총신 하나를 들고 있다가 나팔처럼 너부죽하게 벌어진 끝 부분을 콜랭에게 보여 주었다.

콜랭이 입을 열었다.

"이해가 안 가는군요. 처음엔 완전히 원통형이었는데."

"물론 이걸 가지고도 기통은 만들 수 있겠지만 그건 다섯 차례 전정을 치르기 전의 모델이고, 우리에게도 벌써 재고가 엄청나게 쌓여 있어요. 참 곤란한 일이로군요."

"전 최선을 다하고 있습니다."

"그렇겠지요. 금화 팔십 개를 드리겠소."

남자가 책상 서랍에서 봉인된 봉투 하나를 꺼냈다.

"당신이 경리과에 직접 가지 않도록 하려고 내가 이리 가져오라고 시켰어요. 경리과에서 돈을 받으려면 어떨 땐 몇 달씩 걸리기도 하는데, 보아하니 사정이 급한 것 같아서 말이오."

"고맙습니다."

"당신의 어제 생산품을 아직 검사해 보지 않았군요. 곧 도착할 거요. 잠시 기다리지 않겠소?"

떨리는 데다 그르지도 못한 그의 목소리를 콜랭의 귀가 듣는다는 건 하나의 고통이었다.

콜랭은 대답했다.

"그렇게 하지요."

"자, 총이라는 것은 비록 탄약통이 없더라도 다른 총과 똑같아야 하기 때문에 우리로서는 세세한 부분 하나하나까지도 주의를 기울이지 않을 수가 없습니다."

"그렇겠지요······."

"대부분 탄약통이 없어요. 탄약통 생산 계획에 차질이 빚어지는 바람에 지금은 생산되지 않는 총에 맞는 탄약통의 재고는 많이 쌓여 있지단, 새 총에 맞는 탄약통을 제조하라는 지시를 못 받았기 때문에 그걸 사용할 수가 없지요. 하기야 이건 아무

것도 아니지요. 총을 갖고 어떻게 바퀴 달린 기계와 싸우겠소? 적들은 우리가 만드는 총 두 자루와 맞먹는 바퀴 달린 기계를 생산하고 있단 말이오. 반면에 우리는 수적으로만 우세하지요. 하지만 바퀴 달린 기계는 총 한 자루, 아니 열 자루 정도는 신경도 안 쓰지요. 더더구나 탄약통도 없는 총은……."

"여기서는 바퀴 달린 기계를 만들지 않습니까?"

"만들지요. 하지만 지난번 전쟁 때의 생산 계획을 이제 겨우 완료했는데 기계가 잘 작동되지 않아서 부숴야 합니다. 그런데 기계가 아주 단단하게 만들어졌기 때문에 시간이 걸리는 거지요."

문을 두드리는 소리가 나더니 한 화물 운반원이 살균된 흰색 손수레를 밀면서 나타났다. 흰색 리넨 밑에는 최근에 콜랭이 만들어낸 물건이 있었다. 리넨은 한쪽 끝이 들춰져 있었다. 반듯한 원통형의 총신이 나타날 것 같지 않아서 콜랭은 불안했다. 운반원이 문을 닫고 나갔다.

남자가 말했다.

"아이고! ……잘된 것 같지는 않군요."

그가 리넨을 들어 올렸다. 차가운 푸른색 강철로 만든 총신이 열두 개 들어 있었는데, 총신 하나하나의 끝에는 비로드처럼 부드러운 꽃잎 속에 베이지색의 그늘이 드리운 싱싱하고 아름다운 백장미 한 송이씩이 활짝 피어 있었다.

콜랭이 중얼거렸다.

"오…… 정말 아름다워."

남자는 아무 말도 하지 않았다. 기침을 두 번 했을 뿐이었다.

그가 머뭇거리며 말했다.

"그러니 내일부터는 일을 할 필요가 없게 됐소."

그의 손가락은 손수레 가장자리를 신경질적으로 꽉 움켜쥐고 있었다.

콜랭이 말했다.

"그거 제가 가지면 안 되겠습니까? 클로에에게 갖다 주려고 그럽니다."

"강철 부분에서 떼어내면 죽을 거요. 보다시피 쇠로 만들어져 있어서……."

"안 그럴 텐데요."

콜랭이 장미꽃을 조심스럽게 잡더니 줄기를 꺾으려고 했다. 아무 소용도 없었고, 꽃잎 하나가 그의 손을 몇 센티 길이로 찢어놓았다. 여러 모금은 되어 보이는 피가 느릿느릿 박동하면서 손에서 흘러나오자 그는 반사적으로 입속으로 삼켰다. 그는 붉은색 초승달 모양이 나 있는 흰색 꽃잎을 바라보았고, 남자는 그의 어깨를 두드리면서 문 쪽으로 천천히 밀어냈다.

53

클로에는 자고 있었다. 낮에는 수련 때문에 피부가 아름다운 크림빛을 띠었으나, 잠을 자는 동안에는 그렇지 않아서 뺨에 붉은 반점이 다시 나타나곤 했다. 이마 밑의 두 눈은 마치 두 개의 푸르스름한 자국처럼 보여서 멀리서는 눈을 뜨고 있는 건지 감고 있는 건지 알 수가 없었다. 콜랭은 식당 의자에 앉아서 기다렸다. 클로에 주위에는 많은 꽃들이 있었다. 콜랭에게는 다른 일자리를 구하러 나가기 전에 몇 시간 정도 더 기다릴 수 있는 여유가 있었다. 그는 좋은 인상을 풍기기 위해서 좀 휴식을 취하고 싶었으며 정말로 돈벌이가 되는 직장을 얻었으면 하고 바랐다. 방 안은 어두컴컴했다. 창문은 틀에서 10센티 정도만 열려 있을 뿐 대부분 닫혀 있어서 빛은 좁은 띠 모양으로 새어 들어올 뿐이었다. 콜랭의 이마와 두 눈만이 빛을 받아 환하게 빛나고 있었다. 얼굴의 나머지 부분은 어둠 속에 남아 있었다. 축음기 픽업이 자동으로 작동되지 않았기 때문에 이제는 음반 한 장 한 장을 손으로 직접 올려놓아야 했다. 그래서 그는 피곤했다. 음반도 닳아 떨어진 상태였다. 어떤 음반은 멜로디조차 잘 알아들을 수가 없는 형편이었다. 만일에 클로에가 뭔가를 필요로 한다면 생쥐가 즉시 와서 자기에게 알려 주리라고 그는 생각했다. 니콜라는 이시스랑 결혼할까? 이시스는 결혼식 때 어떻게 생긴 드레스를 입을까? 누가 초인종을 울리는 걸까?

콜랭이 말했다.

"안녕하세요, 알리즈. 클로에 만나러 온 거예요?"

"아니요, 그냥 왔어요."

두 사람은 그냥 식당에 있기로 했다. 알리즈의 머리칼 때문에 방 안이 더 환해졌다. 식당에는 의자 두 개가 있었다.

콜랭이 다시 입을 열었다.

"지겨운 모양이군요. 난 지겹다는 게 뭔지 알고 있지요."

"시크는 외출을 안 해요. 자기 집에 있어요."

"뭘 좀 가지고 가보지그래요."

"아녜요, 난 다른 곳에 있어야 해요."

"네, 페인트칠을 다시 하는 모양이군요······."

"그렇지 않아요. 그 사람은 갖고 싶은 책을 다 가졌는데도 더 이상 날 원하지 않아요."

"싸웠어요?"

"아니요."

"그 친구가 당신 말을 잘 이해 못 했을 테니까 화가 풀리거든 잘 설명해 주도록 해요."

"그 사람은 최근에 산 책을 값싼 가죽으로 장정할 수 있을 만큼의 금화밖에 남아 있지 않다, 자기는 내게 아무것도 줄 수가 없고 그렇게 되면 내 손도 망가지고 용모도 추하게 변할 테니 더 이상 나를 붙잡아 둔다는 건 용납할 수가 없다, 이렇게만 말하는 거예요."

"그 친구 말이 맞아요. 당신은 일을 하면 안 돼요."

"하지만 난 시크를 사랑해요. 그를 위해서라면 일을 할 수 있어요."

"그래봤자 소용없어요. 게다가 당신은 너무 예뻐서 일을 할 수가 없어요."

"그 사람이 나를 쫓아낸 이유가 뭐죠? 정말로 내가 예뻐서?"

"모르겠어요. 하지만 난 당신의 머리칼과 얼굴을 몹시 좋아해요."

"자, 봐요."

알리즈가 일어나서 지퍼에 달린 작은 고리를 잡아당기자 옷이 바닥으로 흘러내렸다. 밝은 색깔의 모즈 옷이었다.

콜랭.

"음……."

방 안이 무척 밝아져서 콜랭은 알리즈의 전신을 볼 수가 있었다. 그녀의 가슴은 막 날아오르려는 듯했고, 콜랭이 만져본 가냘픈 두 다리의 긴 근육은 탄탄하고 뜨거웠다.

콜랭이 물었다.

"키스해도 돼요?"

세월의 거품 227

"그럼요, 난 당신을 몹시 사랑해요."

"당신, 감기 들겠어요."

알리즈가 콜랭에게 다가갔다. 콜랭의 무릎 위에 앉은 그녀의 눈에서는 눈물이 소리 없이 흘러내리기 시작했다.

"왜 그 사람은 더 이상 날 원하지 않는 걸까요?"

콜랭은 그녀를 품에 안고 천천히 흔들어주었다.

"그 친구는 이해를 못 해요. 하지만 당신도 알다시피 그는 좋은 사람이에요."

"그는 나를 몹시 사랑했어요. 그는 파르트르의 책들이 공유를 받아들일 것이라고 믿었어요! 하지만 그런 일은 있을 수가 없어요."

"당신, 이러다 감기 들겠어요."

그는 그녀를 껴안더니 머리칼을 쓰다듬었다.

알리즈가 말했다.

"왜 난 처음에 당신을 만나지 못했을까요? 그랬더라면 난 당신을 열렬히 사랑했겠지만 이젠 그럴 수가 없어요. 내가 사랑하는 건 그 사람이니까."

"잘 알아요. 나도 이제는 클로에를 더 사랑하니까."

콜랭이 그녀를 일으켜 세우더니 그녀의 옷을 집었다.

"자, 옷 입어요. 감기 들겠어요."

"아녜요, 괜찮을 거예요."

알리즈는 기계적으로 옷을 다시 입었다. 콜랭이 말했다.

"난 당신이 슬퍼하는 모습을 보고 싶지 않아요."

"당신은 착한 사람이에요. 하지만 난 너무나 슬퍼요. 그래도 난 시크를 위해서는 무슨 일인가 할 수 있을 거예요."

"부모님 집으로 가도록 해요. 당신을 보고 싶어 하실 거예요. 아니면 이시스네 집으로 가든지."

"시크는 그쪽으로는 안 올 거예요. 시크가 안 온다면 난 아무데도 가고 싶지 않아요."

"올 거예요. 내가 가서 시크를 한번 만나볼게요."

"아녜요, 이젠 시크 집에 들어갈 수가 없어요. 문이 늘 잠겨 있거든요."

"여하튼 만나겠어요. 아니면 그 친구가 날 찾아올지도 몰라요."

"그렇지 않아요. 그 사람은 예전의 시크가 아니에요."

"그건 안 그래요. 사람은 바뀌지 않는 법이거든요. 바뀌는 건 사물이지."

"뭐가 뭔지 모르겠어요."

"내가 배웅해 줄게요. 나도 일자리를 찾으러 가야 하거든요."

"난 그쪽으로 안 가는데."

"내려가는 데까지 바래다줄게요."

알리즈는 콜랭 앞에 서 있었다. 콜랭은 알리즈의 양어깨에 손을 하나씩 올려놓았다. 그녀의 목에서 솟아나는 온기와 살갗 가까이의 곱슬곱슬하고 부드러운 머리칼이 느껴졌다. 그는 두 손으로 알리즈의 몸을 어루만졌다. 그녀는 이제 울고 있지 않았다. 언제 울었느냐는 표정이었다.

콜랭이 말했다.

"난 당신이 바보 같은 짓 하는 거 원하지 않아요."

"아! 난 바보짓 안 해요……."

"지겨워지면 다시 날 찾아와요."

"그럴지도 몰라요."

알리즈가 안쪽을 쳐다보았다. 콜랭이 그녀의 손을 잡았다. 두 사람은 계단을 내려갔다. 그들은 축축한 계단에서 몇 번 미끄러지기도 했다. 아래에서 콜랭은 그녀에게 잘 가라는 인사를 했다. 그녀는 그 자리에 선 채로 그가 사라져가는 걸 바라보았다.

54

마지막 책이 제본소에서 이제 막 배달되었고, 시크는 책을 어루만지다가 케이스에 다시 집어넣었다. 책은 초록색의 두꺼운 가죽으로 싸여 있었고, 파르트르의 이름은 장정 위에 음각으로 새겨져 있어서 눈에 잘 띄었다. 시크는 보통판은 선반 하나에 모두 꽂아놓았고, 모든 변형판과 수고, 초판, 특집호들은 벽 깊숙이 특별히 만들어놓은 벽감들을 차지하고 있었다.

시크는 한숨을 내쉬었다. 알리즈는 아침에 그의 곁을 떠났다. 그는 어쩔 수 없이 그녀에게 떠나라고 말해야만 했다. 그에게 남아 있는 거라곤 금화 한 개와 치즈 한 조각뿐이었고, 장롱은 서점 주인이 기적적으로 구해 준 파르트르의 낡은 의상들을 걸어놓기에도 모자랄 정도였다. 그는 언제 마지막으로 그녀와 잠자리를 했는지 생각이 나지 않았다. 그녀를 안느라고 시간을 허비할 수는 없었다. 파르트르의 강연문을 외우기 위해서는 전축 픽업을 고쳐야 했던 것이다. 음반이 깨질지도 모르니 강연문 내용을 암기하는 편이 안전했다.

출판된 파르트르의 책은 거기 전부 모여 있었다. 가죽 케이스로 정성스레 보관된 호화판 장정, 금빛을 내는 제본용 금속판, 여백이 넓고 푸른색인 값비싼 책들, 끈끈이 종이 또는 생토리크스 표 줄무늬 종이에 인쇄된 한정판 등은 비로드 가죽으로 싸여 있어서 부드러운 서류 분류함으로 구분되어 있는 한쪽 벽 전체를 다 차지하고 있었다. 서류 분류함 하나에 작품이 하나씩 꽂혀 있었다. 잡지라든가 신문이라든가 정기간행물에서 그가 열심히 발췌한 파르트르의 논설들은 가제본된 채로 반대편 벽에 무더기로 쌓여 있었다.

시크는 손으로 이마를 문질렀다. 알리즈와 함께 산 지 얼마나 되었더라……? 콜랭이 준 금화는 그녀와의 결혼 비용으로 쓰이게 되어 있었으나, 그녀는 결혼에 대해 썩 집착하지는 않았다. 그녀는 그저 그를 기다리고 그와 함께 있는 걸로 만족했지만, 여자가 단순히 어떤 남자를 사랑한다는 이유로 그와 함께 산다는 걸 사람들은 용납하려 들지 않았다. 그 역시 그녀를 사랑했다. 그는 그녀가 파르트르에게 더 이상 관심이 없다는 이유로 시간을 허비하는 걸 보고만 있을 수가 없었다. 어떻게 파르트르 같은 분에게 관심을 안 가질 수가 있단 말인가?……뭐든지, 무슨 문제든지 놀랍도록 정확하게 쓸 수 있는 그분에게……. 분명히 파르트르는 『구토 백과사전』을 1년 안에 완성할 것이며, 보부아르 공작 부인도 이 작업에 협조할 것이다. 그러면 보기 드문 원고가 나오리라. 지금부터 금화를 충분히 벌어서 서점 주인에게 줄 선불금을 모아놓아야 할 것이다. 시크는 세금을 내지 않았다. 『성녀 콜롱바의 무덤』이라는 책의 형태로 되어 있는 세금이 그에게는 더 필요했다. 알리즈는 시크가 금화로 세금을 내기를 원했고, 자기 물건을 팔아서라도 세금을 내자는 제의까지 했었다. 그는 이 같은 제안을 받아들였는데, 그 세금이라는 것은 『성녀 콜롱바의 무덤』을 장정하는

데 드는 액수에 불과했다. 알리즈는 목걸이 없이도 아주 잘 지낼 수 있었다.

그는 문을 다시 열까 말까 망설였다. 어쩌면 그녀는 그가 열쇠를 돌리기를 기다리면서 문 뒤에 서 있을지도 모른다. 그는 그렇게 생각하지는 않았다. 계단을 올라오는 그녀의 발소리는 가볍게 두드려대는 망치 소리가 점점 더 작아지는 것처럼 울리곤 했던 것이다. 그녀는 자기 부모 집에서 다시 공부를 시작할 수도 있으리라. 어쨌든 약간 늦어진 것에 불과하니까 빼먹은 수업은 금세 따라잡을 수 있다. 하지만 알리즈는 거의 공부를 안 했다. 그녀는 시크를 위해 식사 준비를 하고 그의 넥타이를 다리는 등 그의 일에만 지나치게 매달렸다. 어쨌든 세금은 단 한 푼도 납부되지 않으리라. 세금을 안 냈다고 해서 집에까지 쫓아와서 귀찮게 군 전례가 있나? 그런 일은 일어나지 않는다. 금화 한 개 정도의 분할금을 납부하면 가만히 내버려 둘 거고, 얼마 동안은 세금에 대해서는 아무 얘기 안 하겠지. 파르트르 같은 사람도 세금을 냈을까? 아마 냈을 것이다. 어쨌든 체포될 수 있는 권리를 갖기 위해서 세금을 납부하는 게 도덕적 관점에서 바람직할까? 다른 사람들은 경찰과 고위 공무원을 먹여 살리는 데 쓰이는 세금을 납부하고, 그것이야말로 끊어버려야 할 악순환이기 때문에, 그 누구도 아주 오랫동안 세금을 내지 않으면, 공무원들은 모두 쇠약해져서 죽어가고, 전쟁 또한 더 이상 존재하지 않을 것이다.

시크는 턴테이블이 두 개 붙어 있는 전축 픽업의 뚜껑을 들어 올린 다음 장 솔 파르트르의 서로 다른 음반 두 개를 올려놓았다. 낡은 두 가지 생각이 서로 충돌해서 새로운 생각이 솟아나도록 음반 두 개를 동시에 들으려는 것이다. 그는 충돌이 일어나면서 자동적으로 충격 효과가 보존될 수 있는 바로 그 장소에 자기 머리가 위치하도록 두 개의 스피커로부터 똑같은 거리에 앉았다. 바늘이 음반 가장자리의 나선 위에서 직직거리는 소리를 내다가 움푹한 홈 속에 들어앉자 파르트르의 말들이 시크의 두개골 속에서 울리기 시작했다. 자기 자리에서 창문 너머를 바라보던 그는 마치 종이를 태우는 듯 아래쪽의 붉은 연기가 푸른색 소용돌이를 이루며 지붕 위 여기저기서 솟아오르는 걸 확인했다. 그는 붉은색이 푸른색을 침범해 들어가는 걸 건성으로 바라보고 있었고, 말들은 5월의 이끼처럼 푸근한 휴식의 터를 열더니 번득이는 섬광을 발하며 서로 충돌했다.

55

경찰 집행관은 호주머니에서 호각을 꺼내 뒤편에 걸려 있는 거대한 페루제 징을 두드리는 데 사용했다. 편자를 박은 구두가 아래층에서부터 한 층 한 층 뛰어올라 오는 소리, 무언가가 계속해서 떨어지는 소리가 들려오더니 가장 우수한 무장 경찰 여섯 명이 미끄럼틀을 타고서 그의 사무실로 밀려들어 왔다.

그들은 먼지를 제거하기 위해서 엉덩이를 깔고 앉았다가 다시 일어나더니 차렷 자세를 취했다.

집행관이 이름을 불렀다.

"더글라스!"

첫 번째 경찰관이 대답했다.

"예!"

집행관이 다시 똑같은 이름을 불렀다.

"더글라스!"

두 번째 무장 경찰이 대답했다.

"예!"

점호는 계속되었다. 집행관은 자기 부하들 이름을 전부 다 기억할 수가 없었고, 더글라스는 전통적으로 사용되는 총칭이었다.

집행관이 명령을 내렸다.

"특수 임무다!"

여섯 명의 무장 경찰은 자기들이 12연발 권총을 가지고 있음을 알리기 위해서 위쪽 호주머니 위에 똑같이 손을 올려놓았다.

집행관이 힘주어 말했다.

"이번엔 내가 직접 지휘하겠다!"

그가 징을 난폭하게 두드렸다. 문이 열리면서 남자 비서가 나타났다.

집행관이 통고했다.

"나, 출발하겠네. 특수 임무일세. 메모해 놓도록 하게."

비서가 메모지철을 손으로 받쳐 들었고, 그의 연필은 제6번 규정에 의한 기록 자세를 취했다.

그의 상관이 구술하기 시작했다.

"시크 씨로부터 세금 징수 및 가압류. 불법적인 폭력 및 가혹한 징계가 있을 것임. 가택침입에 이어 완전한 또는 부분적인 압류가 예상됨."

비서가 외쳤다.

"다 적었습니다!"

집행관이 명령했다.

"가자, 더글라스."

집행관이 일어나서 선두에 서자 비행편대는 열두 개의 발로써 뻐꾸기가 날아오르는 모습을 흉내 내면서 둔중하게 출격했다.

여섯 명의 무장 경찰은 몸에 착 달라붙는 검은색 가죽 비행복을 입고 가슴과 양어깨에 철갑을 둘렀으며, 검게 변한 강철로 만든 비행모 형태의 헬멧은 목덜미 아래까지 내려와 있어서 관자놀이와 이마를 보호해 주었다. 모두들 무거운 금속제 구두를 신고 있었다. 집행관도 비슷한 차림이었지만, 가죽은 붉은색이었고, 양어깨 위에서는 금빛 별이 두 개 반짝이고 있었다. 그의 부하들 뒷주머니는 권총이 들어 있어서 불룩했다. 집행관은 손에 작은 듬빛 곤봉 하나를 들고 있었고, 허리띠에는 무거운 금빛 수류탄이 한 개 매달려 있었다. 그들이 정면 계단을 내려가면서 집행관이 헬멧 쪽으로 손을 들어 올리는데도 보초는 본체만체였다. 특별 승용차가 정문에서 대기하고 있었다. 집행관이 혼자 뒷좌석에 앉았고, 여섯 명의 무장 경찰은 뚱뚱한 두 명이 한쪽, 그보다 마른 네 명이 다른 쪽 하는 식으로 옆쪽 디딤대 위에 자리 잡았다. 운전사 역시 검은 가죽 비행복을 입었으나 헬멧은 쓰지 않았다. 운전사가 차를 출발시켰다. 자동차에는 바퀴가 없었지만, 진동성 발이 많이 달려 있어서 분출기가 고장 나더라도 타이어가 터질 위험은 없었다. 발들이 지면 위에서 거친 숨을 내쉬자 운전사는 첫 번째 분기점에서 급커브를 꺾었다. 자동차 안에 있던 집행관은 치솟아 오른 파도의 정점에 올라앉은 듯한 느낌이었다.

56

콜랭이 멀어져 가는 모습을 바라보면서 알리즈는 마음속으로 있는 힘을 다해 잘 가라는 인사를 했다. 클로에를 극진히 사랑하는 콜랭은 그녀를 위해서 꽃을 사고 그녀의 가슴을 파고드는 공포와 싸우기 위해서 일자리를 찾으러 가는 것이다. 콜랭의 넓은 어깨는 약간 처진 게 몹시 피곤해 보였으며, 그의 금발 머리는 예전처럼 단정하게 빗질이 되어 있지 않았다. 시크는 매우 친절하게 파르트르의 책에 대해서 말하고 파르트르에 대해 설명할 줄 알았다. 그는 실제로 파르트르 없이는 살 수가 없기 때문에 다른 걸 추구한다거나 하는 생각은 하지 않을 것이다. 파르트르는 자신이 말하고 싶어 하는 모든 것을 말했다. 파르트르가 그 백과사전을 출판하도록 내버려 둬서는 안 될 노릇이었다. 그것은 곧 시크의 죽음을 뜻하는 것이다. 그는 도둑질을 하고 서점 주인을 죽일 것이다. 알리즈는 천천히 걸음을 옮겼다. 파르트르는 자기처럼 와서 마시고 글을 쓰는 다른 사람들과 함께하는 술집에서 마시고 글을 쓰면서 하루를 보내곤 한다. 그들은 메르스 차와 도수 약한 알코올 음료를 마시는데, 그렇게 하면 그들이 쓰고 있는 것에 대해 생각하는 것을 피할 수 있기 때문이다. 많은 사람들이 들락거리면 마음속 깊숙한 곳에 있던 생각들이 움직여 그중에서 한두 개는 건질 수 있는 법이다. 쓸데없는 것이라고 해서 다 버리지는 않고 약간의 생각과 약간의 쓸데없는 것을 희석한다. 사람들은 그런 것을 더 쉽게 섭취하며, 특히 여자들은 순수한 걸 좋아하지 않는다. 술집까지 가는 길은 그다지 멀지 않았다. 알리즈는 흰색 상의와 레몬색 바지 차림의 한 술집 종업원이 다진 고기를 넣은 족발 요리를 유명한 야구 선수 돈 에바니 마르케에게 내놓는 걸 멀리서 볼 수 있었다. 이 사람은 마시는 걸 싫어하는 대신 옆자리 손님들에게 갈증을 일으키려고 향료를 가미한 음식을 먹곤 했다. 알리즈가 안으로 들어갔더니 장 솔 파르트르는 평소 자기가 앉는 자리에 앉아 글을 쓰고 있었고 거기 있던 많은 사람들은 조용조용 말을 하고 있었다. 알리즈는 놀랍게도 일상적인 기적에 의해 장 솔 옆의 의자가 하나 비어 있는 걸 보고 앉았다. 그녀는 무릎 위에 두꺼운 가방을 올려놓고서 지퍼를 열었다. 장 솔의 어깨 너머로 『백과사전』 제19권의 페이지 제목이 보였다. 그녀는 장 솔의 팔 위에 조심스럽게 한 손을 올려놓았다. 그가 쓰는 걸 멈추었다.

알리즈가 말했다.

"벌써 여기까지 쓰셨군요."

장 솔.

"그렇소. 내지 무슨 할 말이 있나요?"

"그 책을 출판하지 말아 달라고 부탁하고 싶어요."

"그건 힘들겠소. 사람들이 기다리고 있거든."

그가 안경을 벗어서 렌즈 위를 훅 불더니 다시 썼다. 그의 눈이 보이지 않았다.

알리즈가 입을 열었다.

"물론 그러시겠지요. 하지만 제 말은 출판을 연기해 달라는 거예요."

"아! 그렇다면 고려해 볼 수 있겠지요."

"10년은 연기해야 할 거예요."

"그래요?"

"그렇습니다. 10년 또는 그 이상도 괜찮겠지요. 아시겠지만 사람들이 돈을 저금해서 당신 책을 살 수 있도록 하는 게 나을 거예요."

"이 책은 읽기에 꽤나 따분할 거요. 쓰는 나도 벌써부터 따분해지기 시작하고 있으니까. 종이를 쥐고 있었더니 왼쪽 손목에 심한 경련이 일어나는군요."

"유감이네요."

"내가 경련을 일으키는 게 말이오?"

"아니요. 당신이 출판을 연기하지 않으려고 하는 거 말이에요."

"왜 그렇단 말이오?"

"설명하지요. 시크는 가지고 있는 돈을 당신이 쓴 걸 사는데 다 써버려서 지금은 무일푼이에요."

"다른 걸 사는 게 나을 텐데. 난 내 책을 절대 안 삽니다."

"그는 당신이 쓴 걸 좋아해요."

"그거야 그의 권리지요. 자신이 선택을 한 겁니다."

"제가 보기엔 그 사람은 너무 깊이 빠져들었어요. 저 역시 나름대로 선택을 하지요. 하지만 저는 자유예요. 나와 함께 사는 걸 그가 이제는 원치 않기 때문이죠. 그러므로 전 당신이 출판을 연기하려 하지 않는다는 이유로 당신을 죽일 거예요."

"당신은 내가 실존의 수단을 잃게 하려는 거로군요. 내가 죽으면 작가로서의 내 권리는 어떻게 하란 말이오?"

"그거야 당신 문제지요. 전 무엇보다도 당신을 죽이고 싶기 때문에 모든 문제를 다 고려할 수는 없어요."

장 솔 파르트르가 물었다.

"하지만 내가 그런 이유를 인정할 수 없다는 건 당신도 잘 알겠지요?"

"그래요."

이렇게 말하고 난 알리즈는 핸드백을 열더니 며칠 전 시크의 책상 서랍에서 꺼낸 심장 뽑개를 끄집어냈다.

그녀가 물었다.

"셔츠 옷깃을 좀 풀어주시겠어요?"

장 솔이 안경을 벗으며 말했다.

"이봐요, 이건 정말 바보 같은 짓인데."

그가 옷깃 단추를 풀었다. 알리즈가 혼을 모으더니 단호한 동작으로 심장 뽑개를 파르트르의 가슴에 꽂았다. 그가 알리즈를 바라보더니 금세 죽어갔다. 그는 자기 심장이 사면체라는 걸 확인하자 마지막으로 놀란 눈길을 던졌다. 알리즈의 얼굴이 새하얗게 질렸고, 이제 장 솔 파르트르는 죽었으며 차는 식어갔다. 그녀는 『백과사전』의 원고를 집어서 찢어버렸다. 종업원 한 명이 오더니 괴와, 만년필 잉크가 작은 장방형 식탁 위에서 피와 섞이는 바람에 생긴 온갖 더러운 것들을 닦아냈다. 알리즈가 종업원에게 돈을 치르고 심장 뽑개의 가지 두 개를 벌리자 파르트르의 심장은 식탁 위에 남아 있게 되었다. 그녀는 번쩍거리는 그 도구를 다시 구부려서 핸드백 속에 집어넣은 다음 파르트르가 주머니 속에 가지고 있던 성냥을 들고 거리로 나왔다.

57

알리즈는 고개를 돌렸다. 진한 연기가 진열창에 가득 차자 사람들이 쳐다보기 시작했다. 파르트르의 책에 불이 잘 안 붙었던 탓에 그녀는 성냥을 세 개나 켜고 나서야 겨우 불을 피울 수 있었다. 서점 주인은 자기 책상 뒤에 누워 있었고, 옆에 있는 그의 심장은 불에 타기 시작했다. 심장에서는 벌써 검은 불꽃이 솟아오르고 끓어오른 피가 휘어진 상태로 분출했다. 300미터 뒤에 있는 서점 두 군데도 삐걱거리는 소리와 윙윙거리는 소리를 내면서 타오르고 있었고, 서점 주인들은 죽었다. 시크에게 책을 팔았던 사람들은 누구를 막론하고 똑같은 식으로 죽을 것이며, 그들이 소유한 서점도 불에 타리라. 알리즈는 눈물을 흘리며 서둘러 걸으면서 자기 심장을 바라보던 장 솔 파르트르의 눈을 떠올렸다. 처음부터 그를 죽일 생각을 했던 건 아니었고 단지 그의 새 책이 나오지 못하도록 함으로써 서서히 파산의 길로 들어서는 시크를 구해 보려고 했던 것이었다. 그들은 한통속이 되어 시크를 따돌렸고, 시크에게서 돈을 빼앗으려 했고, 파르트르에 대한 시크의 열정을 이용했고, 쓸모없는 낡은 옷가지와 지문이 있는 파이프를 그에게 팔았으니 자신들에게 어울리는 운명을 산 것이다. 가제본된 책들이 꽂혀 있는 진열대가 왼편으로 보이자 그녀는 걸음을 멈추고 숨을 한 번 들이마신 다음 안으로 들어갔다. 서점 주인이 다가왔다.

그가 물었다.

"무슨 책을 찾으십니까?"

"파르트르 책 있나요?"

"물론이지요. 하지만 그 양반의 유골로 말씀드리자면 어떤 점잖은 고객께서 예약을 하셨기 때문에 팔 수가 없습니다."

"시크 말이에요?"

"예. 그 사람 이름이 맞는 것 같은데요."

"그 사람, 이제 여기 와서 그런 걸 사는 일 없을 거예요."

알리즈는 그에게 다가가면서 일부러 손수건을 떨어뜨렸다. 그가 손수건을 주우려고 몸을 숙이자 그녀는 재빨리 그의 등에 심장 뽑개를 꽂고서 다시 몸을 바들바들 떨며 울었고, 그는 쓰러져 얼굴을 마룻바닥에 처박았다. 그녀는 그가 손가락으로 그 위를 꽉 누르고 있어서 손수건을 다시 빼앗을 엄두가 나질 않았다. 심장 뽑개가 다시 나와서 보니 두 개의 가지 사이에 연한 적색을 띤, 서점 주인의 아주 작은 심장이 끼어 있었다. 알리즈가 가지를 벌리자 심장이 주인 옆으로 굴러갔다. 서둘러야 했으므로 그녀가 신문 더미를 집어 들고, 성냥을 긋고, 불쏘시개를 만들어 계산대 밑에 던진 다음 그 위에 신문을 올려놓고 나서 가장 가까운 책상 위에 있던 니콜라 칼라스의 열두 권짜리 전집을 불길 속에 집어넣자 불꽃이 뜨겁게 진동하면서 책에게 달려들었다. 계산대의 목재가 바드득 소리를 내며 연기를 냈고 증기가 가게 안을 가득 메웠다. 책장에 마지막으로 남아 있던 책들을 뒤엎어 불 속에 집어넣은 다음 허겁지겁 서점을 나온 알리즈는 누가 그 안에 못 들어가도록 자물쇠를 빼버리고 나서 달리기 시작했다. 달리는 그녀의 두 눈은 따끔거렸고 머리에서는 연기 냄새가 났는데 바람이 금방금방 말려주는 바람에 눈물이 뺨 위로는 거의 흘러내리지 않았다. 그녀가 시크 사는 동네 쪽으로 가면서 보니 다른 서점들은 그에게 위험을 끼칠 것 같아 보이지는 않았기 때문에 남은 건 두세 곳 정도였다. 그녀는 다음 서점으로 들어가기 전에 고개를 돌려 보았다. 그녀의 뒤편 멀리서 연기가 굵은 기둥처럼 하늘로 솟아오르는 중이었고, 사람들은 소방대의 복잡한 장비들이 가동되는 광경을 보겠다며 몰려가고 있었다. 그녀가 서점 문을 다시 닫는 순간 하얀색의 대형 자동차들이 거리를 달려 지나갔다. 그녀가 유리창 너머로 그 자동차들이 달려가는 모습을 바라보고 있는데 서점 주인이 무슨 책을 찾느냐고 물으면서 다가왔다.

58

경찰 집행관이 말했다.
"자네는 저기 문 오른쪽을 맡게."
그가 뚱뚱한 경찰 두 명 중 두 번째 사람을 돌아보며 말을 계속했다.
"더글라스, 자네는 왼쪽을 맡아서 아무도 들여보내지 말게."
호명된 두 무장 경찰이 권총을 손에 쥐더니 규정에 나오는 대로 오른손을 오른쪽 허벅지를 따라 내려뜨려 총신이 무릎 쪽을 향하게 했다. 그들이 헬멧 턱 끈을 턱 아래로 잡아매자 턱이 앞뒤로 삐져나왔다. 집행관이 야윈 무장 경찰 네 명을 데리고 들어갔다. 그는 아무도 내보내지 말라는 임무를 주어 그중 두 명을 양쪽에 배치했다. 그는 남은 두 말라깽이를 데리고 계단 쪽으로 향했다. 그들은 흑갈색의 얼굴, 검은 눈, 얇은 입술 등 생긴 모습이 흡사했다.

59

시크는 방금 끝까지 동시에 들었던 두 장의 음반을 바꾸기 위해서 전축 픽업을 정지했다. 그는 다른 시리즈의 음반을 꺼냈다. 한 음반 속에서 그는 알리즈의 사진을 발견했는데, 그 사진을 잃어버렸다고 생각했었다. 얼굴이 정견으로 4분의 3쯤 보이는 사진으로 조명을 희미하게 받고 있는 걸로 봐서 머리칼 윗부분이 햇빛을 받도록 하려고 뒤편에 투광기를 설치한 것임에 틀림없었다. 그는 새 음반을 올려놓고서 사진을 손에 들었다. 창밖을 흘깃 바라본 그는 자기 집에서보다 가까운 곳에서 연기가 다시 기둥처럼 솟아오르는 것을 확인했다. 그는 새로 올려놓은 두 장의 음반을 듣고 싶기도 했고, 내려가서 옆에 있는 서점을 보러 가고 싶기도 했다. 그는 자리에 앉아 사진을 눈 아래로 다시 가져가 더 주의 깊게 쳐다봤는데 파르트르와 흡사해 보였다. 파르트르의 모습이 조금씩 알르즈의 모습과 겹치면서 파르트르가 시크에게 미소를 지었다. 틀림없이 그는 시크가 원하는 것을 헌정하리라. 발소리가 계단을 올라왔고 그는 귀를 기울였다. 문을 두드리는 소리가 울려 퍼졌다. 그는 사진을 내려놓고 전축 픽업을 끈 다음 문을 열어주러 갔다. 문을 열었더니 한 무장 경찰의 검은색 가죽 비행복이 보였고, 두 번째 경찰이 그 뒤를 따랐으며, 경찰 집행관이 마지막으로 들어왔다. 어슴푸레한 빛에 잠긴 층계참의 반사광이 그의 붉은색 옷과 검은색 헬멧 위로 기어오르고 있었다.

집행관이 물었다.

"시크 씹니까?"

시크가 뒷걸음질 쳤고 그의 얼굴은 창백해졌다. 그는 꽤 많은 책들이 꽂혀 있는 벽까지 뒷걸음질을 쳤다.

그가 물었다.

"무슨 일이지요?"

집행관이 가슴 주머니를 뒤지더니 서류를 읽었다.

시크 씨로부터 세금 징수 및 가압류. 불법적인 폭력 및 가혹한 징계가 있을 것임. 가택침입에 이어 완전한 또는 부분적인 압류가 예상됨.

"하지만…… 난 세금을 낼 겁니다."
"좋소. 차후에 납부하도록 하시오. 우선 우리는 당신에게 불법적인 폭력 행위를 해야 합니다. 꽤 독한 담배지요.[17] 우리는 사람들을 동요시키지 않도록 약어를 사용합니다."
"돈을 드리겠어요."
"물론 그러셔야지."
시크는 책상으로 다가가 서랍을 열었다. 그는 서랍 속에 큰 모델의 심장 뽑개와 좋지 않은 상태의 짭새잡이를 넣어두었다. 심장 뽑개는 안 보였지만, 짭새잡이는 낡은 서류 더미를 울툭불툭하게 만들어놓은 상태였다.
집행관이 물었다.
"이봐요. 당신 지금 분명히 돈을 찾고 있는 거요?"
두 무장 경찰이 서로 떨어져 서더니 권총을 잡았다. 시크가 다시 일어섰는데, 짭새잡이를 손에 들고 있었다.
무장 경찰 한 명이 외쳤다.
"조심하십시오, 대장님!"
또 다른 경찰이 물었다.
"발포할까요, 대장님?"
시크가 대꾸했다.
"그런 수작에 넘어갈 내가 아니야……."
집행관.
"좋아, 그럼 당신 책을 압수하기로 하겠소."

경찰 한 명이 손에 닿는 대로 한 권을 집었다. 그는 책을 사납게 펼쳤다.

그가 보고했다.

"글자뿐인데요, 대장님."

집행관이 지시했다.

"강제집행하게."

무장 경찰이 책의 장정을 움켜쥐더니 힘껏 흔들어댔다. 시크가 아우성치기 시작했다.

"책에 손대지 말아요……!"

집행관.

"이봐요. 당신은 왜 짭새잡이를 사용하지 않는 거요? 서류에 가택침입이라고 기재되어 있는 건 아주 잘 아실 텐데."

"그 책 내려놔요."

시크가 다시 부르짖으며 짭새잡이를 들어 올렸지만 이 강철 덩어리는 딱 하고 부딪치는 소리조차 내지 않은 채 내려앉아 버렸다.

"발포할까요, 대장님?"

무장 경찰이 다시 한 번 물었다. 책에서 장정이 벗겨지는 순간 시크가 그 쓸모도 없는 짭새잡이를 손에서 놓으면서 앞으로 달려갔다.

집행관이 뒷걸음치면서 명령을 내렸다.

"발포하게, 더글라스."

시크의 몸이 무장 경찰들의 발밑에 무너지듯 쓰러졌다. 두 무장 경찰이 방아쇠를 당긴 것이다.

"불법 폭력 행위를 할까요, 대장님?"

또 다른 무장 경찰이 물었다.

시크가 다시 한 번 살짝 움직였다. 그가 두 손을 짚고 일어나더니 겨우 무릎을 꿇었다. 그는 얼굴을 찡그린 채 배를 잡고 있었고 두 눈에서는 땀방울이 떨어졌다. 이마에는 커다란 상처가 나 있었다.

"그 책을 그냥 내버려 두시오……."

그가 이렇게 중얼거렸다. 그의 입에서 쉰 목소리가 흘러나왔다.

집행관이 말했다.

"우린 이 책들을 짓밟을 것이오. 내 생각에 당신은 잠시 후에 죽을 것 같소."

시크의 머리가 다시 축 늘어졌다. 그는 머리를 다시 들어 올리려고 애를 썼지만 세모진 금속판이 그 안에서 돌아가는 것처럼 배가 아팠다. 그는 한쪽 발을 딛고 일어서는 데 성공했으나, 다른 쪽 무릎은 펴지려고 하지를 않았다. 무장 경찰들이 책 있는 곳으로 다가갔고, 집행관은 시크를 향해 두 걸음을 내디뎠다.

"책에 손대지 마시오."

시크가 이렇게 말했다. 피가 목구멍 속에서 꾸르륵거리는 소리가 들려왔고, 머리는 점점 더 수그러들었다. 그가 배에서 손을 떼더니 그 빨간 손으로 표적도 없이 허공을 때렸다가 얼굴을 바닥에 갖다 댄 채 다시 쓰러졌다. 경찰 집행관이 발로 그를 뒤집어엎었다.

시크는 더 이상 움직이지 않았다. 두 눈은 방보다 더 먼 곳을 바라보고 있었다. 피가 이마에서 한 줄로 흘러내리는 바람에 얼굴이 둘로 나뉘었다.

"짓밟게, 더글라스! 나는 이 소리 나는 기구를 부술 테니까."

창문 앞을 지나던 집행관은 큼직한 버섯처럼 생긴 연기가 이웃집 1층에서 솟아나더니 자기 쪽으로 서서히 올라오는 것을 보았다.

그가 덧붙여 말했다.

"신경 써서 짓밟을 필요 없네. 옆집이 불타고 있으니까. 중요한 건 빨리 해치우는 걸세. 흔적을 남겨서는 안 되네. 물론 보고서에는 하나도 빠짐없이 기록할 걸세."

시크의 얼굴이 새까맣게 변했다. 피가 그의 몸 아래로 흘러 응고되더니 별로 변했다.

60

니콜라는 알리즈가 방금 불을 지른 서적들 중 끝에서 두 번째 서점을 지나쳤다. 그는 일 나가는 콜랭을 길에서 우연히 만났고, 자기 조카가 괴로움에 빠져 있다는 사실을 알게 되었다. 자기가 나가는 클럽에 방금 전화를 했다가 파르트르의 죽음을 알게 되자 알리즈를 뒤쫓기 시작한 그는 그녀를 위로하고 사기를 북돋워 주고 그녀가 전처럼 명랑해질 때까지 함께 있어주고 싶었다. 시크 집을 보았더니 옆에 있는 서점의 진열장에서 길고 가느다란 불꽃이 솟아나면서 마치 망치질을 하듯 유리창이 산산조각 났다. 그는 문 앞에 경찰 집행관의 자동차가 서 있는 걸 보았다. 운전수는 위험지역을 피하려고 차를 약간 전진시켰고, 무장 경찰들의 검은 실루엣도 눈에 띄었다. 소방대가 금세 나타났다. 소방차가 요란한 소리를 내면서 서점 앞에 멈춰 섰다. 니콜라는 벌써 자물쇠와 실랑이를 벌이고 있었다. 그는 발로 문을 부수는 데 성공해 안으로 뛰어들어 갔다. 가게 안이 온통 불타오르고 있었다. 서점 주인은 두 발이 불길에 휩싸인 채 드러누워 있었고, 그의 심장은 옆에 놓여 있었다. 니콜라는 시크의 심장 뽑개가 바닥에 떨어져 있는 걸 보았다. 솟아오른 불길은 커다란 빨간색 공과 뾰족한 혀가 되어 단숨에 서점의 두꺼운 벽을 꿰뚫었고 니콜라는 불에 데지 않으려고 바닥에 몸을 던졌다. 바로 그 순간 그는 소방대의 소화용 분사 노즐에서 쏟아져 나오는 공기가 자기 몸 위로 세차게 이동하는 걸 느낄 수 있었다. 분사 노즐이 불길을 밑에서부터 공격하자 불길이 내는 소리는 더욱더 커졌다. 책들이 탁탁 소리를 내면서 타오르고 있었다. 책장들이 펄럭이면서 날아오르더니 분사 노즐에서 나오는 공기와 반대 방향으로 니콜라의 머리 위를 지나갔다. 그는 알리즈가 불 속에 있지 않으리라는 생각은 했다. 하지만 그녀가 빠져나갔을 만한 문은 보이지 않았고, 불은 소방수들과 싸우면서 한층 더 넓어 보이는 1층을 잿더미로 만들더니 순식간에 치솟아 올랐다. 우중충한 색깔의 재 한가운데 불꽃보다 더 빛나는 섬광이 남아 있었다.

연기는 위층으로 빨려 들어가 순식간에 사라져버렸다. 책을 태웠던 불은 꺼졌지만, 천장은 더 활활 타올랐다. 바닥 근처에 남아 있는 거라곤 섬광뿐이었다.

재로 더럽혀지고 머리칼도 새까매진 니콜라는 힘겨운 숨을 내쉬면서 그 빛을 향해 기어올라 갔다. 분주히 움직이는 소방수들의 장화 소리가 들려왔다. 비틀어진 철제 들보 아래, 황금색 머리털이 눈부시게 빛나고 있었다. 불길은 그 머리털을 먹어치울 수가 없었다. 머리털이 불길보다 더 눈부시게 빛났던 것이다. 그는 머리털을 안주머니에 집어넣고 밖으로 나왔다.

그는 멈칫거리며 걸었다. 소방수들이 그가 떠나가는 모습을 바라보았다. 윗층에서 불길이 맹위를 떨쳤고 소방수들은 소화액이 다 떨어졌기 때문에 건물을 따로 고립시켜서 그냥 타도록 내버려 둘 준비들을 하고 있었다.

니콜라는 인도를 따라 걸어갔다. 그의 가슴 위에 놓인 오른손은 알리즈의 거리칼을 어루만지고 있었다. 경찰 집행관의 자동차가 소리를 내며 그를 지나쳐 달려갔다. 자동차 뒷좌석에 집행관의 빨간색 가죽 비행복이 보였다. 그는 햇빛에 푹 잠긴 채 윗도리 깃을 약간 헤쳐놓은 상태였다. 그의 두 눈만이 어둠 속에 남아 있었다.

61

서른 번째 기둥이 콜랭의 눈에 띄었다. 그는 아침부터 금 저장고의 지하실을 걷고 있었다. 금을 도둑질하러 오는 사람이 있을 경우 소리를 지르는 것이 그의 임무였다. 지하실은 무척 넓었다. 그 안을 한 바퀴 돌려면 빨리 걸어도 하루는 걸렸다. 지하실 한가운데에는 금이 독가스를 쐬며 익어가는 밀폐된 방이 하나 있었다. 지하실을 하루에 한 바퀴씩 돌 수만 있다면 보수는 꽤 많이 받을 수 있었다. 콜랭은 자신의 건강 상태가 썩 좋지는 않다고 느꼈고, 게다가 지하실 내부는 너무 어두웠다. 그는 이따금씩 자기도 모르게 뒤를 돌아다보고 시간표를 보느라 시간을 허비하곤 했다. 뒤를 돌아다보면 방금 본 램프가 아주 작은 점이 되어 반짝였고, 앞을 보면 다음번 램프가 서서히 켜졌다.

금 도둑이 매일 나타나지는 않았다. 하지만 여하튼 정해진 시각에 순찰을 돌지 않으면 감봉을 감수해야만 했다. 시간표를 잘 지켜야 도둑들이 나타났을 때 소리를 지를 수가 있었다. 무척 규칙적인 도둑들이었던 것이다.

  오른발이 아팠다. 지하실은 단단한 인공석으로 지어졌기 때문에 바닥이 고르지가 않고 울퉁불퉁했다. 그는 정해진 시각에 서른 번째 기둥에 도착할 수 있게끔 여덟 번째 흰 선을 지나면서부터는 서둘러 걸었다. 걸음걸이에 박자를 맞추기 위해서 큰 소리로 노래를 부르기 시작한 그는 메아리가 토막토막 끊기는 위협적인 목소리로 그의 노래와 반대되는 노래를 불러 되돌려 보내자 입을 다물고 말았다.

  그는 아픈 다리를 이끌고 계속 걸어서 서른 번째 기둥을 지나쳐 갔다. 그는 뭔가가 뒤에 있다고 생각하고서 무의식적으로 고개를 돌렸다. 아직도 5분이 늦었기 때문에 그는 잃어버린 시간을 만회하려고 서둘러 몇 발자국 걸었다.

62

  식당에는 이제 들어갈 수가 없었다. 축축한 어둠 속에서 식물성 반 광물성 반의 방출물이 흐르면서 천장과 바닥이 붙어버린 것이다. 복도로 통하는 문도 열리지 않았다. 현관에서 클로에 방으로 이어지는 좁은 통로만이 아직까지 남아 있었다. 이시스가 먼저 지나갔고 니콜라가 그 뒤를 따라갔다. 니콜라는 얼이 빠진 사람 같아 보였다. 그의 웃옷 안주머니에는 뭔가가 들어 있어서 불룩했고 그는 이따금씩 가슴으로 손을 가져갔다.

이시스는 방 안으로 들어가기 전에 침대부터 바라봤는데 클로에는 여전히 꽃으로 둘러싸여 있었다. 담요 위로 보이는 그녀의 두 손은 벽옥 같은 피부 옆에 있어서 베이지색으로 보이는 커다란 흰색 난츠꽃을 겨우 붙잡고 있었다. 눈을 뜨고 있던 그녀는 이시스 옆에 앉는 걸 보자 몸을 약간 움직였다. 니콜라는 클로에를 보는 순간 고개를 돌렸다. 그는 사실 그녀에게 미소를 지어 보이고 싶었다. 그는 클로에에게 다가가 손을 잡고 어루만졌다. 니콜라도 앉자 클로에는 슬그머니 눈을 감았다가 다시 떴다. 두 사람을 보게 되어 기쁜 듯했다.

이시스가 나지막하게 물었다.

"잤니?"

클로에가 눈짓으로 아니라고 말했다. 그녀는 야윈 손가락으로 이시스의 손을 찾았다. 그녀는 다른 손으로 생쥐를 붙잡고 있었는데, 생쥐는 검고 선명한 눈을 반짝이면서 니콜라에게 다가가려고 침대 위를 종종걸음 쳤다. 그가 생쥐를 슬그머니 잡고서 윤나는 작은 주둥이에 입을 맞추자 생쥐는 다시 클로에 옆으로 돌아갔다. 꽃들은 침대 주위에서 몸을 떨고 있었는데 오래가지를 않았기 때문에 클로에는 시간이 갈수록 자신이 더욱 약해지는 걸 느끼고 있었다.

이시스가 물었다.

"콜랭은 어디 있어?"

클로에가 거친 숨을 몰아쉬며 대답했다.

"일……."

이시스가 가로막고 나섰다.

"말하지 마. 다른 식으로 질문을 할게."

그녀가 클로에의 얼굴에 자신의 아름다운 갈색 얼굴을 가까

세월의 거품 251

이 가져가더니 조심스레 입을 맞추었다.
 그녀가 물었다.
 "작업장에서 일을 하는 거야?"
 클로에의 눈꺼풀이 감겼다.
 그런데 현관에서 발소리가 들려왔다. 콜랭이 문에 나타났다. 그는 새로운 꽃을 들고 있었다. 그러나 일자리를 잃어버렸다. 도둑들이 너무 일찍 다녀가는 바람에 더 이상 걸을 수가 없었던 것이다. 최선을 다했으므로 그는 약간의 돈을 받아서 꽃을 살 수 있었다.
 클로에는 더 편안해진 듯 이제는 비교적 환하게 웃고 있었다. 그래서 콜랭은 그녀 곁으로 바싹 다가갔다. 그는 그녀가 힘에 부칠 정도로 그녀를 열렬히 사랑했는데 이제는 그녀를 완전히 망가뜨릴까 봐 두려워서 살그머니 어루만지기만 했다. 그는 일을 하느라고 상처투성이가 된 볼품없는 손으로 검은 머리를 매끈하게 가다듬어주었다.
 그곳에는 니콜라와 콜랭, 이시스, 클로에가 있었다. 니콜라는 시크와 알리즈는 영원히 오지 않을 것이고 클로에는 상태가 갈수록 악화된다며 울기 시작했다.

63

 경리부에서는 콜랭에게 돈을 많이 주었다. 하지만 너무 늦어 버렸다. 이제 그는 매일같이 사람들의 집에 올라가야만 한다. 명단을 넘겨받으면 불행이 일어나기 하루 전에 그 불행을 알리는 것이었다.

매일같이 그는 인구가 많은 구역 또는 고급 주택가로 갔다. 그는 엄청나게 많은 계단을 오르곤 했다. 그는 형편없는 대접을 받았다. 사람들은 상처 입기 쉬운 무거운 물체들을 그의 머리에 내던지거나 냉혹하고 날카로운 말을 내뱉으면서 내쫓기 일쑤였다. 그는 그런 일을 해준 대가로 돈을 받아서 꽃을 살 수가 있었다. 그는 이 일을 계속하기로 했다. 그가 유일하게 할 수 있는 일, 그것은 바로 문 앞에서 내쫓기는 일이었다.

피로는 그를 고문했고 두 무릎을 납땜질하는 듯했으며 얼굴을 파고들었다. 이제 그의 두 눈에 보이는 건 사람들의 추한 모습뿐이었다. 그는 계속해서 닥쳐올 불행들을 예고했다. 그때마다 그는 주먹질과 고함, 눈물, 욕설과 함께 쫓겨났다.

두 계단을 올라간 그는 복도를 따라 걸어가서 문을 두드렸다가 즉시 뒷걸음질 쳤다. 사람들은 그가 쓰고 있는 검은색 모자를 눈치채고서 그를 구박했지만 콜랭은 입을 꾹 다물고 있어야만 했다. 그는 이런 일을 하는 대가로 돈을 받는 것이었다. 문이 열렸다. 그가 흉보를 전하고 그곳을 떠났다. 무거운 나뭇조각이 그의 등에 와 맞았다.

다음에 찾아가야 할 이름을 명단에서 찾던 그는 자기 이름이 적혀 있는 걸 보았다. 그러자 그는 모자를 집어 던진 채 길을 걷기 시작했고, 클로에가 내일 죽게 되리라는 걸 알게 된 그의 가슴은 납처럼 무겁기만 했다.

64

사제가 성당지기와 얘기를 나누고 있어서 콜랭은 그들이 얘기를 다 나눌 때까지 기다리고 있다가 다가갔다. 발밑의 땅이 보이지 않아서 그는 걸음을 옮길 때마다 비틀거리곤 했다. 그의 두 눈은 침대에 누워 있는 클로에를, 그녀의 검은 머리와 곧은 코, 약간 튀어나온 이마, 달걀처럼 갸름한 얼굴, 그리고 그녀를 세상 밖으로 내던져 버린 채 잠겨 있는 눈꺼풀을 바라보고 있었다.

사제가 물었다.

"장례식 때문에 오셨습니까?"

"클로에가 죽었어요."

사제는 콜랭이 "클로에가 죽었어요."라고 말하는 걸 들었지만 그 말을 믿지는 않았다.

"알았습니다. 돈을 얼마나 쓸 겁니까? 틀림없이 멋진 장례식을 원하시겠지요?"

"예."

"금화 이천 개를 내시면 아주 잘해 드리지요. 그보다 더 비싼 것도 있지만······."

"난 금화가 스무 개밖에 없습니다. 지금 당장은 안 되겠지만 서른 개나 마흔 개 정도는 더 구할 수 있을지도 몰라요."

사제가 허파가 꽉 찰 정도로 공기를 들이마시더니 진저리 나는 표정을 지으며 다시 내쉬었다.

"그럼 당신에게 필요한 건 빈민들의 장례식이군."

"난 가난해요······. 그런데 클로에가 죽었어요······."

"알았소. 하지만 사람이란 늘 품위 있게 묻힐 수 있을 만큼 벌어놓고 나서 죽을 준비를 해야 하는 법이오. 그런데 당신에게는 금화 오백 개도 없어요."

"아닙니다. 분납도 가능하다면 백 개까진 낼 수 있을 거예요. '클로에는 죽었어.'라고 생각한다는 게 뭘 뜻하는지 당신은 아십니까?"

"자, 난 이런 일에 이골이 났기 때문에 아무 느낌도 안 듭니다. 신께 호소해 보라고 충고해야 하겠지만, 그렇게 보잘것없는 액수의 돈으르 신을 성가시게 한다는 게 과연 정당한 일일까 걱정되는군."

"아! 당신을 귀찮게 하지는 않겠어요. 클로에가 죽었는데 신께서 무슨 대단한 일을 할 수 있으리라곤 생각하지 않습니다."

"주제를 좀 바꿔봐요. 생각을…… 해보시오……. 난 잘 모르겠는데 아무거나…… 예를 들자면……."

콜랭이 물었다.

"금화 백 개를 내면 장례식을 품위 있게 치를 수 있을까요?"

"난 그런 식의 해결책은 생각조차 하고 싶지 않소. 백오십 개라면 어떻게 해보겠지만 말이오."

"백오십 개를 내려면 시간이 좀 걸릴 겁니다."

"당신은 일을 하잖소……. 이 서류에 서명하시오."

"그러지요."

"만약에 당신이 금화 이백 개를 낼 경우 복사와 성당지기가 당신 편을 들 거고 백오십 개를 낼 경우에는 상대의 편을 들 거요."

"글쎄요. 난 지금 하고 있는 일을 오래 할 것 같지는 않아요."

사제가 결론짓듯 말했다.

"그럼 백오십 개로 합시다. 유감이지만 정말 형편없는 장례식이 될 거요. 당신이 이렇게 인색하게 굴다니, 정말 진저리가 나는군."

"미안합니다."

"서류에 서명해야 합니다."

사제가 이렇게 말하면서 콜랭을 거칠게 떼밀었다.

콜랭이 의자에 부딪쳤다. 그 소리를 들은 사제가 노발대발 화를 내면서 다시 콜랭을 성기실 쪽으로 떼밀더니 투덜거리며 따라왔다.

65

두 짐꾼은 아파트 현관에서 자기네들을 기다리고 있는 콜랭을 발견했다. 계단이 점점 더 망가져 가고 있었기 때문에 그들은 오물을 뒤집어쓴 꼴이었다. 하지만 그들은 자기네들이 옷 중에서도 가장 낡은 옷을 입고 있어서 옷이 찢어지는 것 정도에는 눈 하나 깜짝하지 않았다. 그들의 유니폼에 뚫린 구멍 틈으로 뼈마디가 굵고 보기 흉한 다리에 난 빨간 털이 보였다. 그들은 빈민 장례식에 관한 규정에 나오는 대로 콜랭의 배를 때리며 인사를 했다.

이제 현관은 지하실 복도를 연상시킬 정도로 변해 버렸다. 그들은 머리를 숙인 채 클로에의 방까지 갔다. 일련번호가 적혀 있고 울툭불툭한 낡고 검은 상자 하나뿐, 클로에는 보이지 않았다. 짐꾼들은 상자를 들더니 숫양을 집어 던지듯 창밖으로 내던져 버렸다. 금화 오백 개 이상을 냈을 경우에만 죽은 사람을 팔로 안고 내려가는 것이었다.

'그래서 상자가 저렇게 울툭불툭한 데가 많구나.'

콜랭은 클로에가 상처를 입고 멍이 들었으리라는 생각을 하며 울었다.

그는 그녀가 이제 전혀 아무것도 느끼지 못한다는 생각에 더욱더 큰 소리로 울었다. 상자는 포도 위에서 깨지는 소리를 내며 옆에서 놀고 있던 아이의 다리를 부러뜨렸다. 짐꾼들은 어린아이를 인도 쪽으로 밀어내더니 상자를 상여차 위로 끌어 올렸다. 그것은 빨간 페인트가 칠해진 낡은 트럭으로, 두 짐꾼 중 한 명이 운전을 했다.

몇 명 안 되는 사람들이 트럭을 뒤따라갔다. 니콜라와 이시스와 콜랭, 그리고 그들이 잘 모르는 두세 사람뿐이었다. 트럭은 무척 빨리 달렸다. 따라잡으려면 뛰어야 했다. 트럭 운전사는 목청껏 노래를 불렀다. 금화 이백오십 개 이상을 받았을 경우에만 입을 다물고 있는 것이었다.

성당 앞에서 차가 멈추었고 검은 상자는 그들이 장례식 관계로 안에 들어갔기 때문에 그냥 그곳에 놓여 있었다. 찌푸린 표정의 사제는 그들에게 등을 돌린 채 건성으로 몸을 흔들고 있었다. 콜랭은 제단 앞에 서 있었다.

콜랭은 눈을 들었다. 그의 앞쪽, 내벽의 십자가에 예수가 매달려 있었다. 예수는 지루한 표정을 짓고 있었고, 콜랭은 그에게 물었다.

"클로에는 왜 죽었습니까?"

예수가 대답했다.

"나는 거기에 대해서 책임이 전혀 없소. 다른 얘기나 합시다."

콜랭이 다시 물었다.

"그럼 누구랑 상관이 있습니까?"

그들이 들릴락 말락 한 낮은 소리로 얘기를 나누었기 때문에 다른 사람들은 아무도 대화 내용을 듣지 못했다.
예수가 말했다.
"어쨌든 우린 아니오."
"전 당신을 우리 결혼식에 초대했어요."
"성황리에 끝났지요. 나도 꽤 재미가 있었고. 그런데 이번에는 왜 돈을 더 많이 내놓지 않았습니까?"
"난 이제 돈이 없는 데다가 이번에는 결혼식을 올리는 게 아닙니다."
"그렇겠지요."
예수는 난처한 표정이었다.
콜랭이 말을 계속했다.
"그와는 상당히 다른 일이지요. 이번에는 클로에가 죽었어요. 난 그 검은 상자를 생각하고 싶지 않아요."
"음……."
예수가 다른 곳을 쳐다보고 있었다. 지겨운 표정이었다. 사제는 라틴어로 된 시구를 외쳐대면서 따르라기를 돌렸다.
콜랭이 물었다.
"왜 클로에를 죽게 만들었습니까?"
예수가 대답했다.
"아이고…… 그만해 두시오."
예수는 못에 박힌 채 나름대로 더 편안한 자세를 잡아보려고 애썼다.
콜랭이 말했다.
"클로에는 너무나 온순한 여자였어요. 마음속으로도 그렇고 실제로도 그렇고 나쁜 짓이라곤 해본 적이 없단 말입니다."
"종교와는 아무런 관계도 없는 일이오."

예수가 하품을 하면서 그렇게 중얼거렸다.

그는 가시관의 경사도를 바꾸기 위해서 머리를 약간 흔들었다.

콜랭이 말했다.

"우리가 무슨 얘기를 했는지 모르겠군요. 알 필요가 없겠지요."

콜랭이 눈을 내리깔았다. 예수는 대답을 하지 않았다. 콜랭이 다시 머리를 들었다. 예수의 가슴이 서서히 그리고 규칙적으로 들어 올려지곤 했다. 그의 얼굴에는 평온한 표정이 생생하게 나타났다.

그의 두 눈은 감겨 있었고, 콧구멍에서는 마치 포식한 고양이가 그러는 것처럼 만족스러워서 가볍게 가르랑거리는 소리가 새어 나왔다.

그 순간 사제가 펄쩍 뛰어오르면서 튜브를 불었다. 장례식이 끝났다.

사제가 가장 먼저 성당을 떠나 큼지막한 구두를 신으러 성기실로 들어갔다.

콜랭과 이시스와 니콜라는 밖으로 나가 트럭 위에서 기다렸다.

그때 성당지기와 복사가 환한 색깔의 옷을 화려하게 차려입고 나타났다. 그들은 콜랭에게 야유를 하기 시작하더니 트럭 주위에서 야만인들처럼 춤을 추었다. 콜랭은 빈민 장례식 서류에 서명을 했기 때문에 귀를 막기만 할 뿐 아무런 말도 할 수 없었고, 한 줌의 자갈 세례를 받으면서도 움직일 수조차 없었다.

세월의 거품

66

그들은 무척 오랫동안 거리를 걸었다. 사람들은 더 이상 뒤를 돌아다보지 않았고, 날은 저물어갔다. 빈민 묘지는 아주 먼 곳에 있었다. 빨간색 트럭은 엔진에서 즐거운 폭음을 연속적으로 터뜨리면서 길의 기복 위를 구르기도 하고 뛰어오르기도 했다.

콜랭의 귀에는 아무런 소리도 들리지 않았다. 과거 속에 살면서 이따금씩 미소를 지으며 모든 일을 회상하고 있었던 것이다. 니콜라와 이시스는 그의 뒤편에서 걷고 있었다. 이시스는 때때로 콜랭의 어깨를 만지곤 했다.

길도 멈추고 트럭도 멈추자 물이 나타났다. 짐꾼들이 검은 상자를 트럭에서 내렸다. 콜랭은 묘지에 와보는 게 처음이었다. 묘지는 형태를 알아보기 힘든 섬 안에 자리 잡고 있었는데, 섬의 윤곽이 물의 무게에 따라 자주 바뀌곤 했던 것이다. 안개 너머로 섬이 어렴풋하게 보였다. 트럭은 강가에 세워두었다. 멀리 있는 끝이 안개 속으로 사라져버린 긴 회색 구름다리를 통해 섬으로 들어갈 수 있었다. 짐꾼들이 쌍소리를 내뱉었고 그중 첫 번째 사람이 다리에 발을 내디뎠다. 다리의 폭은 사람이 겨우 다닐 수 있을 정도였다. 그들은 상자를 굵은 생가죽끈으로 묶어서 목에 한 바퀴 감은 다음 어깨에 멨다. 그 바람에 두 번째 짐꾼이 숨이 막히는 듯 얼굴이 보랏빛으로 변했다. 안개의 회색빛을 배경으로 해서 보이는 검은 상자는 사람의 마음을 무척 서글프게 했다. 콜랭이 뒤를 따랐다. 니콜라와 이시스도 그들대로 다리를 따라 걷기 시작했다. 맨 앞에 선 짐꾼이 일부러 발을 구르는 바람에 다리가 좌우로 흔들렸다. 그는 약간의 설탕이 시럽 속에 들어갔을 때처럼 풀어 헤쳐진 안개 속으로 사라져버렸다. 그들의 발소리가 하강 음계를 이루며 다리 위에서 울리자 다리가 조금씩 안쪽으로 휘어졌고 그들은 다리 중앙에 가까워졌다. 한가운데를 지나자 다리가 수면에 닿으면서 잔물결이 양쪽에서 좌우 대칭을 이루며 찰랑거렸다. 물이 다리를 거의 전부 덮어버렸다. 물은 짙고 투명했으며 콜랭은 오른쪽으로 몸을 숙여 물속 깊은 곳을 바라보았다. 그 속에서 하얀 것이 어렴풋이 움직이는 것 같았기 때문이다. 니콜라와 이시스가 그의 뒤에서 걸음을 멈추었다. 그들은 꼭 물 위에 서 있는 것처럼 보였다. 짐꾼들은 계속 걸어갔다. 절반 남은 나머지 길은 오르막이었고, 그들이 다리 중간을 지나쳤을 때 작은 파도들이 줄어들더니 다리가 흡입음을 내면서 물에서 떨어져 나갔다.

짐꾼들이 뛰기 시작했다. 그들이 발을 구르자 검은 상자의 손잡이가 상자 면에 부딪쳐 소리를 냈다. 콜랭과 그의 친구들에 앞서 섬에 도착한 짐꾼들은 짙은 색깔의 초목들이 양편으로 울타리처럼 늘어서 있는 오솔길로 접어들었다. 오솔길은 기묘하리만큼 구불구불하고 황량한 모습이었으며, 작은 구멍이 많이 나 있는 땅바닥은 금방이라도 부서져 버릴 것만 같았다. 길이 약간 넓어졌다. 초목들의 잎사귀는 연한 회색으로 바뀌었고, 금빛의 잎맥은 비로드처럼 반질반질한 잎살 위에서 더욱 또렷하게 드러났다. 키가 크고 낭창낭창한 나무들은 한쪽 길가에서 다른 쪽 길가까지 활 모양으로 늘어져 있었다. 그렇게 만들어진 궁륭을 통해서 보이는 태양은 섬광이 없는 백색 빛무리를 이루었다. 오솔길이 여러 갈래로 나뉘자 짐꾼들은 지체 없이 오른쪽 길을 택했고, 콜랭과 이시스, 니콜라도 그들을 따라

잡기 위해 서둘러 걸었다. 나무들 속에서는 동물들의 소리가 들려오지 않았다. 회색빛 잎사귀들만이 이따금씩 땅바닥 위로 무겁게 떨어져 내리곤 했다. 그들은 갈래진 길을 따라갔다. 짐꾼들이 나무를 무거운 구둣발로 차자 해면처럼 물렁물렁한 나무껍질에 깊고 푸르스름한 멍이 생겨났다. 묘지는 섬 한가운데 자리 잡고 있었다. 바위 위로 기어오르자 하늘하늘해 보이는 나무들의 꼭대기 너머로 반대편 강가 쪽의 먼 하늘이 언뜻 보였다. 별봄맞이꽃과 회향풀꽃이 피어 있는 벌판 위의 그 하늘에서는 작은 독수리들이 천천히 날아다니고 있었다.

짐꾼들은 넓은 묘혈 근처에 멈추어 섰다. 그들은 「샐러드처럼」이라는 노래를 부르면서 클로에의 관을 좌우로 흔들기 시작하더니 연결 차단 장치를 눌렀다. 뚜껑이 열리더니 뭔가가 삐거덕거리는 소리를 요란하게 내면서 묘혈 속으로 떨어졌다. 두 번째 짐꾼이 반쯤 목이 줄린 채 쓰러지듯 땅바닥에 주저앉았다. 가죽끈이 목에서 빨리 풀리지 않았던 것이다. 콜랭과 니콜라가 뛰어서 도착했고 이시스가 그 뒤를 이어 비틀거리며 나타났다. 그러자 기름투성이의 낡은 작업복을 입은 복사와 성당지기가 석총 뒤에서 느닷없이 나타나더니 묘혈 속에 흙과 돌을 집어 던지면서 곰처럼 울부짖기 시작했다.

콜랭이 털썩 주저앉아 무릎을 꿇었다. 그는 두 손으로 머리를 감싸 쥐었으며, 돌들은 무딘 소리를 내며 묘혈 속으로 떨어졌고, 성당지기와 복사와 두 짐꾼은 서로 악수를 나누고 나서 묘혈 주위를 한 바퀴 돌더니 갑자기 오솔길 쪽으로 달려가서 파랑돌 춤을 추며 사라져버렸다.

복사가 크롬호른[18]을 불자 쉰 소리가 죽은 것 같은 공기 속에서 진동했다. 흙이 조금씩 흘러내렸고 이삼 분쯤 뒤에 클로에의 몸은 완전히 사라져버리고 말았다.

67

검은 수염이 난 생쥐가 마지막으로 애를 쓴 끝에 통과하는 데 성공했다. 생쥐가 빠져나오자 즉시 천장과 바닥이 붙어버렸고, 벌레가 기어간 듯한 모양의 불활성 둘질이 봉합된 부분의 틈 사이로 비틀린 채 천천히 솟아 나왔다. 생쥐는 양쪽 벽이 휘청거리면서 서로 접근하고 있는 어두운 현관 복도를 황급히 달려가서 문 밑으로 빠져나갈 수 있었다. 생쥐는 계단을 내려가 인도에서 멈춰 섰다. 잠시 망설이던 생쥐는 방향을 분간할 수 있게 되자 묘지 쪽으로 출발했다.

68

고양이가 말했다.
"정말 난 거기에 대해서 별다른 관심이 없어."
생쥐가 말을 받았다.
"그건 잘못된 생각이야. 난 아직 어리고, 최근까지 잘 먹으며 지냈어."
"나도 그렇지단 자살하고 싶은 마음은 눈곱만치도 없어. 그러니 넌 내가 왜 그게 비정상적이라고 생각하는지 알 거야."
"네가 그를 못 봐서 그러는 거야."
고양이가 물었다.

"그는 지금 뭘 하고 있니?"

고양이는 그가 뭘 하고 있는지 꼭 알고 싶은 생각은 사실 없었다.

생쥐가 대답했다.

"물가에 있어. 기다리고 있다가 시간이 되면 다리 위로 가서 한가운데 서는 거야. 뭔가를 보는 거지."

"뭐 대단한 걸 볼 수는 없을 거야. 아마 수련을 보는 거겠지."

"그래. 그는 수련이 다시 올라오면 죽이려고 기다리는 거야."

"바보 같은 짓이야. 도대체 흥미가 느껴지질 않아."

"시간이 지나면 그는 물가로 돌아와서 사진을 바라봐."

고양이가 물었다.

"전혀 먹지를 않는 거야?"

"응. 무척 쇠약해졌어. 나로선 견디기 힘든 일이지. 언젠가는 그 다리 위에서 발을 헛디디고 말 거야."

"아무려면 어때? 그가 불행하다고 치자. 그래서 어떡하겠다는 거야?"

"그는 불행하지 않아. 고통스러워하는 거지. 내가 감수하기 힘든 건 바로 그 점이야. 게다가 그는 몸을 너무 앞으로 숙이고 있어서 물속에 빠질지도 몰라."

"사정이 그렇다면 널 도와주고 싶어. 하지만 난 내가 아무것도 이해하지 못하면서 왜 '사정이 그렇다면'이라고 말하는지 모르겠다."

"넌 참 좋은 고양이야."

"머리를 내 입속에 넣고 기다리렴."

생쥐가 물었다.

"오래 걸릴까?"

"누군가가 내 꼬리를 밟을 만큼의 시간이 걸릴 거야. 재빠른 반사 신경이 필요하지. 하지만 내 꼬리를 밟고 지나가게 할 테니 두려워하지 마."

"아, 참! 너 오늘 아침에 상어를 먹었니?"

"이봐! 너, 이 일이 맘에 들지 않으면 그냥 가도 돼. 난 그 계획이라는 거 영 진력나게 느껴진다고. 너 혼자 알아서 처리하란 말이야."

그는 화가 난 것 같았다.

생쥐가 말했다.

"화내지 마."

생쥐가 작고 검은 두 눈을 감더니 머리를 제자리에 놓았다. 고양이는 날카로운 송곳니를 부드러운 잿빛 목 위에 조심스레 올려놓았다. 생쥐의 검은색 수염이 고양이의 수염과 뒤섞였다. 고양이가 털이 무성한 꼬리를 풀더니 인도 위로 질질 끌고 갔다.

'사도 쥘' 고아원의 눈먼 소녀 열두 명이 노래를 부르며 오고 있었다.

멤피스, 1946년 3월 8일
대번포트, 1946년 3월 10일

작품해설

엘링턴적 걸작

질베르 페스튀로

『세월의 거품』, 이 향수 어린 시적인 제목의 작품은 출간 이래 300만 부 이상 팔리는 등 현대 프랑스 문학계에서 가장 변함없는 성공을 보여 왔다. 뿐만 아니라 이 비극적인 연애소설은 거의 단숨에 걸작을 창작해 낸 한 젊은 작가의 최고 성공작이기도 하다. 놀랍게도 보리스 비앙은 익살스럽고 독창적인 작품인 『벌채지에서의 소동』이나 『기생충과 플랑크톤』에서부터 풍요로우면서 잘 구성된 소설까지, 애절한 사랑 이야기인 『세월의 거품』에서부터 장난삼아 미국인인 것처럼 가명을 써서 낸 선정적이고 폭력적인 소설 『너희들 무덤에 침을 뱉으마』까지 자유롭게 넘나들었다. 사실, 주제와 문투를 뛰어난 기교로써 변화시키는 진중한 예술가의 창작 과정과 비앙의 풍부한 상상력, 감수성과 문체를 동시에 알아보기란 쉽지 않다.

『기생충과 플랑크톤』을 저술한 직후 집필하기 시작한 『세월의 거품』은 풍부한 예비 노트를 통해 그 창작 과정을 알 수 있다. 비앙은 1945년 가을부터 1946년 봄까지 이 소설을 썼고, 여러 페이지들을 거의 수정 없이 단숨에 쓴 것으로 보인다. 여기에는 문단에서 행복한 행보를 시작할 것이라고 확신한 젊은 작가의 발랄한 창작력이 드러난다. 다만 마지막 장들은 1946년 3월~4월경에 다시 쓴 것으로 보이지만, 이 수고(手稿)는 아마도 소실된 것 같다. 작품의 기원에는 두 가지 근본적인 아이디어가 섞여 있다. 소설의 마지막 페이지에도 일자가 나와 있듯이 상상적 필요에 의해 3월 10일 자(작가의 생일)로 서명되어 있는 작가 서문에서 밝힌 것처럼 하나는 '어여쁜 처녀들과의' 사랑이고, 또 하나는 재즈이다. '듀크 엘링턴이 편곡한' 곡을 듣고 개인적으로 크게 감명을 받았던 일이 특히 풍요로운 추억으로 드러난다.

비앙은 줄거리의 근본 요소들을 매우 앞당겨 배치했다. 이 요소들은 경솔하고 무관심한 청년기로부터 책임을 져야 할 시기로의 고통스러운 이행과 결부되어 있다. 예를 들어 사랑에 빠진 젊은이 콜랭과 폐에 피어난 수련으로 인해 병이 든 너무나 아름다운 처녀 클로에, 비인간적인 직업, 죽음 등이 그러한 요소라고 할 수 있다. 결국 이 소설에서 삶의 경험은 결혼, 젊은 아내의 병과 수술, 지겹고 반복적인 일로 돈을 벌어야만 하는 필요성, 사랑의 행복과 삶의 고뇌 사이의 긴장 등으로 구현된다.

그러나 이 작품의 힘과 독창성은 겉으로는 매우 다양해 보이지만 시적 연금술 속에 녹아든 완벽하게 상호 보완적인 세 가지 양상에서 기인한다. 첫 번째는 가장 섬세하고 서정적인 시에 언어유희와 희극적 문체를 결합함으로써 이야기의 세부 묘사를 두드러지게 하는 어조와 문체이고, 두 번째는 현대 앵글로 색슨 문화, 특히 미국 문화에서 받은 영감이며, 마지막 세 번째는 잔인한 운명이란 결코 쉬지 않고 닥쳐오기 때문에 곧 비극으로 바뀌게 될 행복한 사랑 이야기이다.

*

7음절 혹은 무운 12음절 리듬과 화음의 시이자 풍자와 기괴함이 교대로 나타나는 이미지의 시. 그리고 음위전환과 소리와 문법을 이용한 말장난, 동음이의어, 신조어에 이르는 언어유희.

논리적으로 화해할 수 없는 요소들이 다술적으로 융화된 스윙 재즈가 박자와 흔들림, 규칙적 리듬과 음악적 지체(遲滯)를 모순되게 결합하는 것처럼, 비앙의 글쓰기는 긴장과 이완, 엄격한 구조와 우연성 또는 영감의 환상을 자유롭게 구사한다. 즉 다양한 단어로써 감수성이 자유롭게 다루어지고, 공포가 아름다움, 우스꽝스러움, 이상야릇함으로 바뀌며, 공포와 섬세한 서정, 소극과 음산함이 교대로 나타나고, 희극이 비장함에서, 아이러니가 갈등에서 솟아오른다. 불쾌한 유머, 즉 블랙 유머가 파국적 결말의 불안을 지배하기까지 한다. 이렇게 비앙의 문체는 유혹적인 연금술 속에서 모순적인 어조와 관점들을 내밀하게 뒤섞는다.

비앙의 모든 작품이 그렇듯, 여기에는 이미 사회와 사회 조직에 대한 신랄하고 충격적인, 희극적이고 감동적인 풍자가 존재한다. 즉 공장은 프로그래밍된 공포이며, 군대는 인간들의 피를 먹고 자라고, 경찰의 폭력은 아무런 근거도 없으며, 성당은 인간 조건보다 돈에 더 관심을 쏟고, 종교는 죄 없는 자들의 학살에 아무런 답도 내놓지 않는다. 그러나 비앙에게서 매우 개인적으로 나타나는 이러한 무정부주의적 개인주의의 옆에는 치명적인 만큼 생명력 있는 세계의 창조가 존재한다. 이미 이

전 소설들에서 초안을 볼 수 있는 이러한 애니미즘은 작품에 시적 독창성을 부여하며, 꿈의 모든 힘으로 작품을 풍요롭게 한다.

『세월의 거품』의 매력은 시적 환상으로 표현된 상상적 이미지에서 생겨나며, 이러한 이미지는 필연적으로 독자를 운명적 결말로 이끌어 간다. 소위 실제 세상에서 전도된 이상야릇하고 매혹적인 세계로의 이행이 마치 자연스러운 일인 듯 일어난다. 생기론(生氣論)은 이러한 변환의 특징인데, 살아 있는 돌, 화약-식물, 토끼-기계, 생쥐-영혼, 고양이-기요틴, 음악-여자-꽃 등이 그 예이다. 생명은 세상을 품고 있으며, 죽음은 그것을 포착하고자 한다. 쇠약함과 엔트로피, 약화 혹은 때 이른 노화, 치명적인 기생과 부패시키는 습기, 잔인한 망상과 파괴적인 출혈 등으로…….

단번에 모든 형태의 환상이 제시된다. 즉 욕망은 대상을 낳고, 마술적 언어는 세계를 낳고, 마술적 변신은 비극을 지닌 어두운 힘들이 지배하는 이 닫힌 세계를 완성한다. 상상과 미학에 우위를 두면서 『세월의 거품』은 낭만주의 장르를 가짜 리얼리즘이라 비판하고, 예술에게 꿈의 신비와 내적 환상의 힘을 드러내라고 하는 초현실주의자들의 요구를 공고히 하는 동시에 예증한다.

영화의 현대성과 미국 음악에 매혹된 초현실주의자들과 마찬가지로, 비앙은 미국 문화가 주는 영감 때문에 거기에 경도된다. 미국 문화는 미국의 음악가와 도시를 직접적으로 환기함으로써 상상적이고 신비한 것으로 나타나는데, 이는 비앙이 그 도시들에 가본 적이 없기 때문이다. 허구적인 파리(Paris)가 재즈의 시간에 시작된다. 작품을 위해 상정된 장소인 뉴올리언스, 멤피스, 데번포트는 허구에의 취향 ── 비앙은 여기에서 이미 '거짓말쟁이'이자 사기꾼이다. ──과 지리적이고 재즈적인 신화의 역할을 동시에 가리킨다. 등장인물인 시크의 원래 이름이 '자크 시카고'였다는 것이 원고에 드러나 있는데, 이는 또 다른 재즈의 명소를 뜻한다. 전형적인 미국 여성의 이미지, 즉 핀업 걸에 대한 시각적 참조는 명백하며, 특히 무엇보다도 미국 영화에 대한 참조가 뚜렷하다. 할리우드 코미디 뮤지컬이 남자 주인공 콜랭이 소개될 때 환기되고, 익살스러운 영화가 개그와 희극적 재난과 함께 나타난다. 동물들이 인간사에 참여하고, 애완용 작은 생쥐가 주요한 은유적 역할을 맡는 등 만화적 설정 역시 뚜렷하다.

문학적 출처 역시 확인해 볼 수 있는데, 예를 들어 영국 문학의 루이스 캐롤과 P. G. 워드하우스의 영향을 들 수 있으나 무엇보다도 미국 문학의 윌리엄 포크너의 영향이 눈에 띈다. 포크너의 작품 『모기』에는 나이 들고 쇠약한 한 여자가 자기 몸에서 자라나는 독초의 향을 맡는 대목이 나온다. 비앙의 천재적인 솜씨는 이 꽃에 물의 꽃, 즉 '수련'이라는 이름을 붙임으로써 정체성을 부여하고, 삶을 사랑하는 나무도 아름다운 젊은 여인에게 신비하고 상징적인 병으로 작용하게 한 데에서 드러난다. 그리하여 비앙 작품의 연금술 속에서 포크너 작품의 이미지는 근본적인 변화를 겪는다. 이러한 소설적 영감은 재즈와 완벽하게 융합되는데, 왜냐하면 『모기』는 뉴올리언스에서 멀지 않은 루이지애나의 물가나 늪지를 배경으로 하기 때문이다.

한편 비앙의 여주인공 이름인 '클로에'는 정확히 듀크 엘링턴의 작품인 「클로에」에서 온 것이다. 「클로에」는 '늪의 노래'라는 부제가 달렸으며, 부드럽고 관능적이며 애조를 띤 곡이다. 이렇게 치명적인 꽃뿐만 아니라 젊은 여자가 결말에 가서 묻히게 될 늪지 또한 소개된다. 소설 전체는 재즈에 대한 그리고 무엇보다도 음악의 신이자 친구인 듀크 엘링턴에 대한 헌정이다. 블루스의 육화인 클로에 곁에는 핫재즈이자 열정적인 리듬의 부기우기에서 생겨난 알리즈가 있고, 재즈를 마실 수 있는 '칵테일 피아노'는 줄거리에 리듬을 싣는 곡들을 여러 번 환기한다. 그리하여 '현대 연애소설 가운데 가장 비통한 소설'(R. 크노)은 문학에 엘링턴의 정글적 문체를 옮겨 놓으며 흑인 음악의 절망적인 노래를 쓰고 있다. 빛나는 삶과 질식할 것 같은 습기, 빛나고 즐거운 화음 혹은 우울하고 절망적인 울림을……

그러므로 무엇보다도 재즈가 『세월의 거품』의 서정을 풍요롭게 하며, 불행하지만 영원한 사랑 이야기의 폐부를 찌르는 힘을 강화한다. 코미디 뮤지컬처럼 당당했던 콜랭과 클로에의 결혼은 그러나 불행한 운명을 암시하는 불길한 징조들로 특징지어진다. 여주인공은 착상의 순간부터 일시적인 존재로 운명지어져 비극적 결말을 맞게 되어 있었고, 그리하여 그녀는 자신이 육화하고 있는 블루스, 즉 본질적으로 일시적인 재즈와, 예속의 비극과 흑인들의 운명을 비장하고 절망적으로 노래하는 바로 그 블루스와 조화를 이룬다. 이미지와 의미의 망 전체가 소설의 서두에 나오는 행복한 세계를 필연적인 파괴, 썩어가는 공간, 전체적인 죽음으로 이끈다. 재즈의 연금술, 세월의 바닥에서 온 사랑의 묘약, 치명적인 켈트의 주술을 『트리스탕과 이즈』에 연결하는 아프리카의 마술…….

이렇게 비극적 차원의 이야기는 거의 청소년기에 가까운 인물들을 등장시켜서 성인기를 맞이하여 적대적이거나 부패한 사회적 인물들에 맞서게 하며, 무엇보다도 인간 조건의 부조리의 대상이 되도록 연출한다. 저주받은 낙원의 절망적인 수호자인 니콜라가 돌보는 이 젊은 주인공들을 살게 하고 또한 곧 죽게 하는 것은 재즈, 쾌락, 문학, 우정, 사랑에 대한 열정의 시간이다. 서로 사랑하는 이 아이들은 서로 닮은 동시에 매우 다르다. 절대적 사랑에 헌신하는 콜랭과 파르트르에 열광하는 시크. 부기우기의 알리즈와 블루스의 클로에. 빛나는 육체와 불꽃의 머리카락을 지닌 열정적으로 사랑하는 알리즈는 열정에 의해 살인을 저지르고 불을 지르는 반면, 수줍어하면서도 관능적이고 빛나지만 저주받은 클로에는 우울하게 악의 꽃에 몸을 내맡기며 치명적으로 죽음을 향해 간다. 수집벽에 사로잡힌 시크는 과학 소설의 스릴러에서처럼 살해당하는 반면, 콜랭은 전형적인 사랑의 희생자가 되어 자살을 암시하기에 이른다.

종종 사랑 이야기의 비장미는 '그들은 행복하게 살았다……'라는 식의 결말을 지체하는 장벽 혹은 부분적으로는 불길한 결말──이별, 연인의 죽음──에서 생겨나지만, 전적인 재난은 희귀하다. 그런데 콜랭과 클로에의 이야기가 우선 장밋빛 꿈의 고전적인 성취로서 나타났다면, 비극적 운명, 즉 냉혹하기 짝이 없는 폭탄은 너무나 일찍 장치되어 그때부터 그 어떤 것도 그 운명을 피할 수 없게 된다. 빛나는 한 쌍의 남녀도, 그들의 친구들도, 동물들도, 심지어 쇠퇴와 치명적 병과 광기, 범죄와 자살로 냉혹하게 이끌어 가는 추락을 예증하는 배경까지도……. 소극에서처럼 익살스러운 표현들이 소설의 마지막까지 함께하지만, 비극에서처럼 비극적 운명이 필연적으로 덮쳐 온다. 살아 있는 세계는 활력을 상실하고 흘러가다가 사라진다. 사물도, 동물도, 색깔도, 음악도 모두 다. 우아한 소리가 육체적 관능으로 화한 클로에 역시 재즈로부터 그녀 이전에 혹은 그녀와 함께 죽는 이 음악의 향수와 우울, 절망을 받았다. 달콤 씁쓰름한 칵테일로서의 블루스가 악착스럽게 노래하듯이, 기쁨은 존재하지만 불행은 이제 그 기쁨을 앗아 가버린다. 행복과 삶에 대한 찬가인 이 소설은 또한 죽음과 부조리를 애도하고 있다.

그리스와 기독교, 재즈의 신화들──클로에라는 이름의 이중적 가치, 저주와 낙원의 상실, 고대의 운명과 현대의 비탄──에 둘러싸인, 엘링턴적인 영원한 소설 『세월의 거품』은 순수한 기쁨과 가혹한 잔인성, 재즈에 의해 승화된 순수한 관능, 노역(奴役)의 폭로와 저주스러운 돈, 삶에 대한 경탄과 잊을 수 없는 사랑의 고통을 한데 뒤섞음으로써 우리를 매혹한다. 그러므로 『세월의 거품』의 매력은 초현실주의와 몽환의 영향을 받은 언어와 환상의 일치, 스윙 재즈적 문체와 환상적인 세계의 조화에서 기인한다. 이 작품의 영광은 또한 애정과 무질서, 열정과 냉소적 유머를 뒤섞는 영원한 청춘의 현대성에서도 온다. 즉 우리 시대 음악의 원천을 들이마심으로써 열광적인 사랑의 이루 말할 수 없는 행복과 인간 조건의 악몽을 우리에게 드러내 보여 주는 시적 대상을 창조해 낸 현대성에서 말이다.

*

오늘날에 와서는 1947년의 평단과 독자들이 이 걸작을 '놓쳤다'는 사실을 거의 믿을 수가 없다. 행동주의적인 혹은 사회주의적인 혹은 또 다른 어떤 식의 네오리얼리즘으로 가득 찬 이 작품이 너무 일렀던 것일까? 비앙의 원고는 1946년 5월 다소 부정확한 타자 원고로 《현대》의 편집장들에게 넘겨졌고, 10월 호(제13호, pp. 30~61.)에 전체 13장으로 실렸다. 갈리마르의 '백색 총서' 시리즈를 염두에 두고 비앙에게 이 소설을 쓰도록 권유했던 레몽 크노는 플레이아드 상에 이 소설을 추천했다. 플레이아드 상은 갈리마르의 젊은 작가에게 수여되는 상으로, 그 전해에는 물루지에게 수여되었다. 비앙의 작품은 크노 외에도 사르트르와 르마르샹에게 추천을 받았으나, 아를랑과 폴랑의 추천을 받은 말로의 작품이 결국 플레이아드 상을 수상했다. 비앙은 크게 낙심했고, 이 때문에 이 작품의 미래가 바뀐 것 같다. 그는 미국인인 것처럼 가명(버넌 설리번)을 써서 15일 만에 『너희들 무덤에 침을 뱉으마』를 써냈고, 불행까지는 아니더라도 불운하게도 『세월의 거품』보다 앞서 이 책이 출간되었다. 실제로 버넌 설리번의 스캔들은 곧 『세월의 거품』을 완전히 덮어버리는 결과를 낳았고, 갈리마르는 비앙으로 서명된 다른 모든 소설을 거부하게 되었다.

독창성에도 불구하고——혹은 독창성 때문에?——그리고 재즈로부터의 영감에도 불구하고 이 소설은 별로 널리 읽히지 못했다. 그러나 콕토부터 아라공까지, 사르트르부터 레리스까지 재즈에서 현대성의 강력한 상징을 보았던 프랑스의 지식인 계층은 재즈에서 반(反)나치 운동의 상징을 이끌어낸 전쟁 세대와 마찬가지로 이 음악에서 매력을 느꼈다고 할 수 있다. 그러나 『세월의 거품』은 한창 사르트르가 인기를 누리던 실존주의 문학, 참여문학과는 반대되는 반실존주의, 비참여문학 작품으로, 개연성과 일상적 '리얼리즘'을 거부한 소설이었다. 이 소설에 대한 비평 가운데 대부분은 작품의 대담성과 참신성을 깨닫지 못하거나 진부한 유보 조항을 달고 마지못해 칭찬했을 뿐이었다. 그러나 '진정한' 세계에 대한 독창적이고 시적인 시각을 보여 주면서 사후 지속될 명성을 약속하는 이 작품의 행보야말로 낭만적 즉흥곡과 걸작 사이를 뛰어넘은 그 얼마나 놀라운 발걸음인가! 실제로 『세월의 거품』이 걸작의 칭호를 받기 위해서는 몇 년을 더 기다려야 했다. 그것은 저자 사후 4년 만인 1963년 장 자크 포베르 재편집판의 발간, 같은 해 포켓판의 발간(《르 몽드》, 10/18), 그다음 여러 판본들, 특히 비앙의 전 작품을 알리는 데에 결정적인 역할을 한 크리스티앙 부르구아의 책임 편집 아래 이루어진 판본들의 발간 덕분이었다. 이후 『세월의 거품』을 각색한 영화, 오페라, 연극들이 제작되었다.

상업물, 광고, 일상용어에 그 제목이 사용되고, 현대의 소설들이 그로부터 영감을 받거나 혹은 그에 헌정되며, 셀 수 없이 많은 클로에들이 존재할 정도로 여전히 유명한 『세월의 거품』은 60년대 이래로 거칠거나 정교하거나 대담하거나 적절한 수많은 분석들을 낳았다. 그러나 이 소설을 '엘링턴적 소설'로 간주하는 비평 외에 이후의 어떤 비평도 웃음과 공포, 부드러움과 관능, 수줍음과 폭력이 마술적인 균형을 이룬 이 시적인 기적의 풍요로움과 신비, 매력을 철저히 고찰해 낼 수 없다.

자신의 소설 속 주인공들처럼 젊은 나이에 죽은 보리스 비앙은 안타깝게도 자신의 주요 작품이 거둔 사후의 성공과 명성을 알지 못했으리라. 이러한 사실이야말로 그의 슬픈 미소와도, 손가락 사이로 달아나 흘러가 버리는 우리 시대의 떨리고 불안정한 황금빛 거품과도 조화를 이루고 있지 않은가?

옮긴이의 말

　소설의 주인공은 누가 보더라도 콜랭임에 틀림없다. 우선 양적으로 따져봐도 가장 많이 등장하고 질적인 측면에서 관대함이라든가 희생이라든가 하는 그의 성격은 우리의 관심을 끌기에 충분하다. 또한 그는 이 소설을 자신의 관점에서 이야기하고 있다.
　프로프와 그레마스가 만들어놓은 행위자 모델에 따르자면 콜랭의 역할은 주체자이며, 그의 탐색은 '최초의 결핍 상태'에서부터 시작된다. 물질적 풍요 속에서 아무 걱정 없이 살던 그가 시크의 연인 알리즈를 보는 순간 정신적 결핍 상태가 시작된다. 프로프식으로 말하자면, '주인공이 정신적 균형을 상실하는' 것이다. 그러므로 최초의 결핍 상태에서 비롯된 탐색은 다름 아닌 사랑의 탐색이다. 그리고 그의 욕망이 추구하는 대상은 클로에이다.
　클로에는 대상의 좋은 예이다. 줄거리 전체가 콜랭의 주체적 관점에서 이야기되고 체험되기 때문에 클로에는 객관적 세계의 한 계기로서 외부에서만 관찰될 뿐이다. 우리는 그녀의 내적 독백을 결코 듣지 못한다. 그녀의 세계관도 알 수가 없다. 그녀는 현전하기 이전에 이미 엘링턴의 노래 속에 '삽입되어' 있었다. 하나의 음악적 창조물이며 디스크 속에 객체화되어 있는 그녀가 여성 객체로서의 자기 위치를 벗어나기란 쉬운 일이 아니다.

물론 그녀도 처음에는 어느 정도의 자율성을 획득하고 있었다. 그녀는 먼저 콜랭을 유혹하기도 하는 등 주체자로서의 역할을 해낼 가능성을 보여 준다. 그러나 그것도 잠시뿐, 그녀는 곧 객체화, 대상화되고 만다. 병이 든 뒤로 온몸이 마비되고 마는 것이다. 말할 수도 없고 움직일 수도 없는 그녀가 자신의 의사를 표현할 수 있는 방법은 오직 시선뿐이다. 게다가 그녀의 시신이 들어 있는 궤는 관이 아닌 '검은 상자'로 불린다. 음반이라는 물체 그 자체였다가 검은 상자라는 물체 속에 갇히는 그녀에게는 삶의 여유가 없다. 배경을 이루는 사물화된 세계 속에서의 그녀는 하나의 사물에 불과한 것이다.

클로에, 그녀는 누구에 의해 콜랭에게 제공되는가? 아무도 아니다. 그녀는 자신을 제공한다. 프로프적 의미의 '발신자'가 등장하지 않는 것이다. 클로에는 마치 소용돌이치는 파도나 비너스처럼 세월의 거품 속에서 생겨난 여자이다.

『세월의 거품』이라는 작품에서 엄격한 의미의 부모들이 배제되어 있다는 사실은 의미심장하다. 이 작품에 등장하는 처녀들에게는 아버지도 어머니도 현전하지 않는다. 콜랭에게도 가족은 없는 것 같다. 콜랭과 클로에의 결혼식에서도 가족에 대한 언급은 이뤄지지 않는다. 보리스 비앙의 소설 세계에서 부모 친척들이 축출되었으므로 『세월의 거품』의 무대는 해방된 청춘 남녀들의 축제장이 된다. 비앙의 대부분의 작품에서 부모들이 배제되어 있다는 분석은 중요한 시사를 던져준다.

콜랭의 탐구에 있어서 '수신자'는 당연히 콜랭-클로에의 결합이다. 완전히 이기적인 목적을 추구하는 시크와는 반대로 콜랭은 클로에가 살 수 있도록 헌신한다. 클로에가 죽음과 투쟁하는 과정에서 콜랭은 수련이라는 '적대자'와 싸워야만 한다. 주인공이 완전무장한 거인이라든가 용과 싸워야 하는 민담에서와는 달리 클로에의 적대자는 그녀의 내부에 자리 잡고 있다. 그래서 그 싸움은 더욱더 힘들고 절망적이다. 클로에의 가슴을 좀먹는 수련은 '암'의 비유적 표현으로 보인다.

그러나 전통적 민담에서는 일반적으로 주인공에 의해서 해체되거나 소멸되는 '적대자'가 이 작품에서는 끝까지 해체되지 않는다. 식물적인 '적대자' 수련은 저 혼자 움직이는 자율적인 존재이다. (『세월의 거품』에서는 유생물-무생물의 구분이 대부분 위반되고 있다. 저 혼자서 움직이는 환약이라든가 돌연변이 된 토끼 등 그 예는 많다.) 수련은 클로에를 먹고 살았지만 그녀가 죽었다고 해서 함께 죽지는 않았다. 그것은 물속 깊은 곳에 웅크린 채 수면으로 다시 떠오르기만을 기다린다. 해체되지 않는 적대자 대신 죽음을 기다리는 주체자, 이것이 바로 이 소설의 비극성이 아니겠는가?

하지만 보다 큰 비극은 더 깊은 곳에 잠복해 있다. 콜랭과 클로에는 그들에게 고통을 안겨 주는 그 적대자(악)를 정확하게 명명할 수만 있었던들 치유받을 수 있었으리라. 하지만 그들은 그렇게 하지 못했다. 수련은 단지 악의 은유에 불과했을 뿐이다. 클로에가 앓는 병은 하나의 징후에 불과하다. 그것은 보다 깊은 곳에 뿌리박고 살아 있는 어떤 구조를 가리고 있는 표면의 허울 좋은 꽃에 불과한 것이다. "모든 징후는 은유적이다."

라고 라캉은 말하지 않았던가. 콜랭과 클로에의 비극은 그들이 이 은유의 세계 속에서만 살았다는 데 있다.

'보조자'는 여러 명이 등장하지만, 그중에서도 가장 탁월한 보조자는 니콜라이다. 재능 있는 요리사이자 능란한 운전사이자 세련된 춤꾼인 니콜라는 부모들이 배제된 이 청년들의 세계에서 가장 큰 역할을 해내고 있다. 자연적 가족이 '선택적 가족'으로 대체된 것이다. 그는 '입문자' 역할도 동시에 해내고 있다. 레비스트로스가 그 중요성을 강조했던 이 같은 유형의 등장인물은 많은 신화 이야기와 입문 의식에 등장한다. 입문자로서의 니콜라는 콜랭을 비롯한 젊은 등장인물들을 성인의 세계로 인도한다. 그러므로 니콜라는 실제로는 하인 이상의 존재이다. 그는 오히려 주인 역할을 해내고 있다. '보조자'가 '주체'를 능가하는 민담의 경우에서처럼 이 탁월한 보조자 니콜라는 주인의 주인인 것이다.

프로프에 따르면 보조자의 기본적 속성 가운데 하나가 주인공을 '또 다른 왕국'으로 보내는 일이다. 그 '또 다른 왕국'은 가치가 전도되는 적대자의 영역이다. 과연, 콜랭의 운전사인 니콜라는 이 젊은 신혼부부를 기묘한 지방으로 데려가고, 클로에는 여기서 병에 걸리게 된다. 지리적으로 분명하지 않은 이 지방은 무엇보다도 수련의 영역이다. 또한 이 지방은 '비(非)도시'이다. 그러므로 시골이나 산악 지방인 이 비도시에서는 인간에 의해 길들여지지 않는 자연이 불안하게 증가하고 번식한다. 이 '비도시'는 습기에 가득 찬 유해한 장소이다.

탐색에 관한 이야기들이 모두 그렇듯이 『세월의 거품』 또한 두 장소로 나뉘어 있는데, 한 장소는 다른 장소의 부정이다. 니콜라는 이 두 장소를 늘 왕복하는 인물이다. 그는 신혼여행을 가는 자동차를 운전할 뿐 아니라 장례 행렬을 뒤따라가기도 한다. 두 세계의 중재자인 그는 그러나 그 마술적 힘을 오래 간직하지는 못한다. 마치 동화에서처럼 결핍-충족(결혼)이라는 과정의 보조자 역할을 했던 그의 힘이 결혼식 이후에는 전혀 발휘되지 못하는 것이다. 공상적 이야기에 이어 비극적 이야기가 전개된다. 비극의 세계를 특징짓는 것, 그것은 보조자들의 무능력이다.

클로에가 병에 걸렸을 때 니콜라는 마법 음료('강장제')를 만들지만 클로데에게는 아무런 효과가 없다. 법은 이제 통하지 않는다. 연금술사-마술사인 니콜라의 시대는 가고 의사인 망주망슈의 시대가 도래한 것이다.

회색 생쥐는 제2의 보조자이다. 니콜라가 먹을 걸 주며 귀여워하는 생쥐는 열성적이지만 무기력한 보조자이다. 주인과 마찬가지로 마술적 보조자인 이 생쥐는 콜랭과 대화를 나누지만 주인이나 다를 바 없이 무기력하다. 그럼에도 이 부(副)보조자는 상당히 자율적이다. 그래서 니콜라가 해고되었을 때 생쥐는 그를 따라가지 않는다. 생쥐는 또한 콜랭의 집을 마지막으로 떠난다. 이 예외적인 보조자는 무엇보다도 하나의 의식으로서 나타난다. 평론가인 알랭 코스트가 말한 대로 "콜랭이 좋아하는 이 생쥐는 그의 지각-의식 체계를 상징한다." 그래서 이 생쥐는 매우 예리한 시선을 가지고 있다. 생쥐는 결혼식 이후로 태양이 평상시처럼 집 안에 들어오지 않는다는 사실을 가장 먼저 알아냈다. 니콜라와 콜랭이 이 사실을 아는 건 그다음이다.

생쥐는 또한 완벽할 정도로 성실하다. 타일 바닥을 닦아서 원래대로 광택을 내려는 그의 집념을 보라. 그러나 니콜라가 그랬듯이 생쥐 역시 시시포스를 연상시키는 이 일을 하느라 지쳐버린다.

앞서 인용한 알랭 코스트의 말대로 생쥐가 콜랭의 한 심적 영역이라는 점을 인정한다면 ── '보조자'가 '주체자'의 내적 특성들의 객체화라는 점은 프로프나 그레마스 공히 인정하고 있다. ── 이 생쥐는 콜랭을 고무하는 명석과 진실의 의지를 상징한다고 말할 수 있을 것이다.

콜랭이 불가능한 사랑을 탐색한다면 시크 역시 파르트르라는 덧없는 대상을 추구하는 문제적 인물이다. '장 폴 사르트르'를 음위전환한 '장 솔 파르트르'에서 '파르트르'는 라틴어에서 '아버지'를 뜻하는 'pater'와 유사하며, '솔'은 프랑스어에서 '유일한'을 뜻하는 'seul'을 상기시킨다. 그러므로 '장 솔 파르트르'는 시크의 '유일한 아버지', 상징적 아버지이다. 시크가 파르트르의 책 외에 그의 바지라든가 파이프를 수집한다는 사실도 의미심장하다. 바지와 파이프는 아버지의 속성이다.

행위자 모델을 통해 살펴보면 파르트르는 니콜라와 동등한 위치에 있다. 이지적 초인이 사고 체계에서 차지하는 역할과 니콜라라는 요리사가 행위 체계에서 차지하는 역할은 똑같다. 이들은 서로 다른 영역에서 시크와 콜랭의 전범 역할을 하고 있는 것이다. 파르트르와 니콜라는 '양식(糧食)'이라는 동일한 의미론적 축에 속해 있다. 그러나 요리사는 먹게 하고 철학자는 토하게 한다는 점에서 두 사람은 서로 대립한다. 니콜라의 화려한 메뉴 목록에 파르트르가 쓴 토사물에 관한 책들의 제목이 대응한다.

니콜라와 파르트르의 가장 큰 차이점은 전자가 보조자인 반면 후자는 대상이라는 점에 있다. 이 요리사는 콜랭을 도와 클로에를 정복하게 하는데, 철학자는 알리즈의 역할을 대신하고 있다. 콜랭은 이성의 대상을 선택함으로써 자신의 남성 모델을 모방하고 그 모델을 아버지와 동일시하는 데 성공한다. 그러나 시크의 경우는 완전히 다르다. 그의 아버지 모방은 이 아버지에 대한 동성애로 타락해 버리는 것이다.

시크는 단순한 '소비자'에 불과하다. 그는 파르트르의 책들을 수집하고, 파르트르의 강연회 녹음을 모을 뿐이다. 그가 파르트르의 책에 관심을 갖는 부분도 책의 장정이지 내용은 아니다. 그는 파르트르의 강연 내용에도 진지하게 귀 기울이지 않는다. 자신을 정신적 아버지와 동일시한다는 것은 그처럼 글쓰기를 시작한다는 것이다. 시크가 파르트르의 진지한 제자라면 그는 글쓰기의 모험에 나섰을 것이다. 그러나 시크는 단 한순간도 글을 쓰겠다는 생각 같은 건 하지 않는다.

시크는 스노비즘의 희생자이다. 시크를 통해서 비앙은 '파르트르 추종자들'을 비웃고 있다. 이 철학자의 강연회에 몰려드는 광신자들은 대부분 파르트르의 책을 단 한 페이지도 주의 깊게 읽지 않았다. 그들은 단순히 유행만을 뒤쫓고 있을 뿐이다.

시크의 이 거짓된 탐색이 속임수라는 걸 깨닫는 인물은 바로 이 탐색의 희생자인 알리즈이다. 그 순간부터 알리즈는 '적대자'의 기능을 수행한다. 그녀가 적대자라는 것은 그녀가 연인의 자기 상실의 두 가지 원인, 즉 생산자인 파르트르와 그의 생산물을 유통하는 서점 주인들을 제거하기 때문이다. 그러나 이미 때는 늦었다.

콜랭과 클로에, 시크와 알리즈의 비극은 그들이 사태의 본질을 꿰뚫지 못했다는 데 있는 것처럼 보인다. 콜랭과 클로에는 수련이라는 은유적 악을 정확하게 명명하지 못했고, 시크와 알리즈는 파르트르와 서점, 경찰, 공장으로 구성되는 체제가 어디에 그 뿌리를 박고 있는가를 인식하지 못했다. 이 모든 악은 인간이 기계 부품처럼 취급되고 일회용 물품처럼 교환되는 현대 산업사회의 물화된 체계에 뿌리를 내리고 있다. 그리고 보리스 비앙은 1946년에 쓴 이 작품에서 그 같은 비극을 충분히 예견하고 있다.

옮긴이 주

1) 물고기 수컷의 배 속에 있는 흰 정액 덩어리.
2) 1807~1877. 프랑스 요리사. 유명한 『요리책』의 저자.
3) 송아지 넓적다리 살에 베이컨을 끼워 찐 요리.
4) 금속판 타악기.
5) 한입에 넣는 작은 과자.
6) 소테른산 백포도즈.
7) 1904~1984. 미국 수영 선수. 올림픽에서 다섯 번 으승했으며, 은퇴 후에는 타잔 역을 맡아 연기한 것으로도 유명하다.
8) 반인반수의 숲의 신.
9) 리듬악기의 일종.
10) 미나리과의 일년초로서 열매는 향료로 쓰인다.
11) 차아황산소다.
12) 원자 파괴용 고주파 전자가속기.
13) 마키아벨리가 『군주론』에서 이상적인 전제군주로 보았던 정치가.
14) 구석기 시대의 다지막 시기.
15) 향료용 고무수지의 일종.
16) 4분의 1 혼혈인과 백인 사이의 혼혈아.
17) '불법적인 폭력 행위'는 프랑스어로 'tabac de contrebande'이고 '담배'는 'tabac'이다. 일증의 언어유희.
18) 목관악기의 일종.